Imperfeitos

LAUREN LAYNE

Imperfeitos

RECOMEÇOS — LIVRO II

Tradução
LÍGIA AZEVEDO

Copyright © 2015 by Lauren LeDonne
Tradução publicada mediante acordo com Flirt, um selo da Random House, uma divisão da Penguin Random House LLC.

A Editora Paralela é uma divisão da Editora Schwarcz S.A.

Grafia atualizada segundo o Acordo Ortográfico da Língua Portuguesa de 1990, que entrou em vigor no Brasil em 2009.

TÍTULO ORIGINAL Crushed
CAPA Marina Avila
FOTO DE CAPA olesiobilkei/ iStock
FOTO DE QUARTA CAPA im_photo/ Shutterstock
PREPARAÇÃO Andréa Bruno
REVISÃO Renato Potenza Rodrigues e Érica Borges Correa

Dados Internacionais de Catalogação na Publicação (CIP)
(Câmara Brasileira do Livro, SP, Brasil)

Layne, Lauren
   Imperfeitos / Lauren Layne ; tradução Lígia Azevedo. — 1ª ed. — São Paulo : Paralela, 2019.

   Título original: Crushed.
   ISBN 978-85-8439-138-7

   1. Ficção norte-americana I. Título. II. Série.

19-24021   CDD-813

Índice para catálogo sistemático:
1. Ficção : Literatura norte-americana   813

Iolanda Rodrigues Biode — Bibliotecária — CRB-8/10014

[2019]
Todos os direitos desta edição reservados à
EDITORA SCHWARCZ S.A.
Rua Bandeira Paulista, 702, cj. 32
04532-002 — São Paulo — SP
Telefone: (11) 3707-3500
www.editoraparalela.com.br
atendimentoaoleitor@editoraparalela.com.br
facebook.com/editoraparalela
instagram.com/editoraparalela
twitter.com/editoraparalela

Para Nicole Resciniti e Sue Grimshaw, meus campeões.

Prólogo

MICHAEL

Faz seis meses que troquei Manhattan por Cedar Grove, Texas.

Faz seis meses que troquei ternos Armani por jeans Levi's, mocassins Gucci por botas de caubói, e uma cobertura na Quinta Avenida por um estúdio minúsculo em um porão.

Faz seis meses que deixei Wall Street para trás e fui ser lacaio de clube de campo e, de vez em quando, bartender.

Faz seis meses que aprendi que Michael St. Claire é uma mentira. Que o sangue St. Claire não corre pelas minhas veias. Meu primeiro nome ainda me pertence. Mas o meu sobrenome é pura fachada. Foi imposto a mim pela infidelidade descuidada de uma mulher e o orgulho de um homem.

Um homem que não é meu pai.

Faz seis meses que traí meu melhor amigo.

Seis meses que me afastei dela. Não. Que ela se afastou de mim.

E mais que isso... Mais que tudo isso...

Faz seis meses que não me importo.

Com nada.

1

MICHAEL

"A parte de trás da sua camisa está pra fora."

Viro-me com um sorriso torto de gratidão para a loira que acabou de sair do banheiro unissex das quadras de tênis do Clube de Campo Cambridge.

Ela dá uma risadinha enquanto passa a mão pela saia, alisando-a sobre as coxas bronzeadas e tonificadas. "Nem acredito que deixei você me convencer a fazer isso num banheiro público."

Sei. Até parece. Não convenci Mindy McLaughlin a nada. Tudo, da localização à posição, foi ideia dela.

Mas não falo nada.

Se aprendi alguma coisa em meu primeiro mês como professor de tênis de ricos e ricaços, é que mulheres mais velhas não gostam de ser lembradas de que são as responsáveis pela parte da caça.

Dou uma piscadela para ela enquanto enfio a camisa para dentro da calça, antes de passar os olhos pelas quadras para me certificar de que não temos nenhuma testemunha para o fato de que passamos os primeiros vinte minutos da aula de uma hora trepando apoiados na parede da cabine do banheiro.

Por sorte, é quase meio-dia e está quente pra caramba. A maior parte das pessoas frequenta as quadras de manhã ou nem aparece.

Mindy me segue até os bancos, onde recuperamos nossas raquetes. "Vamos terminar?", pergunto.

Ela solta uma risadinha baixa e passa as unhas pintadas de rosa pela minha polo branca. "Achei que já tínhamos terminado."

Ignoro isso e levanto a bola de tênis de forma interrogativa.

"Está quente", ela choraminga.

Está mesmo. Quente demais para jogar tênis. Ainda restam quarenta minutos de aula, mas não fico surpreso que Mindy queira desistir. Ambos sabemos que ela não veio para jogar.

E não me importo. Odeio tênis. Só trabalho nas quadras três dias por semana, e minhas aulas ficam lotadas de mulheres que provavelmente jogam melhor do que eu.

Sou só razoavelmente decente no tênis porque, antigamente, eu era o aluno mimado, e não o professor. Mas não gosto de tênis. Não sou como os outros babacas que trabalham aqui e ficam se gabando de que poderiam ter se tornado profissionais.

Sei muito bem que não fui contratado graças às minhas habilidades no esporte. Cresci no Upper East Side de Manhattan e aprendi cedo que mulheres casadas da indolente classe alta se entediam com facilidade. E em geral elas lidam com o tédio transando com outros homens que não os maridos.

Para minha sorte, durante a maior parte da minha vida me mantive alheio ao fato de que minha própria mãe se incluía na categoria de donas de casa infiéis.

A ignorância realmente é uma bênção.

Mas quando ela acaba...

O inferno vem à tona.

"Mesmo horário semana que vem?", Mindy pergunta, vindo na minha direção e erguendo o rosto.

Sei o que quer. Um beijo que não tenho nenhuma intenção de dar. Desvio-me para deixar a raquete e a bola no banco.

"Posso te pagar uma bebida?", ela pergunta, fazendo um alongamento desnecessário, que só serve para que sua blusa branca fique esticada por cima de seus peitos enormes — e definitivamente falsos.

Pelo mais breve momento, fico surpreendentemente entediado, mas me forço a abraçar o tédio.

"Não, obrigado. Tenho outra aula depois."

"E amanhã? Estava pensando em fazer mais uma aula por semana. Pra não perder o jeito."

Minha nossa. Sério?

"Não posso", digo. "Vou trabalhar na academia amanhã. Eu alterno as aulas de tênis com o trabalho de personal trainer."

Gosto muito mais da segunda opção, porque envolve ar-condicionado.

Os olhos de Mindy se iluminam em uma mistura de interesse e competitividade. "Conheço alguma das suas alunas?"

Metade deve ser do clube do livro, do grupo de estudo da Bíblia ou da associação de caridade dela.

Transei com boa parte delas também, e é óbvio que Mindy McLaughlin quer conhecer a concorrência.

"Bom", ela diz, inclinando-se para a frente quando não respondo. "Se decidir tirar uma folguinha, já sabe pra quem ligar."

"Claro", digo, com um olhar lânguido que sempre agrada as mulheres.

Bom, com exceção de uma. A única que importava.

Em geral, eu ficaria mais do que satisfeito em me atrasar para a próxima aula para dar mais um trato em Mindy e ajudá-la a esquecer que é casada com um juiz influente e barrigudo.

Mas ela tem uma desvantagem intransponível hoje.

Porque hoje é quarta-feira.

E, às quartas, tenho uma aluna que desejo mais do que Mindy McLaughlin.

Depois de mais algumas investidas malsucedidas, Mindy finalmente desiste, ainda que eu saiba que semana que vem ela vai voltar com tudo. Saia mais curta, batom mais forte, convites mais descarados.

Olho para a bunda dela apenas por hábito quando vai embora, enquanto passo a toalha no rosto e mato uma garrafa de água em três goladas.

Uma última aula antes de escapar para o Pig and Scout, o bar em que trabalho algumas noites da semana. Em geral, conto as horas para ir para lá. É uma folga bem-vinda dessa pretensão toda.

Mas hoje...

Hoje é quarta. E, às quartas, não tenho tanta pressa.

Apesar do que os outros caras acham de suas habilidades, sei que o intuito dos professores de tênis do clube é agradar as mulheres. É esperado que sejamos musculosos, ligeiramente perigosos e pouco apegados à moral.

Não tenho nenhum problema com isso, especialmente a última parte, ainda que canse um pouco com o tempo.

Minha hora semanal com Kristin Bellamy faz tudo valer a pena.

De canto de olho, eu a noto se aproximando, mas não me viro para olhá-la de propósito, mesmo com discrição.

Mulheres de quarenta e dois anos como Mindy McLaughlin estão sempre com medo de perder a beleza. Precisam da confirmação de que ainda são notadas.

Mas garotas de vinte e dois anos como Kristin Bellamy *sabem* que são bonitas.

O truque para fazê-las balançar é deixá-las se perguntando se você as notou.

"Oi, Michael."

Viro-me para olhá-la, mantendo a expressão indiferente. "Kristin."

É, eu com certeza a notei.

Ela está usando um top branco e uma minissaia de tênis também branca. Tenho certeza de que o clube tem algum tipo de regra que exige que os sócios usem um pouco mais de roupa, mas, considerando que este lugar é administrado por um bando de velhos babões, duvido que vão mandar Kristin cobrir a barriga bronzeada e torneada e os peitinhos arrebitados.

Meus olhos não se demoram em seu corpo, voltando logo ao rosto. Kristin não parece se importar com o fato de eu não ter dado uma conferida nela.

Estamos nesse jogo há semanas.

Não tenho ideia de quem está vencendo.

Mas sei onde vai terminar: na cama. Ou onde for.

Kristin é a primeira garota por quem me interesso — de verdade — desde Olivia Middleton, a única mulher que de fato quis na vida e, definitivamente, a única que amei.

Não tenho nenhuma intenção de me apaixonar por Kristin. Não planejo passar por aquilo de novo.

Mas o desejo existe. E não só porque ela é gata. Kristin está ligada à própria razão de eu ter vindo para o Texas.

"Vi Mindy no caminho pra cá", ela diz, dando uma giradinha na raquete ao se aproximar. "Foi tudo bem na aula? Ela pareceu meio irritada."

Jogo a toalha de lado e dou de ombros. "Está quente. Todo mundo fica à flor da pele."

"Está mesmo", ela concorda, apoiando a raquete no banco para prender o cabelo escuro e comprido em um rabo de cavalo alto. "Foi difícil até me vestir hoje de manhã."

E olha que você mal está vestida, é o que tenho vontade de dizer. Mas não digo. Só finjo não notar a maneira como sua postura atual destaca as curvas da sua cintura.

Kristin não tem nada a ver com Olivia. É uma morena de olhos castanhos e intrigantes, enquanto Olivia é loira e tem olhos verdes e ternos. Mas ambas têm a mesma combinação de doçura e altivez, o mesmo corpo em forma das garotas ricas, o mesmo sorriso tímido e confiante.

Kristin passa a ponta dos dedos distraidamente sobre o abdome nu. Quase sorrio diante desse gesto tão óbvio.

Ao mesmo tempo que quero puxá-la para mim e lhe dar o beijo que está pedindo tão descaradamente, também quero baixar a bola dela. Dizer que ela não é nada para mim, mas talvez represente uma chance de me redimir do meu passado, a chave que me falta para meter o pé na porta do meu futuro.

Kristin Bellamy não é nada além de um lembrete da sensação de desejar alguém.

"Podemos começar?", pergunto.

"Claro", ela diz, jogando o cabelo preso por cima do ombro. "Vou ser capitã do time ano que vem. Preciso treinar muito."

"É seu último ano?", pergunto, ainda que não esteja nem aí.

"É", ela confirma.

Alguém dá uma risadinha desdenhosa atrás de mim. Fico surpreso ao me dar conta de que não estamos sozinhos.

"O segundo último ano", diz a recém-chegada, acomodando-se no banco como se fosse seu lugar.

"Como assim?", pergunto, ainda tentando entender de onde foi que a garota apareceu.

13

Ela acena com a cabeça na direção de Kristin. "Ela já fez o último ano. E vai fazer de novo."

Viro-me para Kristin e noto que dirige um olhar mortal à outra.

As duas claramente se conhecem.

Volto a olhar para a recém-chegada. Deve ter a idade de Kristin, mas é completamente diferente dela. Tem um livro ao seu lado no banco, mas no momento suas mãos estão ocupadas com um pacote de m&m's. Ela pega um e joga na boca, enquanto seus olhos vão e voltam de mim para Kristin, como se acompanhasse uma partida do esporte mais fascinante do mundo.

"Que gracinha", a garota diz, apontando para nós. "Se vocês dois transarem, vou ligar pra Pampers e avisar que já sei de onde vai sair seu próximo modelo de fraldas."

"Amiga sua?", pergunto a Kristin.

Ela suspira. "Irmã."

Irmã?

Sem acreditar, olho mais de perto para a criatura devoradora de chocolate.

Diferente do rabo de cavalo liso e escuro de Kristin, o cabelo dela é um amontoado de cachos selvagens, meio castanho, meio dourado, talvez com um toque de ruivo.

A garota tem olhos tão grandes quanto os da irmã, só que de alguma forma parecem maiores nela, e são azuis em vez de castanhos. Também tem os lábios carnudos de Kristin, mas parecem gritantes demais nela. E, enquanto a irmã está no limite da magreza, a outra é voluptuosa.

"Eu sei, eu sei", ela diz, com voz abatida, virando o pacote de m&m's na mão e devorando os que restavam. "Sou a irmã bonita. Mas não diga a Kristin. Ela está cansada de ouvir isso."

Ouço outro suspiro leve de Kristin. "Michael St. Claire, esta é Chloe Bellamy. Minha mãe insistiu que minha irmã viesse comigo, na esperança de que no próximo verão ela queira participar de algum tipo de atividade do clube."

"Hum, você não me viu acabando com aquela máquina de doce?", Chloe pergunta, lançando um olhar incrédulo à irmã. "Se mamãe me visse atrás de um lanchinho no meio da noite, teria noção de quão ativa posso ser."

Seguro a vontade pouco familiar de sorrir, embora já tenha sacado essa garota por completo.

Sua silhueta curvilínea não é bem-vista — não em lugares como este, onde pessoas jantam talos de aipo. Mas ela é esperta e tira sarro do próprio peso antes que outros o façam.

A irritação domina o rosto de Kristin. Antes que ela abra a boca, pigarreio, esperando impedir uma briga entre irmãs. "Pronta?", pergunto.

Depois de um último olhar de aviso à irmã, Kristin sorri para mim. "Pronta. Mas pega leve comigo... Não jogo desde nossa última aula na semana passada."

"Você passou a semana inteira sem tentar acertar uma bola verde felpuda? Por que, meu Deus? Por quê?", Chloe diz de forma dramática e desesperada. "Por que a vida é tão difícil?"

Kristin inspira lenta e profundamente. É algo treinado, como se já tivesse feito isso para lidar com a irmã irritante.

Não tenho irmãos, mas cresci com Ethan e Olivia, e sei que algumas vezes o melhor jeito de impedir uma briga é fingir que a outra pessoa não está ali.

Kristin passa a mão nos fios de cabelo perto da têmpora, os quais estão enrolando um pouco em meio ao calor da tarde. É gracioso. Não como os cachos da irmã, que parecem... descontrolados.

Ela vai para um lado da rede enquanto vou para o outro, ignorando o assovio de Chloe quando passo.

Pego uma bola do bolso e a arremesso com tranquilidade por cima da rede. Kristin se posiciona para devolvê-la na minha direção de forma quase perfeita.

Isso continua por alguns minutos, até que ouço um ronco falso vindo do banco na lateral.

Kristin para por um momento para olhar a irmã. Quando a bola passa batido por ela, vejo que faz uma careta.

Não é exatamente o joguinho de sedução pelo qual eu estava esperando.

Como não posso fazer a irmã irritante ir embora, concluo que a melhor atitude a tomar é incluí-la na conversa para que não fique importunando minha aluna.

"Você joga tênis, Chloe?", pergunto enquanto pego outra bola e saco, mais forte agora.

"Pareço alguém que gosta de se exercitar?", ela retruca, com uma voz animada.

"E quando era mais nova? Chegou a fazer aula?"

"Hum, não", Chloe diz, com a boca cheia. Agora tem uma barra de chocolate nas mãos. "Alguns de nós preferem ler Harry Potter, como crianças normais."

"Ignora", Kristin diz, ríspida, mandando um forehand forte na direção da irmã.

Passa longe, mas imagino que tenha sido de propósito.

Chloe parece entender o recado, porque sossega e fica só lendo nos minutos seguintes. Quase esqueço que está aqui, mas fica impossível com seus gritos ocasionais para que eu me agache ou dê "uma volta bem lenta" para que possa ver "a parte boa".

Esforço-me para ignorar.

Não é fácil.

O saque de Kristin está desleixado hoje, e desconfio que tem alguma coisa a ver com a presença da irmã, mas não reclamo. Assim tenho a oportunidade de tocá-la enquanto corrijo sua postura.

"Você está usando pulso demais", digo, pegando a bola que ela acabou de jogar. "Vamos treinar isso."

Começo a ir para o outro lado da rede. Nossos olhares se encontram no caminho, mas então ela mira algo acima do meu ombro e é dominada pela surpresa antes que um enorme sorriso tome conta de seu rosto.

"Devon!"

Congelo por uma fração de segundo, enquanto o nome se fragmenta na minha mente. É possível que haja outros Devon, claro, mas é pouco provável.

E o Devon que conheço está namorando Kristin Bellamy.

E é por isso que estou atrás dela.

Viro-me devagar, esperando para dar uma primeira olhada em um dos motivos que me trouxeram a Cedar Grove. Mas, ainda que achasse que estava preparado, suas feições ainda me chocam.

O garoto é a cara de Tim Patterson.

Me dou conta de que não estava morto por dentro, como andei pensando nos últimos meses.

Observo enquanto os braços de Kristin envolvem o pescoço de Devon, e aperto os dedos na raquete.

Espero por uma pontada de ciúme.

Não sinto nada.

Este sempre foi o plano: usar Kristin para me aproximar de Devon.

E, então, usar Devon para chegar a Tim.

Deixo que tenham seu momento. Estou trabalhando no longo prazo. Não preciso apressar as coisas.

Quando vou pegar uma garrafa de água, meus olhos sem querer encontram Chloe Bellamy, a irmã bocuda e desalinhada.

Eu paro.

A garota sarcástica de alguns minutos atrás, que não estava nem aí e gritava comentários espertinhos, foi embora.

Seus olhos estão fixos no namorado da irmã, e a expressão em seu rosto me é dolorosamente familiar.

Sei bem do que se trata.

Melhor do que gostaria de admitir.

Chloe Bellamy está apaixonada pelo namorado da irmã. Tenho uma ideia bem boa da merda que vai ser para ela.

Chloe desvia os olhos dele e encara o livro, sem realmente ler. Então fecha os olhos.

Volto a olhar para o casal, que agora está se beijando. A raiva começa a crescer, misturando-se com o ciúme e fazendo uma pontada quente de ressentimento se alojar no meu peito.

Racionalmente, sei que estou olhando para Kristin e Devon, não Ethan e Olivia.

Mas dá no mesmo.

O casal perfeito que não enxerga as pessoas à sua volta.

Só que, dessa vez, não é o cara que é como um irmão para mim que está com a garota.

É meu irmão de verdade.

Meus olhos voltam a Chloe.

Talvez Kristin não seja o único meio de chegar a Devon, no fim das contas.

2

CHLOE

Sou apaixonada por Devon Patterson desde os oito anos.

E sei o que você está pensando...

Que eu nem tinha hormônios aos oito, então não era paixão de verdade ou atração de verdade.

Mas era, sim.

Eu o amo.

E sei que ele poderia me amar também, se ao menos olhasse para mim.

Mas quer saber? Não posso nem culpar Devon por não me notar.

Deve ser difícil prestar atenção em outras pessoas quando você está com a língua da princesa da Disney dentro da sua boca.

Quer dizer, quem quer a coadjuvante divertida quando pode ter a heroína?

E Kristin é esse tipo de pessoa. Ou pelo menos pensa que é. A heroína de qualquer história.

Até dos outros.

Como se lesse minha mente, Devon se afasta desse beijo de reencontro e se junta ao mundo dos vivos, habitado por pessoas de verdade que não têm cílios do tamanho de morcegos e a medida de cintura de uma criança.

Mas, na verdade, não é justo pegar só no pé de Kristin por ser tão deslumbrante.

Das quatro pessoas nesta maldita quadra de tênis, sou a única que não é absolutamente linda.

Pega o Devon, por exemplo. Loiro. De olhos azuis. Maxilar perfeito. Alto, mas não demais. Musculoso, mas não bombado. Delícia.

Quanto ao novo professor de tênis... nem sei o que dizer dele.

Minha primeira impressão? Que cara gostoso. É óbvio que foi contratado por isso, e não porque acerta a bola dez vezes em dez tentativas.

Não, certeza que é pela maneira como o bíceps estica a polo do uniforme do Clube de Campo Cambridge, e o jeito como sua pele bronzeada contrasta perfeitamente com o branco do tecido.

Isso e a carranca de bad boy que só pode ser de propósito. Talvez até treinada.

O cara é maravilhoso. E Kristin notou isso.

Volto a olhar para Devon, que agora está colocando atrás da orelha da minha irmã uma mecha de seu cabelo sempre sedoso. Ambas temos cabelo ondulado, mas o de Kristin é do tipo que com o secador se transforma em puro brilho acetinado. Diferente das minhas molinhas, cada uma se comportando como um adolescente rebelde.

Está claro qual versão Devon prefere.

E o Gostosão também, dada a maneira como praticamente despiu minha irmã com os olhos quando achou que ela não estava olhando.

Gostei disso nele. A maneira como ele não permitiu que ela soubesse que ele estava olhando. É tudo um jogo, mas o cara segue as próprias regras.

Mas quem se importa com ele?

Alto, moreno e ensimesmado não faz o meu tipo.

Prefiro loiro, sorridente e bonzinho.

Como Devon Patterson.

Já falei que o amo?

Devon se descola da boca cheia de gloss cor-de-rosa de Kristin por tempo bastante para apertar a mão de Michael. Qualquer outro cara estaria avaliando a concorrência — quer dizer, há uns três minutos minha irmã estava dando ao professor de tênis todo tipo de sinal. Mas Devon abre um sorriso amistoso para o cara que estava encarando a bunda da sua namorada.

Eu me pergunto se ele faz ideia de que a tal namorada não é imune ao apelo sombrio estilo "vivo de desvirginar mocinhas inocentes" de Michael St. Claire.

Não. Devon sabe que é perfeito. Não vai se preocupar com um professor de tênis metido a durão com bíceps exagerados.

Finjo voltar ao meu livro enquanto Devon informa a Michael que, apesar da modéstia, Kristin joga tênis pela universidade. Seu rosto fica ainda mais bonito vermelho. Ela finge que não é nada de mais, como se já não tivesse contado a Michael, em detalhes excruciantes, sobre suas ilustres habilidades no tênis.

Kristin gosta de fingir que foi por causa de sua "carreira" no tênis que ela não se formou em quatro anos. Nossos pais nunca pareceram se atentar ao fato de que talvez tivesse algo a ver com ela ter mudado de curso sete — sim, sete — vezes antes de se decidir por francês.

Kristin só sabe usar uma língua para beijar, mas ela é tão bonita que ninguém parece notar. Ou ligar.

Enquanto isso, vou me formar adiantada em biologia e economia. Não é uma combinação óbvia, mas, bem, uma garota precisa ter várias opções, principalmente quando o casamento não está esperando na esquina.

Meu pai tem orgulho de mim.

Minha mãe... bom, ela também. Só acho que gostaria que eu fosse uma graduada magra.

Eu também.

Mas nada disso importa.

O que importa é que eu estava contando com ter a faculdade só para mim no último ano. A Universidade Davis é pequena, e ter minha linda e encantadora irmã um ano à frente nos estudos e anos-luz à frente em popularidade meio que cansou.

Mas então a gracinha soltou a bomba de que ainda precisava completar umas duas dúzias de créditos para se formar.

Meus pais nem piscaram.

Eu? Tomei um pote inteiro de Häagen-Dazs. E olha que sou mais Ben & Jerry's.

Foi ruim assim.

"Chlo?"

Tiro os olhos do livro que não estou lendo e vejo Devon vindo na minha direção.

Meu coração pula.

Eu sei.

Péssimo.

Fico até com vergonha.

Só que não.

Devon me levanta do banco com um abraço de urso, e eu cheiro seu pescoço. Só um pouco, sem tirar os olhos de Kristin, para ter certeza de que ela não nota. Minha irmã mantém seu belo sorriso no rosto, toda confiante de que a gorducha da Chloe não representa ameaça.

E está certa.

Meus olhos correm para o Gostosão. Ele parece ter notado que o cheiro do perfume de Devon está me deixando vermelha e que eu me agarro nele um pouco mais forte do que seria apropriado.

Michael St. Claire levanta uma sobrancelha como se compreendesse tudo. Desvio os olhos antes de me afastar do abraço de irmão mais velho de Devon.

"Parabéns pela formatura", digo, dando um soquinho amistoso e desengonçado no ombro dele.

De canto de olho, noto que o Gostosão revira os olhos.

Eu o ignoro.

Algumas semanas atrás, Devon se formou na UCLA. Não fui à cerimônia, claro. Esse direito estava reservado à família e à namorada, mas senti orgulho dele mesmo de longe. Devon é da idade de Kristin, que tem um ano a mais que eu, mas, diferente dela, conseguiu se formar no tempo normal.

Estou feliz que tenha voltado ao Texas. De acordo com Kristin, vai ficar aqui de vez, porque planeja trabalhar na empresa do pai.

Fico me perguntando o que aconteceu com seu antigo sonho de estudar direito na Costa Leste. Ele deve ter mudado de ideia. Deus sabe que é inteligente e charmoso o bastante para fazer o que quiser com a própria vida. Devon pode ter sido exatamente o que se espera de um quarterback na escola, mas também foi orador da turma.

Dá para ver por que é impossível não amar o cara.

Só que me apaixonei por ele antes de qualquer outra garota.

Já estava apaixonada quando ele era um fracote no quarto ano e eu era uma gorducha no terceiro, e trocávamos livros no parquinho antes de correr cada um para sua classe.

Amo Devon Patterson desde antes de ele ser popular.

Desde antes do estirão no oitavo ano, da dermatologista cara que deu um jeito em suas espinhas, do aparelho ortodôntico que transformou seu sorriso torto em um comercial de pasta de dente.

"Valeu, Chlo", ele diz, sorrindo. "Você está ótima!"

"Até parece", digo, em resposta a seu elogio generoso demais. Perdi dois quilos durante as provas finais, mas sei que já estou no caminho para recuperá-los, e provavelmente ainda ganhar mais alguns.

Em um bom dia, sou cheia de curvas.

Em um dia ruim, sou gordinha.

A maior parte dos dias é ruim.

Mas Devon nunca pareceu notar. E é claro que também nunca se interessou por mim.

"É verdade", ele insiste. Antes que eu possa desfrutar do elogio e talvez conseguir mais um, Devon já mudou de assunto. "Ei, Kristin e eu vamos tomar uma cerveja no bar. Quer vir também?"

Hum, não.

Odeio cerveja. Aprendi isso do pior jeito no meu aniversário de vinte e um anos, alguns meses atrás.

Mais do que isso, odeio a ideia de Devon me convidar por pena. E, mesmo se quisesse ficar vendo ele e minha irmã fazendo carinho um no outro no meio do clube (não quero), ela já está fazendo aquela cara para mim.

A que diz "quero ficar um pouco sozinha com meu namorado".

E, ainda que às vezes Kristin me deixe louca e eu esteja secretamente apaixonada por seu namorado... ela ainda é minha irmã.

Sei qual é o meu lugar.

"Não, estou bem aqui", digo para Devon, com um sorriso. "Encontro vocês depois."

"Desculpa encurtar a aula", Kristin diz para Michael, sorrindo.

"Não tem problema", ele diz, seco. "Te vejo na quarta."

Observo Kristin e Devon irem embora na direção do bar de mãos dadas antes de desviar o rosto e pego meu livro. Pelo menos agora não preciso mais fingir que vou absorver por osmose o gosto da minha irmã por exercícios e posso ir ler no ar-condicionado.

Sinto que alguém me olha. Tento suportar o desconforto ao ver Michael me encarando com uma expressão sombria e incompreensível no rosto enquanto guarda suas coisas na mala.

"Não vai dar certo, por mais que queira. Você e o namorado da sua irmã." Sua voz sai quase enfadonha, como se estivesse discutindo o tempo, e não o amor da vida de uma garota que ele nem conhece.

"E o que você sabe sobre isso?", resmungo, tirando o cabelo do pescoço para fazer um coque bagunçado no topo da cabeça. Estou com calor e rabugenta demais para me fazer de boba.

"Mais do que imagina." Ele coloca a alça da mala no ombro e continua me observando.

"Ah, tenho certeza de que você já enfrentou todo tipo de problema com as mulheres. Quer dizer, com esse corpo repulsivo...", digo, com um aceno geral para aquela perfeição escultural. "E aposto que as mulheres odeiam essa *vibe* 'fica longe que eu sou perigoso'."

"Você ficaria surpresa. Nem sempre é questão de aparência."

Olho para ele por cima do ombro como quem diz "ah, fala sério" antes de partir na direção da sede do clube.

É sempre uma questão de aparência. Só gente bonita nega isso.

Perto da lareira tem uma poltrona confortável que já é praticamente minha por direito. Ninguém nem nota esse canto da sede no verão, quando tudo é piscina e pátio. É o lugar perfeito para se esconder do mundo.

E por mundo quero dizer minha irmã, minha mãe e meu pai, que gostam de me obrigar a fazer coisas como jogar golfe em família quando nós duas voltamos para casa durante o verão.

"Você não vai nem tentar?" A voz do Gostosão me detém antes que eu consiga me retirar para minha caverna da leitura.

Controlo a onda de irritação e me viro para encará-lo. "Tentar o quê?"

"Conquistar o cara."

"Olha aqui, Gostosão", digo, com um suspiro exasperado. "Obrigada por tentar ajudar a gordinha, mas para com isso, tá bom? Você considerou a situação por uns dezesseis segundos. Eu estou considerando há dezesseis anos. Caras como ele não se apaixonam por garotas assim." Aponto para mim mesma.

"Não é questão de aparência", ele repete.

"Não começa com essa bobagem de novo."

"É questão de confiança." Ele se coloca à minha frente. "Você age como se tivesse muita, dando uma de espertinha, mas por dentro está morrendo de medo."

Sinto minha espinha formigar de nervoso.

"Estou bem desse jeito", disparo.

"Tenho certeza disso. Quantos anos você tem, vinte?"

"Vinte e um."

Ele larga a mala. "Não me leve a mal, mas você é jovem demais para não estar em forma."

A mágoa toma conta de mim. Sei que não sou magra, mas isso dói. Quero dizer umas verdades a ele.

Mas, antes que consiga, uma mão enorme tapa minha boca. Nossos olhares se encontram enquanto ele impede fisicamente que eu retruque. "Note que eu não disse 'magra', mas 'em forma'. Saudável. Não estou falando de balança, mas disto aqui. De assumir o controle da sua vida."

Ele leva o indicador à minha têmpora brevemente antes de deixar o braço cair. Eu me sinto estranhamente sem ar, ainda que não saiba se é porque estou ultrajada por ele ter cruzado tão descaradamente os limites do que é apropriado ou porque fazia muito, muito tempo que ninguém me tocava.

Fico irritada por não ser imune ao seu calculado jeito de vagabundo.

Mas o que me incomoda mesmo é que ele sabe. Sabe o que eu nunca disse a ninguém.

Que não me sinto no controle da minha vida.

"Cai fora, Yoda", digo.

Ele dá de ombros e se afasta. Então maldita seja eu e minha boca grande, porque as palavras saem antes que eu possa impedir.

"*Se* eu quisesse seu conselho..."

Ele se reaproxima. Não sorri, mas é claro que noto o leve brilho de vitória em seus olhos.

Que seja.

Vou deixar que desfrute do triunfo se puder me ajudar a encontrar essa confiança de que ele fala.

Na maior parte do tempo, gosto de mim como sou.

Tenho orgulho de ser inteligente e engraçada, e de defender aquilo em que acredito. Mas não me importaria de achar outra válvula de escape para o estresse e o coração partido além do chocolate. Só para situações de emergência, sabe? Só para aqueles momentos em que você se dá conta de que o resto do mundo não preza suas qualidades da maneira como seu coração diz que deveria.

"O que você faz às sete horas em dias de semana?", ele pergunta.

"Hum, normalmente janto com minha família."

O Gostosão revira os olhos. "Às sete da manhã."

"Ah. Nesse caso, normalmente estou no spinning. A menos que o pilates atrase", digo, impassível. Ele me encara em silêncio até que eu ceda. "Tá, eu durmo."

"Não mais. Amanhã você vai me encontrar na academia do clube."

Olho para ele, que olha para mim. Então o filho da mãe abre um sorriso, um de verdade, e depois dá risada.

"Você devia ver sua cara de ódio", ele diz.

"Acredita em mim: é sincera", resmungo.

"Me dá uma semana, Chloe. É o horário nobre de um personal trainer, mas vou reservar esse horário pra você."

"Por quê?"

Seu sorriso vacila, então desaparece por completo.

Ele não me responde, mas, quando finalmente volto ao livro dez minutos depois, algo está muito claro pra mim: Michael St. Claire pode estar me ajudando, mas tem seus motivos.

Se vai fazê-lo, é por si mesmo.

Só não sei com que objetivo.

3

MICHAEL

Lá em Nova York está cheio de gente que me odeia até a medula.

Não tenho dúvida de que estão falando um monte de merda pelas minhas costas.

Mas quem precisa delas?

Já tenho Chloe Bellamy para dizer na minha cara que não presto.

"Sabe o que é isso?", ela diz, arfando. "Elitismo atlético. Vocês que são naturalmente atléticos levantam a cenoura da saúde na frente do restante de nós, que concluímos que se quisermos passar dos trinta e dois anos temos que correr atrás dela, mas é tudo um truque." Ela continua arfando. "Vocês só querem ver a gente estrebuchar enquanto nos forçam a correr."

Olho para o painel da esteira: sete quilômetros por hora. Quatro minutos se passaram. "Chloe, isso é só o aquecimento."

Ela ofega toda exagerada e tenta ajustar os controles, mas afasto sua mão. "Só mais um minuto. Temos que chegar aos cinco de bombeamento cardíaco constante."

"Tá mais pra ataque cardíaco", Chloe diz.

Reprimo um sorriso diante do melodrama. Se eu achasse que estivesse mesmo com dificuldade, faríamos um intervalo. Mas, antes de aceitar o trabalho no Cambridge, passei seis meses acompanhando um personal trainer em uma das maiores academias de Dallas — tempo bastante para saber quando alguém está extenuado e quando é só "antimovimento", como gosto de chamar.

Chloe definitivamente está na segunda categoria.

Ainda que eu ache que deveria estar aliviado por ela estar usando roupa de academia.

Novinha, ao que parece.

A maior parte das garotas que conheço prende o cabelo para se exercitar, mesmo não se tratando da nuvem de cachos descontrolados de Chloe. Mas o cabelo dela pula solto, em toda a sua glória selvagem.

Eu poderia sugerir que fizesse alguma coisa com ele, mas nem me dou ao trabalho, porque (a) ela não vai escutar; (b) é cabelo. Não estou nem aí.

Quando Chloe para a esteira ao fim dos cinco minutos, me dou conta de que me importo, sim.

A porcaria do cabelo vai ser uma grande dificuldade.

"Pausa pra água?", ela pergunta, esperançosa.

Aponto para sua cabeça. "Rabo de cavalo."

Ela a inclina. "Oi?"

"Seu cabelo. Prende."

Chloe desdenha, lançando-me um olhar incrédulo. "Sabe, ontem achei que você tinha uma coisa meio macho alfa rolando. O olhar furioso, os bíceps, a falta de habilidade na conversa... Mas é melhor tomar cuidado. Se falar 'rabo de cavalo' assim em público, essas donas de casa vão levar o negócio delas para campos menos metrossexuais."

Cerro os dentes.

Ela quer um macho alfa?

Tudo bem.

Sem dizer nada, viro-me de costas, passando pela fileira de esteiras, elípticos e pesos para chegar à recepção.

Demi, a gatinha que está no balcão, pula de surpresa quando abro a gaveta atrás dela, revirando os materiais de escritório até encontrar o que procuro.

"De nada!", ela grita.

Volto às esteiras, esperando que Chloe esteja olhando em volta nervosa, à minha procura, o que é claro que não acontece. Essa garota é... nem sei se consigo pensar em uma palavra para alguém tão diferente.

Chloe Bellamy é diferente.

E com isso quero dizer que poderia estrangulá-la, e não que estou intrigado.

Chloe encontrou o caminho até um dos aparelhos e agora está conversando com um cara loiro que mal parece ter idade para se barbear, mas definitivamente é maduro o bastante para apreciar os elogios de uma garota mais velha.

Ainda que tal garota esteja com o rosto todo vermelho do aquecimento e toda descabelada.

Chloe solta uma risada longa e tempestuosa, e eu o observo mostrando os músculos, provavelmente a pedido dela. Quando chego perto deles, posso jurar que ela está apertando os bíceps do garoto.

"O que está acontecendo aqui?", pergunto.

Chloe não parece nem um pouco abalada com meu rosnado e me lança um sorriso. "Este é Caleb. Dá pra acreditar que está no penúltimo ano da escola? Quer dizer, olha só pra..."

Agarro o braço dela com firmeza e a puxo para longe.

"Qual é o seu problema?", Chloe murmura, virando-se para acenar para Caleb com uma piscadela exagerada.

"Qual é o meu problema? Você deveria me agradecer. O garoto tem dezesseis anos. Estou te salvando de uma acusação de pedofilia."

"Ah, fala sério. Eu só estava sentindo os músculos dele."

Com um grunhido, levo as mãos aos ombros dela e a forço a sentar em um dos bancos.

"O que você... ei!", ela grita.

Eu a ignoro enquanto luto contra sua juba.

Nunca fiz isso antes.

Eu tinha dezenove anos na única vez em que de fato notei o cabelo de uma garota. Era uma noite quente de verão quando finalmente consegui transar com Melissa Gilani depois de uma festa refinada dos pais dela. O cabelo de Melissa estava preso em um coque bagunçado, e ela adorou quando tirei lentamente os grampos e soltei os longos fios loiros, deixando que caíssem em seus ombros.

É claro que eu estava beijando seu pescoço enquanto isso. O que provavelmente ajudou.

Mas definitivamente não estou beijando o pescoço de Chloe Bellamy agora, e prender seu cabelo em um rabo de cavalo está sendo muito mais difícil do que soltar o de Melissa naquela noite.

Chloe solta um grito agudo enquanto tento envolver aquele emaranhado com ambas as mãos e passá-lo pelo elástico que roubei da recepção.

Consigo dar duas voltas antes que ela se desvencilhe, embora haja tanto cabelo que não sei se seria possível dar mais uma mesmo que se mantivesse parada e dócil, duas palavras que acho que nunca vão se aplicar a Chloe Bellamy.

Ela se vira para me olhar feio, e eu retribuo. "Isso foi macho alfa o bastante pra você?", pergunto.

Chloe estreita os olhos. "Eu sei por que fez isso."

"Não temos tempo para psicologia barata", digo. "É hora de treinar resistência."

Ela continua falando mesmo assim. "Você está bravo porque apertei os músculos daquele fofo, e não os seus."

Ah, meu Deus.

"Eu teria apertado seus músculos", Chloe continua tagarelando, "mas não queria mexer no chumaço de gaze no seu braço direito. Imagino que seja resultado de uma briga com faca ou uma tatuagem que, como funcionário do clube, você teve que cobrir."

É o segundo caso, mas, se ela não parar de falar, talvez haja uma briga de faca.

"Para de enrolar", digo, me aproximando dela e imaginando quão inapropriado seria amordaçar alguém para ensinar o jeito certo de fazer agachamentos. "Vamos pra frente do espelho pra você conseguir ver o que está fazendo. Quero te ensinar a fazer agachamentos e afundos direito, aí você vai poder repetir sozinha depois."

"Como se isso fosse acontecer", ela diz, e então me deixa levá-la até a parede de espelhos do outro lado da academia. "Posso ver sua tatuagem?"

De jeito nenhum. Fico ao lado dela, ambos encarando o espelho, seu rosto rosa e animado, o meu sombrio e carrancudo.

"Tá, faz o que eu faço", digo, encontrando seus olhos azuis no espelho. "Vamos nos abaixar como se fôssemos sentar, mas sem desalinhar os joelhos dos dedos dos pés."

Faço um agachamento para demonstrar. Em geral, uso pesos — muitos —, mas, como o músculo que Chloe está mais acostumada a exercitar é a língua, decido começar do começo. Do comecinho.

"Entendeu?", pergunto, fazendo outro agachamento, já que ela não repetiu meu movimento.

Ela me observa pelo espelho. "Mais uma vez", diz.

Obedeço, então desfiro uma série de impropérios porque Chloe Bellamy acabou de me dar um tapa na bunda no meio da academia lotada.

"Muito bom", ela diz, parecendo surpresa.

"Chloe!"

Ela dá de ombros. "Você ficou tão chateado por eu ter apalpado aquele garoto e não você que eu quis te fazer um agrado."

Por um segundo, tenho vontade de rir, o que me faz querer dizer a ela que o acordo está encerrado. Que ela pode voltar ao seu antigo eu preguiçoso que se enche de chocolate, porque não sou do tipo que ri.

Não mais.

Chloe é diferente, e eu odeio isso.

Ela não é como as mulheres que me olham como um pedaço de carne, nem como as garotas apaixonadinhas do bar, que agem como se eu fosse sossegar assim que encontrar a pessoa certa.

E certamente não é como sua irmã, que sabe que é maravilhosa e pode só ficar esperando os homens chegarem nela.

Chloe é...

Nem sei dizer.

Ela solta um longo suspiro. "Desculpa por ter dado um tapinha na sua bunda." Então, faz meio agachamento, bem rápido. "Assim?"

Encaro seus olhos azuis pelo espelho, assustado ao perceber que, sem o cabelo me distraindo, suas feições até que são... não sei bem o quê.

Interessantes?

Atraentes?

Não sei se "bonitas" é bem a palavra.

"Não", digo, irritado com o rumo que meus pensamentos tomaram. "Desce mais."

Chloe tenta de novo, e eu mantenho a mão em seu ombro, forçando-a delicadamente a abaixar mais um pouco.

"Assim fica difícil", ela protesta.

Dou uma risada sombria. "É mesmo. Essa é a ideia."

Chloe vira a cabeça para me encarar, olhando diretamente nos meus olhos, e não através do espelho.

Então afasto a mão, meio nervoso, porque tenho a estranha sensação de que Chloe Bellamy sabe que, quando eu concordo que é difícil, não estou falando do exercício.

Estou falando da vida.

Da minha vida.

4

CHLOE

Amo a faculdade.

Passei o último ano da escola irritada e rangendo os dentes porque Kristin ia para a universidade antes de mim.

Esse tipo de inveja era novidade para mim. Minha irmã e eu somos seres tão diferentes que, mesmo com apenas um ano de diferença (em geral uma receita para o desastre quando se trata de adolescentes, segundo dizem), nunca brigamos muito, porque, bom... pelo que brigaríamos?

Eu não queria o gloss dela emprestado. Ela não estava interessada em tomar o meu lugar na equipe de debate.

Então a época na escola passou tranquila. Quer dizer, passou... sei lá.

Mas fiquei com inveja quando ela foi para a faculdade, porque sabia que aquilo era para mim.

Mesmo sabendo que provavelmente acabaríamos no mesmo lugar (sempre me interessei pela Davis, e Kristin também, assim como todos os Bellamy na história dos Bellamy) e eu teria que conviver com minha irmã mais velha, eu tinha toda a intenção de fazer aquilo acontecer.

E fiz.

Até agora, tem sido tão bom quanto imaginei, do primeiro dia ao estágio sensacional deste ano.

Rezei do fundo da minha alma para ter uma colega de quarto incrível, e o cara lá em cima não me deixou na mão. Tessa é um pacotinho ruivo incrível. Ano que vem vai ser o quarto (e último, snif!) ano que moramos juntas, mas nossa amizade não vai acabar aí.

O resto também veio fácil.

Tenho um grupo de amigos com quem posso contar. Amo tanto o departamento de biologia quanto o de economia e todos os professores.

Até conheci dois garotos que pareciam se interessar pela minha esquisitice, saí com eles por um tempo, perdi a virgindade com um e acabei dando um pé na bunda nos dois, porque, bom, continuo meio que vidrada em você sabe quem.

E é esse você sabe quem que me leva ao lado ruim da vida universitária: a fase agridoce conhecida como férias de verão.

Isso porque Cedar Grove é para onde costumam se mudar os ricaços de Dallas.

Fica a apenas vinte e cinco minutos da cidade, perto o bastante para seus residentes poderem continuar acreditando que são cosmopolitas quando querem e longe o bastante para garantir que são a elite quando querem.

E, na maior parte do tempo, eles querem a segunda opção.

Enfim, a questão é: poucos jovens de Cedar Grove conseguem trabalhar no verão enquanto estão na faculdade, como costuma acontecer em outros lugares.

A maioria dos pais repete a máxima "vai ser bom pra você ter um emprego de verdade", e em resposta nos oferecemos para trabalhar no cinema e na única sorveteria da cidade. Mas não há muito espaço para acomodar a força de trabalho de junho a setembro, já que a maior parte das vagas é ocupada por pessoas que de fato precisam de um salário.

Pessoas como Michael St. Claire, que não são sustentadas pelos pais ricos.

Assim, os verões em Cedar Grove consistem em comparecer a inúmeras festas na piscina (no caso de Kristin), descobrir maneiras de evitar a insistência da sua mãe em comprar vestidos "só pela diversão" (no meu caso) e muitos jantares com Devon Patterson.

É como eu disse.

Os verões são agridoces.

De um lado, tenho que assistir à minha irmã e Devon se pegando para compensar um ano acadêmico inteiro.

De outro, é o único momento que tenho para lembrar a ele que existo.

Esta noite, no entanto, o lado ruim sobressai. É a primeira noite desde que chegamos que Devon teve tempo de aparecer, e Kristin oscila entre fazer beicinho porque ele anda ocupado e subir a mão um pouco demais pela coxa dele, mesmo meus pais estando aqui.

Consigo fazer algumas perguntas entre as garfadas de frango enquanto minha irmã fica cutucando a vagem no prato, mas em geral meus pais dominam a conversa, querendo saber o que Devon vai fazer agora que se formou e o que achou do novo corte de cabelo de Kristin.

Em geral, adoro o interrogatório dos meus pais depois de ficar um tempo sem vê-lo, porque assim me atualizo sem que pareça interessada demais no assunto.

Mas, esta noite, Devon parece... desligado.

Eu o conheço desde o quarto ano, e ele tem sido quase parte da família desde que começou a sair com minha irmã, quando tinham quinze.

Devon sempre foi do tipo tranquilo, com a vida resolvida, mas hoje está se comportando de modo estranho.

Olho para Kristin para ver se notou, mas ela está ocupada demais tirando as calorias — e o sabor — do frango grelhado.

Típico.

Depois do jantar, Devon insiste em ajudar quando Kristin e eu vamos lavar a louça. Parece legal da parte dele, mas então percebo que é só uma desculpa para os dois ficarem se agarrando enquanto meus pais terminam o vinho na sala.

Eu deveria estar acostumada.

E estou.

Mas, esta noite, não estou no clima. Minha cabeça está latejando, minhas pernas parecem quebradas depois do treino ridículo com o Gostosão e meu coração... dói.

Coloco os pratos e os talheres no lava-louças e então fujo, sem sentir culpa.

Vai ser uma tarefa divertida para Kristin tentar descobrir como limpar a travessa de purê sem estragar a unha feita.

Vou pegar uma coca na geladeira, mas hesito, imaginando a reprovação de Michael St. Claire. Então pego uma coca light.

Não faço questão de ser magra. Ou pelo menos não muita.

Mas estou cansada de me sentir fora do controle da minha vida.

É claro que uma bebida light não vai me ajudar a dominar o mundo nem nada do tipo, mas ainda assim parece um progresso.

É com pequenos passos que se avança.

Vou para a piscina. Estou assistindo da espreguiçadeira aos últimos raios de sol desaparecerem quando alguém senta na espreguiçadeira ao meu lado.

"Oi, Chlo."

Devon.

Toda a tensão e a dor de cabeça desaparecem. Simples assim.

Quase nunca ficamos sozinhos.

Nunca, na verdade.

Mas de vez em quando Devon parece lembrar que éramos amigos muito antes de minha irmã saber que ele existia, e sou recompensada com momentos como esse.

Sem Kristin.

"Oi", murmuro, enquanto ele estica as pernas. Juro que tento não encarar suas panturrilhas na calça cargo verde, mas parece impossível.

Por que Devon é tão lindo? E por que tenho que notar isso?

"Cadê a Kristin?", pergunto, tentando lembrar ao meu cérebro confuso pelo desejo que ele não é para o meu bico.

Tento não salivar. São só pernas, meu Deus do céu. Pernas peludas. Pelos masculinos sempre parecem púbicos... o que não me ajuda a pensar em outra coisa.

"No telefone", ele responde. "Parece que uma das meninas da irmandade dela está em alguma espécie de crise."

"Provavelmente fez luzes no cabelo e não ficou bom", digo, levando as pernas de encontro ao peito e enlaçando os joelhos até lembrar que estou de short e, portanto, a parte interna e branca das minhas coxas está exposta. Estendo as pernas rapidinho, mas isso só faz a gordura das coxas se espalhar como se eu fosse uma baleia encalhada na praia.

Não tenho o que fazer.

Suspiro e tento esquecer.

Devon não está nem um pouco atento às minhas pernas (é claro), mas estica o braço preguiçosamente para tomar um gole da minha coca. Antes disso, no entanto, estranha e faz uma careta. "Light?"

"Minha mãe comprou pra Kristin."

"E por que você está bebendo? Acabou a normal?"

Não sei se adoro o fato de Devon nem perceber ou se fico irritada com isso. Quer dizer, por um lado acho que diz muito sobre ele o fato de não automaticamente imaginar que estou tomando coca light porque preciso perder peso.

Por outro... tenha dó, cara. Será que não desconfia que uma garota com alguns quilinhos a mais já está cansada de saber que a versão com açúcar não vai ajudá-la a se sentir bem dentro de uma calça skinny?

Abro a boca para dizer isso, mas hesito.

Faz um bom tempo que Devon e eu não falamos sobre algo tão pessoal.

Sei que algumas pessoas acham que o cálice sagrado da amizade é dois amigos serem capazes de ficar num silêncio confortável juntos, e sou grata porque Devon e eu sempre tivemos isso.

Mas não me engano a ponto de pensar que somos íntimos.

Houve um tempo em que eu contava tudo para ele, e Devon me contava tudo o que um garoto de onze anos estava disposto a contar a outra pessoa.

Mas ultimamente tenho me perguntado se Devon ainda pensa em mim como eu era aos dez anos, porque há muita coisa que ele não sabe sobre a Chloe adulta.

Devon não sabe que a pré-adolescente corajosa que fingia não se importar com o que os outros achavam dela está tendo cada vez mais dificuldade de manter essa ilusão.

Devon não sabe que a Chloe de vinte e um anos tem inúmeros problemas de autoestima, um deles envolvendo a lata de coca light que ele pegou.

E definitivamente não sabe que a Chloe adulta gosta dele.

Não tenho ideia de como dizer a Devon que o lance de irmãos que rola entre a gente é a mais pura agonia para mim.

E, considerando que não posso contar como me sinto, falo outra coisa no lugar.

Porque talvez seja hora de revisitar a Chloe corajosa, a Chloe que contava tudo.

"Peguei a coca light porque tem menos calorias", digo, com os olhos focados na água azul parada da piscina dos meus pais.

De canto de olho, noto que sua mão vacila no processo de levar a lata à boca. Ele vira para olhar meu perfil e então... tragédia. Seus olhos passam rapidamente pelo meu corpo.

Meu corpo molenga de quem prefere tomar coca normal.

Resisto à vontade de me cobrir, mas encolho a barriga. Só um pouco.

"Chlo..." A voz dele é uma horripilante mistura de surpresa e desalento.

"Não", murmuro.

"Não o quê?"

Olho para encarar seus olhos azuis, tão familiares para mim. "Não vem ser todo legal. Sei que está no seu DNA e em geral é encantador, mas sei como sou. Não sou a Kristin."

Ele abre a boca e a fecha com a mesma rapidez. Porque o conheço — porque conheço Devon Patterson bem pra caramba —, sei o que vai dizer.

Gosto de você assim.

Mas ele não tem o direito de dizer isso, porque não está saindo com a garota de coxa mole. Está saindo com aquela que tem pernas magras e tonificadas.

Devon pode muito bem gostar de mim como sou.

Mas não gosta de mim como sou *pra valer*.

Não como gosta de Kristin.

E, pela primeira vez, penso que talvez Devon não seja tão alheio à minha quedinha por ele como eu imaginava.

O que me incomoda.

Então, um pensamento ainda pior me ocorre: e se Kristin souber?

E se ela souber que estou quebrando uma das principais regras entre irmãs? E se ela e Devon conversam a respeito daquele jeito "ah, coitada da gorduchinha da Chloe"?

Meu rosto queima diante dessa possibilidade. Mais pelo sentimento de culpa do que de constrangimento.

Foi isso que me tornei?

Sério?

Morro de medo de que seja verdade.

Na faculdade, posso me enganar pensando que estou no controle e que tenho as rédeas do meu futuro.

Mas aqui em casa, em Cedar Grove, onde todo mundo ignora as imperfeições de Kristin, onde o garoto de que sempre gostei entra e sai da minha vida em um pesadelo platônico, estou mesmo no controle?

Ou sou apenas uma espectadora passiva da minha própria vida?

Ah, meu Deus.

É isso que eu sou.

Aquele idiota do Michael St. Claire estava certo com seu discurso pretensioso sobre eu estar fora de forma ser um sintoma da falta de controle da minha vida.

Não sou uma dessas garotas tolas que acredita que determinado número na balança ou certo número na etiqueta vai me trazer alegria. Minha irmã é um graveto, e às vezes, quando acha que não tem ninguém olhando, parece a trinta segundos de um colapso nervoso.

Mas estou cansada de sentir que a comida me controla.

O sorvete, o doce, a batatinha e, sim, a porcaria da coca.

E talvez eu também esteja meio cansada da minha falta de energia, do fato de que ninguém nunca se surpreende de me encontrar sentada em um dia lindo de verão quando todos os outros no clube estão jogando golfe, tênis ou, você sabe, se movimentando.

E o pior de tudo: talvez eu esteja um pouco cansada de sonhar com um cara que parece perfeitamente satisfeito em conversar comigo e me ter como amiga, mas não consegue tirar as mãos da minha irmã.

Talvez seja hora de Chloe Bellamy sentar ao volante de sua própria vida, dando um pé na bunda da Chloe sedentária.

Devon me olha surpreso quando levanto de repente. "Aonde você vai?"

"Preciso ligar pro meu personal trainer. Não comecei com o pé direito hoje, então quero ter certeza de que ele não vai me dar o cano amanhã", digo, dando um tapinha amistoso em sua canela ao passar por sua espreguiçadeira.

E olha só: nem tentei apalpar o cara.

Progresso. Definitivamente, progresso.

5

MICHAEL

O clube paga bem, mas o dinheiro do trabalho ocasional no Pig and Scout é sempre bem-vindo.

Deixei boa parte do meu estilo de vida confortável em Manhattan sem nem olhar para trás.

Mas tem um aspecto da minha vida antiga que veio comigo para o Texas e precisa de cuidados.

Vamos apenas dizer que o salário de professor de tênis para donas de casa e de personal trainer não é o bastante para sustentar a boa vida com que minha garota está acostumada.

Estou falando do meu Jaguar F-TYPE.

Vale a pena abrir umas cervejas e tirar chope algumas noites por semana para garantir um tratamento da mais alta qualidade para o carro.

Mas não esta noite.

Hoje eu só queria estar do outro lado do balcão, porque estou precisando muito de um uísque com coca.

Houve uma época em que só aceitaria Pappy Van Winkle, mas viver do meu próprio salário me ensinou que Jack Daniel's tem o mesmo efeito.

No sentido de me fazer esquecer o dia dos infernos que tive.

Começou com Chloe Bellamy derrubando um peso no meu pé. De dois quilos, mas mesmo assim.

E terminou com Margot Varni agarrando minha virilha para fazer uma proposta indecente e de forma nada sutil.

Não que eu me importe com a parte da proposta. Margot é uma divorciada gostosa, e cedi às suas investidas antes.

Mas meu chefe nunca esteve por perto para ver a mão boba dela. Hoje, ele estava.

Se fosse o inverso, ou seja, se Margot fosse um velho babão e eu fosse uma mulher jovem, tenho certeza de que *ela* seria repreendida.

Mas passei o fim do meu turno ouvindo Joe Nehrs me dizer que o Cambridge não é "esse tipo de lugar".

Até parece. O clube é exatamente esse tipo de lugar, mas eu quebrei uma regra dos ricaços: fui pego.

Então agora estou com o pé doendo, de mau humor e sem alternativa além de ouvir Lazy Del, um dos clientes regulares do bar, me dizer que os jovens de hoje simplesmente não valorizam mais Deus e o próprio país.

"Cara", sussurra Blake Johnson, que está trabalhando ao meu lado, enquanto Del prossegue com seu discurso. "Gostosa à direita. Acabou de entrar."

Termino de servir o Jim Beam e o entrego a Del antes de me virar para olhar a gostosa da vez.

Blake seca todas as mulheres que entram no bar, como se nunca tivesse visto um par de peitos antes.

A ruiva é bonita, com certo charme do interior, mas não faz meu tipo. Gosto de mulheres altas, magras e refinadas.

Como Kristin Bellamy, que tem uma aula extra comigo amanhã.

Meu interesse nela se limita a uma possível aproximação dos Patterson.

O que não significa que, nesse meio-tempo, não posso desfrutar do fato de que é uma gostosa.

"E aí?", Blake pergunta. "O que achou?"

Levanto um ombro, e Blake balança a cabeça enquanto serve uma Stella com cuidado. Não tem espuma suficiente nela, mas o caubói chapado na ponta do balcão que espera por ela nem deve notar.

"Você tem certeza de que não é gay?", Blake pergunta. "Por mim tudo bem se for. Explicaria por que não curte o que este lugar tem de melhor."

"Não sou gay", digo, indo para a ponta do balcão atender duas mulheres de meia-idade que acabaram de sentar.

"É bom saber", uma das mulheres diz com um sorriso atrevido, tendo claramente ouvido minha conversa com Blake.

Pisco para ela e pego o pedido que uma das garçonetes me entrega. Então um rosto familiar chama minha atenção. Não, três rostos familiares.

Das irmãs Bellamy e de Devon.

Não fico nem um pouco surpreso. Cedar Grove é uma cidade pequena, sem muitas opções de lugares onde beber. O Pig and Scout é um dos poucos que os pais não costumam frequentar.

Observo brevemente meu meio-irmão que nem sabe que eu existo. Não o encontrava desde aquele dia no clube, quando me dei conta de que ele tinha as duas Bellamy na palma da mão.

Eu o observo de canto de olho.

Tento não odiar o cara.

Mas é difícil. Não dá para gostar do filho do cara que engravidou minha mãe em uma viagem de trabalho há vinte e quatro anos.

Devon enlaça a cintura de Kristin.

Viro o rosto.

A pontada de ciúme me traz lembranças ruins.

De me apaixonar pela namorada do meu melhor amigo e me sentir despedaçado sempre que via os dois juntos.

E eles estavam sempre juntos.

Toda vez que eu via Ethan tocando Olivia, sentia uma dor dilacerante, não só por um desejo possessivo em relação à garota que eu não podia ter... mas também pela constatação dolorosa de que estava traindo todas as regras de uma verdadeira amizade.

Ethan era um dos meus melhores amigos.

Olivia era outra.

Eles foram feitos um para o outro, mas eu estraguei tudo.

Para todos nós.

A pontada de ciúme é familiar. Mas pelo menos dessa vez não sinto culpa por desejar a namorada de outro cara. Não devo nada a Devon Patterson.

Não é a mesma coisa. Posso desejar Kristin Bellamy, mas Olivia era parte de mim. Nos dias ruins, parece que ainda é.

Ver Devon e Kristin juntos é menos intenso, porque de jeito nenhum vou me permitir me importar tanto com outra pessoa.

Mas a sensação ainda é a de um maldito déjà-vu.

Meus dedos ficam mais firmes na coqueteleira que tenho em mãos, enquanto a encho metodicamente de gelo para fazer um drinque cor-de-rosa para as garotas sentadas na extremidade do balcão.

Kristin e Devon nem me notam — por que me notariam? —, e fico feliz com isso.

Então concentro minha irritação em Chloe.

Aparentemente, os três treinos bastante produtivos — tá, mais ou menos produtivos — desta semana não fizeram nada para aumentar a autoestima dela.

Continuo olhando mesmo que ela ainda não tenha me notado, tentando transmitir meu descontentamento com o fato de que topou vir de vela.

Como se sentisse minha irritação, seus olhos azuis percorrem o bar lotado até me encontrar.

Uma garota comum se surpreenderia e arregalaria os olhos, talvez desse um sorrisinho de reconhecimento, mas não Chloe. Sem perder tempo, sua boca já grande se abre em um sorriso ainda maior e ela me acena com entusiasmo demais.

Bom, pelo menos uma coisa eu sei: Chloe Bellamy não tem nenhum interesse em mim enquanto homem, porque não está nem de longe tentando dar em cima de mim.

Ou, se está, vai precisar de muito mais trabalho nessa área do que em sua coordenação no elíptico.

Chloe diz alguma coisa por cima do ombro para a irmã e o namorado, mas eles já estão conversando com outro casal na mesa do canto e não respondem.

É meio patético, na verdade, mas Chloe deve estar acostumada, porque não faz beiço nem careta antes de se dirigir para o bar.

Deus me proteja.

"Gostosão!" Ela abre outro de seus sorrisos bobos e inocentes.

Chloe se joga em um dos poucos lugares vagos no balcão, mas, ao contrário do que costumam fazer as garotas sozinhas que se empoleiram

43

delicadamente nas banquetas, nem olha em volta para ver quem notou sua chegada. Tampouco se posiciona com cuidado para garantir que seu melhor perfil fique à mostra. Só fica ali... feliz.

Tão irritante.

"Gostosão?", Blake repete ao meu lado.

Chloe sorri para meu colega de trabalho e se explica: "Michael é meu personal trainer. Ele acha que minha vida vai ficar perfeita se eu conseguir correr um quilômetro e meio em onze minutos".

"Não", digo, entre dentes. "Só acho que vai viver mais se não tiver migalhas de salgadinho entupindo suas veias."

Seu sorriso se alarga para Blake. "Ele se importa comigo. Somos melhores amigos."

"Não somos... droga..." Respiro fundo, rezando para ter paciência. De modo geral, não sou de falar muito, mas Chloe Bellamy e seus modos ridículos me obrigam a abrir a boca.

"Você vai ter que pedir alguma coisa se for ficar aí", finalmente consigo dizer, irritado.

Ela dá de ombros e sorri. "Tá bom! Me faz alguma coisa alcoólica."

Nem me dou ao trabalho de responder, esperando que meu olhar fulminante deixe claro que o comportamento apropriado de um cliente requer algo mais específico.

"Hum, você tem alguma coisa com gosto de chiclete?", ela pergunta, inclinando a cabeça.

Na academia, Chloe tem prendido o cabelo para trás, mas hoje está selvagem e bagunçado. Isso e a estampa roxa chamativa da blusa fazem dela uma visão vertiginosa, ainda que valha uma segunda olhada. E uma terceira.

"Na verdade, tem uma vodca nova sabor chiclete", Blake diz, usando toda a sua habilidade para entreouvir nossa conversa.

Os olhos de Chloe se iluminam, mas eu levo uma mão ao ombro de Blake e o empurro para o outro lado do balcão, onde ele deveria estar. "Não, você não vai beber aquilo", murmuro. "Vai beber algo respeitável."

"Mas eu quero..."

Eu a ignoro e sirvo gim num copo, então o completo com tônica e acrescento limão enquanto ela faz bico.

"Pronto." Coloco o drinque à sua frente. "O famoso gim-tônica."

Ela toma um gole.

"E aí?", pergunto, porque ela não diz nada.

Chloe revira os olhos. "Já tomei gim-tônica", ela retruca antes de se esticar para pegar algumas cerejas do pote.

Ela come uma antes de colocar outras três no drinque.

Só olho e faço uma careta. "Você sabe que não vai cereja... na verdade, quer saber? Deixa pra lá", murmuro, assentindo para as duas mulheres mais adiante no balcão que apontam para as taças vazias de pinot grigio.

Chloe Bellamy convenceria até um mudo a falar, o que é irritante.

"Você devia ter me dado a vodca de chiclete", ela fala, enquanto se estica para pegar outra cereja.

O movimento no bar aumenta, como costuma acontecer numa sexta à noite, e muitos minutos se passam antes que eu possa voltar a conversar com Chloe. Não que precisasse ter me preocupado. Ela está ocupada conversando com um executivo mais velho à sua direita, que lhe mostra alguma coisa no celular.

Quando as coisas finalmente se acalmam para que eu consiga dar outra olhada nela, seu drinque já ficou rosa por causa das cerejas e ela está prestes a iniciar uma conversa com o casal à sua esquerda. Estalo os dedos na cara dela. "Ei, quero falar com você sobre uma coisa."

Chloe suspira. "É sobre as calorias desse drinque? Posso ficar outro minuto na esteira para compensar, e nem um segundo mais."

Quase sorrio. "Não. É sobre você ter vindo aqui com sua irmã e o namorado dela." Com uma olhada rápida ao redor, descubro que eles se sentaram com os amigos no canto. Não parecem nem um pouco preocupados que Chloe esteja sozinha — ou mesmo cientes disso.

Ela inclina a cabeça, fazendo com que os cachos caiam de um lado. "E o que tem?"

Olho para minhas mãos, sem muita certeza do quanto quero entregar. "É só que... parece inofensivo agora, mas, no futuro, você vai se odiar por isso."

Ela bate as unhas contra o vidro do copo, pensativa. "Outra divagação enigmática do Gostosão. Acho que tem uma história por trás disso."

"Não tem", minto. "Só... não se contente em ficar de vela."

Chloe empurra o copo vazio na minha direção e se inclina para a frente, me estudando enquanto começo a preparar outro drinque.

"Quer falar a respeito?", ela pergunta.

"A respeito do quê?"

"Da vez em que você ficou de vela e acabou se queimando."

Pego um palito e enfio três cerejas nele com mais força do que o necessário, então ponho no drinque que dou para ela. Ignoro a pergunta, porque a última coisa em que quero pensar — quanto mais falar — é todo o tempo que passei correndo atrás do meu melhor amigo e da namorada dele.

"Você precisa de amigos, Chloe."

Digo isso de forma um pouco seca, não porque quero ferir seus sentimentos, mas porque quero que me ouça. Só que tudo o que digo a Chloe volta para mim. Ela pisca. "Eu tenho amigos."

"Bom, você precisa de amigos que vão ao bar com você numa sexta à noite", retruco, irritado por ter que explicar tudo a ela.

De novo, ela inclina a cabeça. "Por quê? E por que está preocupado com isso? Talvez eu só seja introvertida."

Por que estou preocupado com isso?

E não, ela não é introvertida. Olho para ela, que abre um sorrisinho tímido. "Tá, eu não sou. Mas já é estranho o bastante que você tenha se metido na minha vida como personal trainer. Agora está tentando cuidar do campo social também?" Seus olhos se arregalam e ela levanta um dedo como se acabasse de ter uma ideia brilhante. "Você está gamado em mim!"

Ah, meu Deus.

Eu me inclino sobre o balcão, fechando os dedos com delicadeza no dedo dela. "Não estou a fim de você. Caras com mais de oito anos não ficam 'gamados'. E posso te dizer agora mesmo que tagarela não é meu tipo."

Ela comprime os lábios. "Verdade. Você gosta de garotas tranquilas e ossudas." Não digo nada. "Mas deveria saber que Devon e Kristin estão juntos há, tipo, sete anos", insiste Chloe, apontando com a cabeça na direção deles, mesmo de costas. "Provavelmente vão ficar noivos logo mais."

Talvez. Talvez não.

É doentio que eu esteja pensando assim. Conheço Kristin Bellamy há algumas poucas semanas e nunca nem a vi fora da quadra de tênis antes desta noite. Nem sei nada sobre ela, só que é bonita, refinada e me lembra muito a garota que não posso ter.

Acho que é isso que me interessa nela. Kristin é a primeira pessoa depois de Olivia que chama minha atenção — mesmo que só um pouco.

Preciso provar para mim mesmo que não estou preso a uma garota que me rejeitou abertamente.

Mas não se trata só de Kristin. Ou de Olivia.

Se trata de Devon também, e do fato de que o cara que ele chama de pai é mesmo seu pai. O cara nunca vai pegar a mãe falando de sua verdadeira origem poucas horas depois de toda a sua vida pessoal ter ido pelo ralo.

Devon nunca teve que lidar com um coração partido e a descoberta de que é um bastardo numa mesma tarde.

Quando a vida te dá um golpe, mira logo na porra da jugular.

Ou pelo menos foi assim comigo.

Viro-me para Chloe, tentando lembrar que pode ser minha melhor chance de conseguir informações sobre os Patterson. "E como você se sente com a proximidade de um noivado?"

Vinda de qualquer outra pessoa, seria uma pergunta inocente, mas sei como ela se sente em relação a Devon, e só um babaca esfregaria isso na cara dela.

Mas, tão rapidamente quanto o tempo fecha, o sol volta a sair. Ela enrola uma mecha de cabelo no dedo e dá de ombros. "A vida é assim."

"Odeio essa expressão", murmuro, pegando um monte de guardanapos e oferecendo aos clientes à esquerda de Chloe, que conseguiram derramar cerveja em toda parte.

"Tenho os fins de semana livres, né?", Chloe pergunta quando volto a olhar para ela. Não sei por que continuo fazendo isso. Por que retorno para Chloe. Ela é irritante pra caralho, mas tem algo de estranhamente calmante na sua personalidade frenética. "Das suas sessões de tortura", ela esclarece.

"Isso. Dois dias inteiros sem que eu a force a caminhar na esteira."

"Ei, hoje eu trotei!", ela diz, mastigando uma cereja. "Quanto tempo acha que vai levar até eu ficar com a barriga tanquinho?"

Abro a boca para dizer que não é assim que funciona, mas ela já está descendo da banqueta e abrindo a carteira para me pagar.

Franzo a testa. "Aonde você vai?"

Por favor, que ela não vá se sentar na mesa da irmã. Ela não pode estar tão desesperada.

Ela desliza uma nota de vinte pelo balcão e me dá uma piscadela surpreendentemente fofa em toda a sua excentricidade. "Meus amigos chegaram."

Chloe aponta por cima do ombro com o polegar para uma mesa de arruaceiros que acabaram de chegar, e um deles a chama assim que a vê.

A ficha cai. "Ah. Então você não veio segurar vela pra sua irmã."

Ela sorri. "Alguns amigos do colégio estão passando o verão aqui. Só peguei uma carona com Kristin e Devon."

Suspiro e deslizo a nota de vinte de volta pelo balcão. "Pode ficar. Seus gins-tônicas adulterados são por conta da casa."

Ela sorri. "Só porque está se sentindo mal por ter imaginado que não tenho amigos? Ou...", ela levanta as sobrancelhas, "porque está gamado em mim?"

Não me dou ao trabalho de responder. Ela vai embora, com os cachos cor de avelã voando logo atrás. Droga.

Estou sorrindo.

6

CHLOE

Estou prestes a vomitar.

Faz quase vinte minutos que estou assistindo à "aula de tênis" de Kristin com o Gostosão e não sei se fico chocada ou enojada.

Quer dizer, pra começar, Kristin nem precisa fazer aula. Ela joga pela faculdade, pelo amor de Deus. Vamos parar com a encenação.

É claro que ela precisa de alguém com quem jogar no verão, para não perder o ritmo ou sei lá o quê.

Mas alguém que a ajude com o saque?

Tenha dó...

Kristin só começou a fazer essas aulas porque Jackie Zender contou a ela que o novo professor era o maior gato e estava na dela. Kristin não suporta que um cara bonitão se interesse por qualquer outra pessoa que não ela por cinco minutos que seja.

Quase sinto pena de Devon, mas, se o cara ainda não percebeu que minha irmã gosta mais de admiradores do que eu gosto de Snickers, não posso fazer nada por ele.

Volto minha atenção para minha própria quadra, dando uma raquetada tão forte na bola que quase caio.

As pessoas fazem isso por diversão?

Pela centésima vez, tento me lembrar do que estou fazendo, usando um chapéu (medo!) para me disfarçar enquanto tento fazer contato com as bolas de tênis que uma máquina atira de vez em quando.

Por que estou fingindo ser atlética com esse calor de trinta graus?

Porque estou preocupada com o Gostosão. Quem diria?

O cara pode ter "sedutor" escrito naquela cara mal-humorada, mas notei sua expressão quando ele pôs os olhos na doce perfeição que é a falsa da Kristin.

Conheço esse olhar. Sei o que ela faz com os caras.

Sempre foi assim.

Quando entrei no ensino médio, Bobby, meu parceiro de laboratório — bem como o resto da escola —, ficou caidinho pela minha irmã. Perguntei o que ela tinha de interessante, e o pobre apaixonado explicou: "Kristin é a coisa mais linda que já se viu, então você sabe que não tem chance. Mas então ela te olha pela primeira vez, e parece surpresa, como se estivesse esperando por você".

Ah, é.

Mencionei que Bobby Burns queria ser poeta?

Espero que tenha talento, porque certamente não me ajudou a dissecar aquele sapo na aula de biologia.

Mas a questão é: acho que Bobby estava certo.

Até onde sei, Kristin nunca traiu Devon. Ela sabe que os dois formam o casal perfeito e não arriscaria perdê-lo por nada.

Mas minha irmã é ótima em fazer com que outros caras pensem que ela *poderia* trair Devon.

Ou pelo menos é o que está acontecendo com o Gostosão. Tem mais toques acidentais do que em uma festa de aniversário lotada no oitavo ano.

Kristin desfere um backhand patético e ri nervosa para que Michael a envolva com seus braços e corrija a falha proposital na postura.

"Ai", murmuro, quando dou uma raquetada e algo no meu ombro estala. Programei a máquina no ritmo mais lento, mas ela não tem nenhum respeito pela fina arte de espiar a própria irmã. Além disso, a coordenação entre mão e olho nunca foi o ponto alto do meu currículo.

Eu nem precisava ter me preocupado em colocar o boné. Nenhum dos dois olhou uma vez sequer para a gorducha desastrada perseguindo bolas de tênis pela quadra.

É como se eu estivesse me escondendo à vista de todos.

Além disso, não é como se fosse ocorrer a qualquer um deles que eu poderia estar fazendo alguma atividade por vontade própria.

Observo enquanto as mãos do Gostosão se movem na direção do cabelo de Kristin para tirar alguma coisa imaginária do rabo de cavalo dela. Ah, é. Como se alguma coisa pudesse ficar presa naquela seda brilhante.

Aposto que ele nunca teve que prender o cabelo dela. Os fios de Kristin não têm um histórico impressionante de arrebentar elásticos quando contidos.

Finalmente, *finalmente* as mãos bobas cessam, e eles bebem água por tempo demais antes de Kristin se dirigir para a sede do clube. Não deixo de notar a última olhada por cima do ombro que ela dá para o Gostosão, por mais rápida que seja, como se tivesse vergonha de ser pega.

Tenho oitenta e nove por cento de certeza de que a impressão que passa é muito calculada.

Na verdade, de que a coisa toda é. Tudo em Kristin me parece falso.

É algo horrível a se pensar da própria irmã, né?

Bom... mas eu nunca *diria* nada disso.

Eu amo Kristin; de verdade, e muito. Pularia na frente de um trem por ela, doaria meu rim, seguraria seu cabelo enquanto vomita depois de umas doses de Jägermeister. Nem estou falando hipoteticamente no último caso, aliás.

Mas às vezes também sinto como se fosse a única que a enxergasse de verdade.

Ela saiu da barriga da minha mãe já parecendo um bebê de propaganda. Com exceção do âmbito acadêmico, meio que flutua pela vida com toda a facilidade.

Nem culpo meus pais por manter minha irmã no merecido pedestal, ou Devon por escolher ver seu lado doce e divertido em vez do lado manipulador e mordaz.

Mas, por alguma razão deturpada, culpo Michael St. Claire por dar em cima de uma garota comprometida.

Quer dizer, estou tentando entrar nos trilhos e perder um pouco de celulite para que Devon me note?

Claro.

Mas meu interesse é velho o bastante para tirar carteira de motorista. Por mais inocente que pareça, quero dar a Devon a chance de ver que está com a irmã errada, porque acredito de verdade que é o caso.

Mas, ao contrário do Gostosão, não vou me jogar em cima dele.

Prometi isso a mim mesma. É Devon quem deve tomar uma atitude.

Para interromper esse pensamento, dou uma raquetada decidida na próxima bola que vem em minha direção. Pela primeira vez, acerto em cheio, só que uso força demais e ela passa pela cerca em vez de aterrissar dentro das linhas demarcadas.

"Quer umas dicas?"

Ótimo. Maravilhoso.

O Gostosão me reconheceu.

Olho exasperada para o céu, o que é algo idiota a se fazer, porque a bola seguinte acerta meus peitos.

"Filho da..."

Protejo o peito com o braço e saio do caminho, considerando muito seriamente jogar minha raquete em Michael St. Claire, que está rindo. Só não o faço porque tenho certeza de que erraria, o que só o faria rir ainda mais.

Então vou desligar a máquina, massageando o peito dolorido ao passar por ele, com o queixo alto, ainda que não tenha certeza se a esnobada é por vergonha de que tenha testemunhado meu revés ou decepção por ser o último cara numa longa fila a cair na teia da minha irmã.

"Ei, Chloe, volta aqui!"

Ignoro.

Juro que só consegui dar cinco passos mais e ele já me alcança. "Cadê a minissaia?"

"Fala sério. Roupas de tênis pra mulheres mais parecem lingerie", digo, parando para olhá-lo e me segurando para não massagear o peito na frente dele.

O Gostosão morde a bochecha por dentro, e uma mecha de cabelo cai em sua testa. Está suado, não de um jeito nojento de crise de meia-idade, mas como um bonitão atlético. "É, eu notei o, hum, short", ele diz. "É masculino."

Talvez seja.

Coloco um cacho arrepiado atrás da orelha, mas ele pula de volta na minha cara. "Você disse que eu tinha dois dias de folga. Pode me criticar à vontade das sete às oito durante a semana. Hoje não sou da sua conta."

Eu não tinha planejado nem me aproximar do clube hoje, já que é sábado, mas Kristin anunciou a meus pais que "precisava" de uma aula extra de tênis no fim de semana.

Se acha isso estranho, é porque minha irmã não precisa de uma aula por semana, muito menos de duas. Só pode estar atrás de alguma coisa.

E desconfio que essa coisa seja o Gostosão.

Então que escolha eu tinha, além de vir junto e dar uma de Jason Bourne pra cima dos dois?

Noto um lampejo de algo estranho passar pelo rosto do Gostosão, que cruza os braços. "É isso que acha que faço? Que critico você?"

Eu o encaro, chocada. "Sério? Você não faz nada além de criticar. Quer dizer, já estava tentando me corrigir cinco minutos depois de me encontrar."

"Isso não..."

Eu o interrompo com um gesto. "Eu sei, eu sei. Você tem que fazer algo pra se manter ocupado nesse seu trabalho chato de verão, e certamente não vai deixar ainda mais musculosas as bundas de todas essas donas de casa que fazem pilates há mais de vinte anos. Mas... guarda o sermão pra quando eu estiver desmaiando na esteira, tá?"

Michael me encara, deslocando o maxilar de um lado para o outro. "Tá."

Jogo os braços para o alto. "Tá. Legal. Tchau."

Eu me afasto e só então me lembro de que deveria devolver a máquina ao depósito. Torço para que Michael faça isso para mim. Ele me deve uma — pela babaquice.

Os banheiros do Cambridge rivalizariam com os de um resort cinco estrelas, mas tenho dificuldade de tomar banho em público, então só me dou uma olhada no espelho para garantir que não vou assustar nenhuma criancinha (discutível) e então me dirijo ao carro, já sonhando com o longo banho frio que me espera em casa. Não sei bem por que me sujeitei ao sofrimento de uma insolação só para ficar de olho na minha irmã e no Gostosão, mas certamente não valeu a pena.

Eu me ajeito no assento do motorista e ligo o ar-condicionado no máximo, suspirando de alívio quando o ar gelado sopra contra minha pele quente. Quando ligo o rádio, está tocando um clássico do George Strait que eu adoro. Canto o refrão junto enquanto dou uma olhada nas minhas mensagens de texto.

Leio uma da minha mãe dizendo que ela e meu pai têm um "negócio" esta noite e que Kristin vai sair com Devon, então vou jantar sozinha.

Ótimo! Vou ter a casa só para mim.

Isso melhora meu humor, então engato a ré e mudo o tom para cantar o último verso de "Amarillo by Morning" quando uma batidinha leve no vidro do meu lado me faz emitir um gritinho agudo.

Com o coração acelerado, desço o vidro. "Sério, Gostosão? Vai dar uma de *stalker* agora?"

"Diz a garota que passou a tarde toda me espionando."

Lanço um olhar ameaçador para ele, que se inclina sobre o carro, descansando os braços na janela aberta. "Me dá uma carona?"

Faço uma careta. "Você não tem carro?"

"Está na oficina. Blake ia vir me pegar, mas recebi uma mensagem indecifrável sobre zumbis, então concluí que está de ressaca."

Estreito os olhos. "Pra onde você vai?"

"Um bunker sem janelas com correntes na parede", ele diz, se aproximando ainda mais. Eu o encaro, e ele revira os olhos. "Só quero ir pra casa, Chloe. Alugo um apartamento na El Camino Drive. Fica a dez minutos daqui."

Aceno com a cabeça para o assento do passageiro e passo a bolsa para o banco de trás enquanto ele dá a volta no carro.

"Tá, mas quero algo em troca", digo.

"Não faço programa", o Gostosão diz, jogando a mala no banco de trás antes de sentar ao meu lado. Ele coloca o banco para trás o máximo possível, para acomodar suas pernas compridas.

"Que pena", digo. "Já faz um tempo que não sinto a textura encrespada do corpo masculino."

Michael me encara. "Encrespada?"

Faço um gesto abarcando seu longo torso ao meu lado. "Por causa dos pelos."

Na verdade, meio que nunca passei a mão num cara desse jeito, mas não vou contar isso a um cara que provavelmente perdeu a virgindade antes que o resto da turma entrasse na puberdade.

Com esses olhos escuros e melancólicos, aposto que basta uma piscadela para que calcinhas caiam.

Me dou conta tarde demais de que não apenas pensei nisso como *falei*. Em vez de ficar quieto como espero que faça sempre que tento prolongar uma conversa por mais de dois minutos, ele sorri.

"Quer descobrir?"

Por um segundo, fico confusa porque o cara tem até uma covinha na bochecha esquerda. "Descobrir o quê?", pergunto.

"Se uma piscadela minha faz calcinhas caírem."

"Não se dê ao trabalho", digo, saindo da vaga e do estacionamento. "Nem estou usando uma."

Michael solta um ruído estrangulado, e eu o olho de soslaio, nervosa. "Desculpa", digo. "Essas coisas meio que saem da minha boca sozinhas... Esqueço que o que funciona para as outras garotas nem sempre funciona pra mim."

O Gostosão continua olhando para a frente e abre a boca como se fosse dizer alguma coisa, mas então volta a fechá-la e permanece em silêncio.

Digo a mim mesma que não fico decepcionada com isso. Quer dizer, Michael não é um amigo; é só meu personal trainer e provavelmente o maior mulherengo, mas mesmo assim...

"Está com fome?", pergunto.

Ele me olha sem mover a cabeça. "Me diz que não está me convidando pra sair."

"Ah, é", digo, parando no farol e virando para encará-lo. "Estou me sentindo bem atraente nesse short masculino agora que o suor no meu rosto secou. Parece o momento perfeito pra te seduzir. Está dando certo?"

Pequenas rugas se formam no canto dos olhos dele. "É verdade que você está sem calcinha?"

Franzo as sobrancelhas. "Vai ficar sem saber. Agora decide logo. Estou morrendo de fome."

Ele enfia os dentes de cima no lábio inferior por meio segundo e, cara, isso é bem atraente.

Se você gosta desse tipo de coisa, é claro.

"Tudo bem", ele diz. "Mas só porque poderei ver se seus hábitos alimentares são tão ruins quanto a sua destreza nos exercícios."

"Ah, você vai se surpreender", digo, dando meia-volta e indo em direção à minha churrascaria favorita.

Michael levantou uma boa questão. Por mais horrível que seja a ideia de ele me ver comer, não há nada como um personal trainer sem gordura corporal para me fazer comer apenas um pedaço de pão de milho em vez dos quatro que costumo comer.

Isso vai me distrair do verdadeiro motivo pelo qual perguntei se ele estava com fome: o Gostosão parecia solitário.

Ou o *verdadeiro* motivo mesmo.

Porque também me sinto sozinha.

7

MICHAEL

Meio que não consigo acreditar que estou dizendo isso, mas ver uma mulher apreciando a comida — de verdade — é surpreendentemente sexy.

Não que Chloe Bellamy seja sexy.

Ela é um horror, e não estou falando só do short masculino, do cabelo desgrenhado ou do fato de que tem molho barbecue no queixo.

Mentalmente, é uma confusão só, e emocionalmente... nem sei dizer.

Mas quando ela dá uma mordidinha no pão de milho como se fosse melhor que sexo...

Eu me ajeito no banco desconfortável e tento pensar em outra coisa.

Tento pensar na sensação dos meus braços em Kristin naquele breve minuto em que a ajudei com seu *swing*.

Chloe lambe um pouco de molho barbecue do seu grosso lábio superior e faz com que meus pensamentos sobre Kristin e sua minissaia se dispersem.

"E aí, qual é sua história, Gostosão?"

Suspiro e desisto de pensar na irmã dela.

É difícil pra caramba pensar em qualquer outra coisa do que a garota que no momento está se servindo de uma das minhas costelinhas de porco.

Deixo que faça isso, mas puxo meu pão de milho para mais perto, porque é uma das melhores coisas que já provei, incluindo pratos de todos os restaurantes chiques de Nova York de que já se ouviu falar.

"Minha história?", repito, cauteloso.

Ela balança a costelinha na minha direção. "Bom, você não é daqui. Parece do Norte. Boston?"

"Nova York. O sotaque de Boston é bem diferente."

Chloe dá de ombros. "Parece tudo igual pra gente."

Me inclino um pouco para a frente. "Bom, tendo passado por todo o Sul no caminho pra cá, posso dizer que o sotaque do Texas é bem parecido com o do pessoal de Atlanta, e de toda a Louisiana, e de..."

"Chega!", ela grita com seu sotaque texano, que aliás é bastante diferente dos outros. "Assim você me magoa. E como assim no caminho pra cá? Você veio de carro? De Nova York? Só pela diversão?"

Tomo um gole de cerveja e encaro o prato.

Chloe se recosta no assento. Eu não ficaria surpreso se ela desse uns tapinhas na barriga para expressar sua satisfação. Seu olhar é de uma mulher saciada.

"Me fala quando tiver passado", ela diz.

"Quando tiver passado o quê?", pergunto, distraído com como sua blusa está esticada sobre o peito. Minha nossa, estou mesmo dando uma secada na garota?

Sim, eu estou.

"A fase estoica", Chloe diz. "Você oscila o tempo todo entre o silêncio de macho e o charme mordaz. Consigo lidar com a versão sarcástica, mas não tenho o que fazer com a muda e mal-humorada."

Dou uma mordida no pão e mastigo lentamente, sem dizer nada.

Chloe bufa. "E se você me contasse a versão pro guia da tv?"

"Oi?"

"Você sabe, tipo um resumo da sua experiência de vida até o momento. Por exemplo, o meu seria: 'Garota gorda mas esperta espera pacientemente que o cara dos seus sonhos se dê conta de que prefere passar a vida rindo e conversando do que transando loucamente com uma magricela que não o valoriza'."

"Você não é gorda", digo, automaticamente. E tenho certeza de que é ótima na cama, se o modo como está lambendo o molho barbecue do dedo serve de indicativo, mas não vou entrar nessa. Nem na minha cabeça.

Chloe me ignora. "Tá, agora é a sua vez. Vou te dar uma ajuda. Que tal: 'Bad boy bonitão que nasceu no lado errado da cidade foge da vida dura no Bronx para se encontrar em uma pequena cidade do Texas'?" Ela consegue pegar um pedacinho do meu pão de milho. "Como me saí?"

Seu palpite é tão absurdo que quase dou risada. E ela esqueceu a parte mais importante: fez parecer que a questão era para onde eu estava fugindo, quando na verdade se trata *do que* estou fugindo.

Ou de quem estou fugindo.

"Bem", digo, devolvendo a garrafa de cerveja à mesa.

"Bom", Chloe diz, sugando o resto do refrigerante pelo canudo. "Não me leve a mal, mas como por dentro sou uma nerdona..."

"Só por dentro? Por fora não?", interrompo.

Ela faz uma careta. "Continuando... Você já pensou em fazer faculdade? Quer dizer, pressupondo que você não queira trabalhar num bar ou como personal trainer pra sempre, claro. Se quiser, não tem problema nenhum..."

"Eu fiz faculdade."

Isso cala a boca dela.

"Ah! Legal. Você, hum, se formou?"

"Sim." Em meros três anos, mas não vou dizer isso a ela.

Ethan, Olivia e eu sempre fomos os meninos de ouro de Manhattan. De família rica, bons alunos e atletas, aceitos facilmente na NYU — juntos, porque era como fazíamos tudo.

Mas só dois de nós se formaram (graças a mim, Olivia abandonou o curso antes do último ano), e só Ethan compareceu à cerimônia.

Eu peguei o caminho mais fácil. Depois da merda toda do penúltimo ano, eu sabia que as coisas não iam voltar a ser como eram antes. Sabia que Ethan e eu não poderíamos mais dividir o mesmo quarto de dormitório, que Olivia e eu não poderíamos retornar à nossa amizade platônica.

Minha presença no campus no último ano teria sido insuportável. Para todos nós.

Então cumpri os poucos créditos que me faltavam em cursos de verão e escapei no meio da noite com um diploma que eu nem tinha mais certeza de que queria.

Não digo nada disso a Chloe.

Claro.

Mas ela insiste.

"E você se formou em educação física ou...?"

"Finanças."

"Finanças?" Chloe agarra a mesa de forma dramática, como se tivesse acabado de ocorrer um terremoto. "O que está fazendo servindo drinques nas noites de sexta se tem um diploma de finanças da...?"

"NYU", digo, relutante.

Chloe se joga para trás na cadeira. "Perdi o chão agora. Gostosão... não que eu não seja grata por você tentar deixar minha bunda menos mole toda manhã, mas não acha que é qualificado demais pra isso? Não consegue trabalho na sua área?"

Pego outra costelinha, ainda que não esteja com fome. Qualquer coisa para me impedir de ter que conversar com essa matraca incansável.

Os olhos de Chloe se estreitam quando ela se inclina na minha direção. "Você nem tentou arranjar um trabalho na sua área, né?"

Dou uma mordida na costelinha e mastigo sem entusiasmo.

Os olhos dela se estreitam ainda mais. "De onde você é, Michael?"

"Já falei. De Nova York."

"Não, quero saber de onde você é de verdade. De que parte de Nova York?"

Deixo a costelinha de lado, cedendo. "Manhattan."

"Da Manhattan barraquinha de rua suspeita ou brunch refinado?"

Tomo outro gole de cerveja.

Ela solta uma gargalhada. "Cara, você não nasceu no lado errado da cidade. Sua família provavelmente construiu a cidade, não é?"

Este não é o momento para dizer que sou parente distante dos Vanderbilt por parte de mãe.

"Gostosão", ela sussurra. "Você é rico?"

"Rico em recuperação", digo, olhando firme para ela de modo a indicar que o assunto está encerrado.

Chloe ignora isso. Claro.

"Legal", ela diz, parecendo impressionada. "Você fez algum tipo de travessura imperdoável para ser renegado pela família?"

Por anos, tenho escondido bem minhas emoções. É meio que uma habilidade necessária quando se está secretamente apaixonado pela namorada do seu melhor amigo.

Quando tudo foi pelos ares, passei de esconder minhas emoções a não sentir nada.

Mas acho que devo estar enganado, porque a pergunta insolente e sem qualquer constrangimento de Chloe Bellamy é como uma faca no meu peito. Pior ainda: pelo modo como seu sorriso grande demais desaparece do rosto, posso dizer que ela sabe.

"Ei." Sua voz é gentil, e eu odeio isso. "Não quis..."

"Podemos não fazer isso?" O pedido soa como uma ordem, e eu espero que ela não compreenda o que realmente é: uma súplica para deixar isso para lá.

E, embora provavelmente a incomode — qualquer coisa envolvendo silêncio deve incomodar —, Chloe assente. "Claro, Gostosão. Não vou insistir. Mas só porque temos coisas melhores a discutir, tipo quantos milhões de quilômetros vou ter que correr pra queimar as calorias deste jantar."

Meus ombros relaxam.

Tenho que dar crédito à garota. Ela sabe como me tranquilizar. Quando não está investigando meu passado com uma escavadeira, é claro.

"Já falei que números não importam, e sim a maneira como você se sente", digo, por força do hábito.

Chloe desdenha. "Por favor. Para com essa baboseira de magreza. Você disse que queria que eu ganhasse confiança, né? Que tal tornar isso um pouco mais tangível? Eu gostaria de ter confiança o bastante para trocar esse short masculino por uma minissaia esvoaçante de tênis."

Fico em silêncio, esperando que prossiga, mas ela só me encara.

"Que foi?", Chloe finalmente pergunta. "Por que está me olhando assim?"

"Bom, do jeito que falou parece que espera que eu consiga isso em troca de alguma coisa."

"Gostosão. Você é meu personal trainer. É um trabalho. Não estão te pagando bem? Porque sei de um cara que não está usando o diploma em finanças. Talvez..."

"Tá bom", resmungo. "Vou colocar você numa saia de tênis, mas me promete que não está fazendo isso por Devon Patterson."

Chloe passa a língua pelos dentes da frente. "Tá bom. Prometo."

É mentira. Ambos sabemos disso.

Apesar de tudo, eu entendo. Pouco tempo atrás eu fazia de tudo para impressionar a garota por quem estava apaixonado.

Só espero que a história de Chloe tenha um final mais feliz que a minha.

8

CHLOE

Duas semanas depois...

"Você tem que ir na nossa festa do Quatro de Julho."
Michael vai para o outro lado do banco trocar o peso.
"Tá, vamos tentar assim", ele diz, se afastando para me olhar. "Acho que você está pronta para um pouco mais de peso."
Não faço nenhuma menção de levantar a barra. Só fico olhando para ele.
"Chloe."
"Gostosão."
"Anda com isso, vai. Só temos vinte minutos antes da minha próxima aluna."
"Argh, a sra. Rubio?", pergunto, fechando os dedos relutantes na barra de metal. "Ela só está procurando um casinho."
"Chloe, isso vale para a maioria das minhas alunas."
"Mas não comigo."
"Graças a Deus. Muito bem, está pronta?"
Olho com suspeita para os pesos, que são muito maiores que qualquer coisa que já experimentei. "Se cair no meu peito, pode esmagar meu coração?"
Ele deixa as mãos debaixo da barra e firma as pernas no chão. "É melhor não soltar pra garantir. Mas estou aqui se precisar."
"Sabe, se quisesse me matar, seria um jeito brilhante de fazer isso", digo, quando tiro a barra do apoio.
Já estou suando e ainda nem a abaixei.

"Se eu quisesse matar você, teria feito isso quando me chamou de Gostosão pela primeira vez", ele diz. "Agora chega de papo. Foco."

Obedeço. Consigo fazer apenas sete repetições, mas o Gostosão parece satisfeito.

"E agora?", pergunto, enxugando o suor da testa com uma toalha que ele me entrega e ajustando o rabo de cavalo.

Michael não está olhando para mim. Sua atenção está do outro lado da academia, e antes mesmo de virar a cabeça sei quem está encarando. Só tem uma pessoa que o faz ficar todo quieto e afável.

Olho por cima do ombro e levanto de pronto. Imaginei que Kristin tivesse vindo paquerar um pouco e garantir que todo mundo visse as novas mechas cor de mel que ela jura que são efeito do sol. Mas assim que vejo seu rosto manchado pelas lágrimas, sei que algo sério aconteceu.

Kristin nunca seria tão vulgar a ponto de ficar feia quando chora, mas ela não fica muito bem com as bochechas molhadas.

E só deixa as lágrimas escorrerem em público se estiver muito, muito chateada.

Sinto o estômago gelar e corro até ela, com uma série de hipóteses passando pela minha cabeça.

Acidente de carro.

Melanoma.

Raiva.

"Kristy?"

Ela funga. "Odeio quando você me chama assim."

Eu a arrasto até o corredor. "O que aconteceu?"

Seu queixo treme de leve, fazendo meu coração se despedaçar, mas então sua expressão congela por um segundo, e ela me olha de cima a baixo. "Você emagreceu?"

Bom, se ela está preocupada com meu peso, provavelmente não estamos falando de diagnóstico de câncer em um membro da família.

"Hum, não sei", respondo.

"Como assim não sabe? O que a balança diz?"

"Michael fez eu me livrar da balança."

Kristin afasta a cabeça em choque. "Se livrar da balança?"

"É por isso que você está chorando?", digo. "Porque posso ou não ter emagrecido?"

Tenho certeza disso. De que perdi peso, quero dizer. Não estou mentindo quanto a Michael ter me proibido de me pesar, mas minhas roupas estão mais largas e tudo parece mais firme. Não estou usando trinta e seis nem nada do tipo e ainda pareço um pacote de pão de fôrma gigante ao lado da minha irmã, mas...

"Agora sério, por que você está chorando?", pergunto, me sentindo atipicamente ansiosa.

Kristin aperta os lábios e olha em volta antes de apontar com a cabeça para um canto discreto.

Eu a sigo, então cruzo os braços e a encaro.

Minha irmã abre a boca. Fecha. Então abre de novo e solta: "Devon quer estudar direito".

Continuo olhando para ela. "E?"

Seus lábios se contraem de uma forma nada atraente. Parece que a belezura não está no seu melhor dia hoje. "Na Costa Leste", Kristin explica.

Levanto o braço para apertar o rabo de cavalo. "O que significa que vão ter que manter um relacionamento à distância por mais algum tempo, o que é um saco, mas não chega a ser uma surpresa."

Os olhos de Kristin ficam fixos em mim. "Como assim não chega a ser uma surpresa? Ele ia voltar pra cá e começar a trabalhar na empresa do pai em Dallas. O plano sempre foi esse."

O seu plano, tenho vontade de dizer.

"Bom", digo, abrandando a voz, "sei que essa era uma possibilidade, mas Devon sempre sonhou em estudar direito. Que bom que não desistiu disso, não acha?"

Por uma fração de segundo, Kristin me olha como se eu tivesse dado um tapa na cara dela. "Ele não sonhou sempre com isso."

Ah, meu Deus. Cansei dessa conversa. "Tá, não sempre, mas desde pelo menos o sexto ano."

"Ele acabou de inventar essa ideia idiota de cursar direito!", minha irmã diz, numa voz aguda.

A ficha cai como um balde de água fria.

65

Devon nunca disse a Kristin que queria estudar direito.

Fico ao mesmo tempo chocada e... nem um pouco chocada.

Qualquer um que conheça Kristin sabe que ela pode ser terrível quando contrariada.

E saber que o cara com quem planejava se casar estava considerando fazer qualquer coisa além de colocar um diamante de dois quilates no dedo dela e se acomodar no Texas definitivamente contrariaria a princesa.

Mas faz anos que eles estão juntos. Não consigo acreditar que, durante todo esse tempo, eles nunca conversaram sobre o que queriam fazer no futuro.

Devon conversou comigo sobre esse assunto. Uma porção de vezes.

Pela expressão horrorizada no rosto de Kristin, acho que ela percebe isso.

"E agora?", pergunto. "Ele vai se candidatar?"

Ela solta uma risada dura. "Já se candidatou. Diz que fez por capricho. Tipo, como alguém pode fazer o exame e se candidatar à faculdade de direito de Harvard por capricho?"

"E ele foi aceito?"

Ela me olha com cuidado. "Por que você parece tão feliz com isso? Estou tentando contar que meu namorado quer se mudar para Boston, mas você age como se ele tivesse ganhado na loteria."

Ele entrou em Harvard! Quero chorar. Para ele, é mesmo como se tivesse ganhado na loteria.

Kristin suspira. "Ele estava na lista de espera, mas recebeu uma ligação hoje de manhã dizendo que houve uma desistência. Tem até o fim da semana que vem pra decidir."

"Isso é incrível... pra ele", corrijo depressa, quando vejo que ela me fuzila com o olhar.

"Eu sabia que não devia ter falado sobre isso com você", ela solta. "Você já se acha moralmente superior e acredita que não tem nada mais importante na vida que os estudos. É claro que ia ficar do lado dele."

Encolho os ombros, atingida pelo golpe. "Ei, isso não é justo. Devon é meu amigo, e faz tempo que ele sonha com isso. Fico feliz por ele. Vocês não precisam terminar..."

"Quem falou em terminar?", ela diz rápido, com a voz aguda.

"Ninguém, é isso que estou dizendo", tento acalmá-la. "Vão ser só mais alguns anos de relacionamento à distância. E então você vai estar com um advogado."

Kristin vai amar isso.

Ela respira fundo. "Tá. Certo. Bom... vou ligar pra Tina. Ela vai saber como posso fazer o Devon mudar de ideia."

"Espera aí. Você não ouviu nada do que eu disse? Quer que ele mude de ideia?"

Kristin inclina a cabeça. "Quando Devon disse a você? Que queria estudar direito?"

A voz dela sai doce. Demais até.

"Hum... não tenho certeza. É só que... bom, como você disse, sou a maior nerd. Devon provavelmente achou que eu ficaria mais interessada no assunto do que você."

"Hum. Tá. Só mais uma coisa."

"Fala."

"Vê com o Michael se ele não pode te passar uns exercícios pro tríceps. Está toda flácida aí." Ela aponta para a parte superior dos meus braços, exposta pela regata.

Então abre um sorriso falso e sai pela porta. Respiro fundo, dizendo a mim mesma para não deixar que seu comentário me atinja.

Sei o que está fazendo. Kristin se sente ameaçada porque seu namorado me contou sobre os sonhos dele. Está insegura.

A maneira mais fácil de recuperar a confiança é me pôr pra baixo. Deus sabe que sou um alvo fácil.

Toco a parte do meu braço que ela mencionou. Está meio flácida mesmo. No que eu estava pensando quando criei coragem de usar regata em vez das camisetas largas de sempre?

"Chloe?"

Viro-me e vejo Michael na porta da academia, olhando para mim de um jeito que não consigo decifrar. "Desculpa", digo. "Emergência familiar."

"Não tem problema, mas a sra. Rubio já chegou. A gente se vê amanhã, tá?"

"Tá", digo, puxando um cacho.

Ele desaparece, mas volta um segundo depois. "Chloe?"

"Oi?"

"Você está bem?"

Não consigo ler seus olhos. Por um segundo, fico confusa com a pergunta. Ninguém nunca me pergunta isso. Não mesmo.

Abro um sorriso falso. "Claro!"

Michael me encara, e eu sei que não acredita em mim. Antes que possa insistir, a cabeça platinada de Gail Rubio aparece por cima do ombro dele para ver quem está mantendo seu brinquedinho longe dela. "Ah. Oi, Chloe!"

É impossível não notar o modo como sua expressão de quem estava pronta para a briga passa a ser de alívio quando vê que o Gostosão só está falando comigo.

"Oi, sra. Rubio. Adorei a cor dessa blusa. Coral fica ótimo em você!"

"Obrigada, querida. Manda um abraço pra sua mãe, tá? Tenho sentido a falta dela na ONG."

"Pode deixar!" Aceno alegremente para os dois e caminho na direção do vestiário.

Me sentindo um pouco mal, convenço a mim mesma a afogar as mágoas com sorvete e já estou pensando no sabor quando recebo uma mensagem de texto.

Devon: *Ocupada?*

Eu: *Não. Por quê?*

Devon: *Podemos conversar?*

E, simples assim, meu humor melhora.

Eu: *Claro. Onde e quando?*

9

MICHAEL

Quando Chloe mencionou a festa de Quatro de Julho, eu não tinha intenção de ir.

Nenhuma.

Não porque tivesse outros planos, mas porque sei como essas coisas funcionam.

Não estamos em alguma cidadezinha no meio dos Estados Unidos em que o açougueiro é amigo do prefeito, que é casado com a professora da escolinha, cuja irmã é uma empresária bem-sucedida que está noiva do técnico de futebol americano do time do ensino médio.

Cedar Grove é muito mais parecida com o Upper East Side, Aspen ou Beverly Hills, onde há dois grupos muito distintos de pessoas separados por uma linha bastante intencional.

Nesse mundo, funcionários do clube não se misturam com os sócios.

E não tenho interesse nenhum em ser o primeiro.

Pelo menos não até entreouvir uma conversa trivial na academia que mudou tudo. "Você ouviu que Tim e Mariana voltaram da Toscana?"

Tim e Mariana.

Tim e Mariana Patterson.

Meu pai biológico e a esposa.

Ouvindo mais um pouco, fiquei sabendo de outro detalhe crucial.

Os Patterson são próximos pra caralho de ninguém menos que... os Bellamy.

Tanto que as famílias organizam a festa do Quatro de Julho juntos.

A mesma para a qual Chloe me convidou.

Essa é minha chance.

A própria razão de eu ter vindo para o Texas.

Já enrolei demais. Primeiro porque disse a mim mesmo que seria melhor observar o cara de longe. Ou seja, circulando pelo clube que ele frequenta.

Só que, quando consegui o trabalho de professor de tênis/personal trainer, os Patterson tinham embarcado em uma longa viagem para degustar vinhos pela Europa.

Teoricamente, foi por isso que nunca fiquei cara a cara com o homem a quem devo metade do meu DNA.

Mas o motivo real, aquele que me desperta quando estou quase pegando no sono é: não sei o que fazer. Nem um pouco.

E é por isso que preciso ir à tal festa. Tenho que ver o cara. Olhar nos olhos dele.

Descobrir que atitude tomar.

E, para isso, preciso de Chloe Bellamy.

E é por isso que a estou esperando na varanda da casa cujo porão alugo. Chloe estaciona, buzina, então acena e sorri com vigor. Não retribuo.

Quando ela abre o porta-malas do Audi A4, deixo minha mala de couro ao lado da cor-de-rosa dela. Pela décima vez esta manhã, considero voltar atrás.

Um fim de semana inteiro com pessoas para as quais trabalho?

Passo.

Mas entro no carro mesmo assim.

"Eu disse que podia ir de carro", falo, irritado, batendo a porta.

"Hum, já vi como você fala do seu carro. Ficaria com medo de comer um lanchinho nele."

"Lanchinho?"

"São três horas de viagem", ela diz, apontando por cima do ombro.

Dou uma olhada no banco de trás e vejo uma caixa térmica e um saco de supermercado com um pacote de batatas Lay's em cima. Só posso imaginar as porcarias que tem dentro.

"Três horas", repito.

"Bastante tempo para podermos nos conhecer, Gostosão."

"Não."

Ela sorri e dá um tapinha na minha perna. "Tudo bem. Só espero que goste de trilhas sonoras de musicais."

Viro o rosto e olho através da janela, esperando que seja brincadeira.

Uma hora depois, sei que não é.

"Tá bom, eu desisto!", digo, interrompendo uma versão bastante dramática da música-tema de *O fantasma da Ópera*.

"Sempre quis ver essa peça na Broadway", ela diz, sonhadora. "Só fui a Nova York uma vez, e meus pais nos arrastaram por todos aqueles museus chatos e uma peça totalmente sem graça em vez de um musical."

Não digo nada.

"Você já viu?", ela pergunta.

"*O fantasma da Ópera*? Não. Graças a Deus."

"E outros musicais?"

Fico em silêncio, olhando pela janela.

Como punição, Chloe começa a cantar o refrão de "Mamma Mia". Eu me inclino para tapar sua boca com a mão. É algo que me pego fazendo com frequência quando estou com ela, mas qualquer um entenderia se passasse mais de cinco minutos na companhia dessa garota.

Quando tiro a mão, ela fica em silêncio por quatro segundos completos antes de voltar a abrir a boca. "E aí, quando vai me contar?"

"O quê?", pergunto.

"Por que mudou de ideia. Quanto à festa, digo."

Dou de ombros. "Não tenho nada melhor pra fazer. Um fim de semana no lago parece uma boa ideia. Fora que o clube está fechado este fim de semana. Não tenho nada melhor pra fazer."

"Por que não saiu com seus amigos?"

Não tenho amigos. Não mais. O mais próximo que tenho disso é Blake, do bar, e ele sempre tem compromissos nos fins de semana.

Pensando bem, isso não é verdade. Blake não é o que tenho de mais próximo de um amigo.

A garota tagarela ao meu lado é que ocupa esse posto, e isso meio que diz tudo.

"Mencionei que vamos dormir no mesmo quarto?", ela pergunta.

Viro a cabeça para olhar para Chloe, preparado para obrigá-la a fazer o retorno, mas ela sorri. "Brincadeira. A casa é enorme. Uma boa parte dos convidados tem casa por perto ou então simplesmente aluga uma. Nem vai ter muita gente na nossa."

"E o Devon?", pergunto. Mais uma vez, fico grato pela paixão tola e não correspondida de Chloe. Me dá a chance de perguntar do meu meio-irmão e da Kristin sem parecer interessado pelos motivos errados.

"O que tem ele?", ela pergunta, parecendo só um pouquinho irritada, como sempre acontece quando menciono o namorado da irmã.

"Ele vai ficar na sua casa?"

Chloe dá a seta e passa para a pista da esquerda para ultrapassar uma picape puxando um barco.

"Não. Os Patterson também têm uma casa no lago na mesma rua. Ele dorme lá, teoricamente."

"E na prática?", pergunto.

Ela olha para mim. "Na prática ele e Kristin esperam até que nossos pais tenham tomado bastante vinho e ficam juntos em uma das casas."

Meu estômago se contrai um pouco, mais pelas lembranças que isso me traz do que por ciúme de Kristin. Quantas vezes servi de distração para que Ethan e Olivia pudessem fazer o mesmo nos verões nos Hamptons?

Muitas. Além da conta.

Os olhos de Chloe passam rapidamente por mim antes de voltar para a estrada.

"Você gosta de verdade da Kristin?", ela pergunta.

Minha mente volta ao presente. "Quê?"

"Bom", ela diz, ainda que não fosse uma pergunta real da minha parte, "não consigo acreditar que vai me ajudar a perder gordura só porque é um cara legal. Tem que haver outro motivo. Imagino que seja minha irmã."

Chloe está parcialmente certa. Não sou de jeito nenhum um cara legal.

"E já vi o jeito como olha pra ela. Você e todos os caras", ela conclui, baixo.

Apesar da minha determinação de ignorá-la — e mantê-la fora da minha cabeça —, tenho que virar e observar seu perfil.

É estranho, mas nunca pensei como deve ser difícil ser a irmã de alguém como Kristin. Sei que Chloe gosta de Devon, claro, mas, além disso, nunca pensei nas duas como parentes.

"Isso te incomoda?", pergunto, virando o jogo.

"O quê?"

"O fato de que todo mundo fica de pau duro vendo sua irmã." Não me dou ao trabalho de medir as palavras. Por que deveria? Ela nunca faz isso.

"Não me incomoda que todo mundo fique", Chloe diz, com a voz anormalmente baixa para seus padrões. "Só algumas pessoas."

"O Devon", digo, porque isso é óbvio.

Ela se mantém em silêncio por um momento. "Isso. O Devon."

Algo me diz que tem mais coisa aí, mas é uma oportunidade, e eu aproveito.

"Me fala sobre ele."

Ela me encara. "Estudando a concorrência?"

Mais do que ela pode imaginar. "Claro."

Chloe solta um suspiro sonhador. "Devon Patterson é... perfeito."

Solto um grunhido. "Deixa pra lá. Esquece. O convite pra falar sobre ele está oficialmente retirado."

"Tarde demais!", ela cantarola. "Vamos voltar ao ensino fundamental..."

Eu olho para o velocímetro e depois para a maçaneta da porta. Fico pensando se sobreviveria caso pulasse...

"Bom, eu era a maior nerd na época", ela diz, enquanto aciona a trava de segurança para crianças e me prende dentro do carro.

Desisto de tentar fugir e estico o braço para ver o que tem no saco de supermercado. "Que surpresa..."

Abro um pacote de batatinhas e ofereço para ela, reprimindo um sorriso diante do seu olhar cético.

"Pode pegar", digo. "No feriado está liberado."

Chloe aceita e enfia uma batata com sabor de sour cream e cebola na boca com um suspiro de prazer antes de continuar sua história. "Então, na época eu era ainda mais nerd do que agora." Ela me olha. "Melhor assim?"

Assinto e pego uma batatinha também.

"Bom, eu era nerd, mas do tipo simpática, e o Devon também."

Faço uma pausa na mastigação. "Sério?"

"Sério. Ele era meio rechonchudo, vivia lendo, era supertímido... E isso no começo. Depois vieram o aparelho nos dentes, as espinhas..."

"Nossa", digo, dividido entre a compaixão e o prazer perverso ao descobrir que meu meio-irmão não era nada popular.

"Né?", Chloe diz. "A gente ficou amigo por pura necessidade, ainda que Devon estivesse um ano à minha frente. A gente fazia festinhas com livros..."

Eu resmungo. "Chloe. Não."

"Ah, sim. Toda vez que saía um Harry Potter novo, ficávamos na fila juntos..."

"A coisa só melhora", murmuro.

"Fantasiados", ela conclui.

Engasgo com uma batatinha.

"Bom, você já entendeu", Chloe diz, com certo saudosismo na voz. "Éramos amigos. De verdade, sabe? Devon não se importava que eu fosse gorda, eu não me importava com suas espinhas inflamadas ou com os pedacinhos de bolacha que ficavam presos no aparelho dele."

Devolvo a batata que estava prestes a comer ao pacote.

"E onde estava a Kristin nesse tempo?", pergunto.

"Ela era meio que uma versão míni da atual. Pequena, refinada, atlética."

"Devon sentia alguma coisa por ela?"

Ela enfia a mão no pacote de batatas, leva um punhado grande demais à boca e mastiga. "A princípio não. Mas, por volta do oitavo ano, ficou claro que ele não vinha mais em casa pra ficar comigo. Devon só queria ter um vislumbre da recém-descoberta paixão da minha irmã por biquínis."

A voz de Chloe nunca perde o entusiasmo, mas já passei tempo bastante com ela para notar que fica um pouco mais frágil. A garota não é tão imune ao status de superestrela da irmã quanto tenta parecer.

"Então o que aconteceu?", pergunto. "Como foi que você perdeu seu companheiro de Harry Potter?"

"Eu não o perdi", ela diz, provavelmente tentando convencer a si mesma mais do que a mim. "Foi uma transição lenta. Primeiro Devon tirou o aparelho. Então começou a usar lentes de contato. Aí a pele dele melhorou e ele começou a malhar."

"Devon ficou popular", concluo.

Chloe assente. "O ensino médio foi como um recomeço pra ele. Pra todos nós, na verdade, mas Devon foi o único que conseguiu mudar de time. Kristin já era popular e continuou sendo. Mas ele... passou de nerd a popular."

E trocou você por Kristin, concluo mentalmente para ela.

"Quem saiu perdendo foi ele", digo, automaticamente, porque é a coisa educada a dizer, e os bons modos foram incutidos em mim quando eu era criança.

Mas, assim que as palavras saem da minha boca, me dou conta de que estou sendo mais sincero do que imaginava. Chloe é...

Não sei o que Chloe é. Mas odeio que se veja como alguém de segunda linha.

Ela dá risada com gosto. "Nem vem, Gostosão. Você é igual ao Devon. Vai tentar me convencer de que não sabe exatamente o que ele vê na minha irmã?"

Enrolo o saco de Lay's e devolvo ao banco de trás, sentindo-me irracionalmente irritado por Chloe ter me comparado ao superficial do meu meio-irmão.

"Estou aqui com você, não?"

"Claro. Mas como amigo. Ou nem isso. Como carona, porque precisa que eu te ajude no seu plano nefasto para... Para o que exatamente?"

"Como você sabe que tenho um plano nefasto?"

Chloe dá de ombros. "Só sei. Achei que era algo simples, como fazer Kristin e Devon terminarem, mas ainda não entendi sua abordagem."

Pego duas garrafas de água da caixa térmica, abro e entrego uma para ela. "Você conhece sua irmã melhor do que ninguém. Acha que ninguém deu em cima dela o tempo todo em que está com Devon? Acha que não sabe exatamente o que está fazendo toda vez que pisca e se movimenta perto de mim?"

Chloe me olha, parecendo surpresa. "Então você sabe que é só um joguinho?"

"Claro", digo, baixo. "E estou jogando também."

Ela me devolve a garrafa depois de um gole e passa a tamborilar no volante. "Eu sabia. No dia em que conheci você, achei mesmo que sacava qual era a da Kristin. Mas desde então você vem agindo como os outros caras que ela conduz com rédea curta."

Faço uma careta.

"Desculpa", Chloe diz. "Mas é verdade. Ou caga ou sai do mato, cara."

Solto uma risada.

"Estou falando sério!", ela insiste. "Você tem que fazer alguma coisa ou partir pra próxima."

"Qual você acha que é o objetivo deste fim de semana?", pergunto, ainda que, até o momento, não tenha dado muita atenção à questão Kristin/Devon. Estava focado demais no meu pai.

Ela arregala os olhos. "Você decidiu vir pra bancar o destruidor de lares?"

Tomo um gole de água. "Não finja que está chocada. Não é o que você está pretendendo fazer também? Vejo você e Devon conversando sempre que Kristin não está por perto. Vocês pareceram muito íntimos nas duas últimas semanas."

"Somos amigos. Ele quer conversar sobre a faculdade de direito."

"Sei. Com você, e não com Kristin."

"Ela está brava com ele", Chloe murmura.

Está mesmo? Interessante. Posso usar os problemas no paraíso em meu favor.

"Não sou uma destruidora de lares", ela diz muito deliberadamente, como se tentasse convencer a si mesma disso. "Mesmo se quisesse, não daria certo. Devon nem me nota. Não desse jeito."

Quero dizer a ela que só precisa dar um tempo. Talvez Devon se dê conta e volte a ser o nerd louco por Harry Potter do passado.

Mas então a realidade me atinge e sou lembrado de como essas coisas funcionam.

Por quanto tempo esperei que Olivia me notasse? Para perceber que ela ria comigo de um jeito que nunca riu com Ethan? Que eu a via de um jeito que Ethan nunca veria?

Tempo demais.

Eu disse a mim mesmo que, quando ela e Ethan terminassem, Olivia entenderia. Veria alguém além dele.

E ela viu.

Só que não eu. Fiquei ali, esperando, todo aquele tempo, e ela não veio. Em vez disso, correu para a porra do Maine e se apaixonou pelo combatente inválido de quem ela deveria cuidar. Até onde eu sabia, o cara era um completo babaca, mas Olivia... estava apaixonada. Ou qualquer merda do tipo.

Descobrir que tinha encontrado outro cara já teria sido suficiente, mas, incrivelmente, não foi a pior parte daquele fim de semana. Não, a coisa foi por água abaixo de verdade quando voltei para casa com o coração partido e descobri que meu "pai" não era meu pai de verdade.

Então concluí que era hora de deixar de sentir. Por que, de verdade, qual é o sentido?

Cerro os dentes. Não sei por que continuo cutucando a ferida, mas cutuco. Pensar em Olivia faz com que eu me sinta um panaca, e eu deixo que a raiva tome conta de mim, porque é melhor que a mágoa.

"Você é uma idiota", digo, ríspido. Não é isso que quero dizer. Nem sei o que quero dizer. Só não aguento pensar em uma garota tão alegre e gente boa passando pelo que eu passei.

Em vez de ficar ofendida, Chloe ri. "Obrigada por me animar, Gostosão."

Ela ri de novo, de forma genuína e ousada, e então eu compreendo: Chloe Bellamy merece coisa melhor. Não pode sofrer como eu.

Talvez só precise de algo que eu nunca tive.

Alguma ajuda.

10

CHLOE

Tudo bem, eu confesso: quando convidei o Gostosão para a festa do Quatro de Julho da minha família, estava com segundas intenções.

Eu meio que queria distraí-lo dos meus exercícios e meio que estava com pena de que fosse passar o feriado sozinho em seu porão, com fogos de artifício caseiros.

Mas estou estranhamente feliz que tenha aceitado meu convite.

Não é a primeira vez que levo comigo um dos meus "projetos", como meus pais gostam de chamar. Eles nem piscaram quando eu disse que tinha convidado um funcionário do clube.

Nada convencional, eu sei, mas eles estão acostumados.

No ano passado foi uma funcionária do Starbucks que colocava uma dose extra de chantili no meu frappuccino de caramelo todas as manhãs. Ela me contou que tinha acabado de se mudar e ainda não conhecia ninguém.

No ano anterior, foi uma húngara que conheci no shopping e nunca tinha visto fogos de artifício.

No ensino médio, foram alunos de intercâmbio, tutores e quem quer que eu achasse que não tinha mais ninguém com quem ficar.

O que posso dizer? Eu me apego às pessoas.

Mas, com Michael, é um pouco diferente. Ele é um projeto, claro.

Mas também é o primeiro deles que parece um pouco com um... amigo.

Não que eu vá dizer isso a ele. O cara é oitenta e quatro por cento testa franzida, e acho que palavras como "amizade" só elevariam esse número para noventa e poucos.

A viagem de carro passa surpreendentemente rápido. Em geral, vou com Kristin e Devon, mas três horas presa num veículo com dois caras secando minha irmã?

Não. De jeito nenhum.

Além disso, fiz questão de não contar a Kristin que convidei o professor de tênis por quem ela tem uma quedinha, e sei que meus pais não se deram ao trabalho de mencionar isso.

Como sei?

Ainda estou viva.

Minha irmã não vai ficar feliz por eu estar colocando seu namorado e seu brinquedinho na mesma órbita, mas aí já é problema dela. Bem feito por ter dado um monte de sinais ao Gostosão sem nenhuma intenção de ir até o fim.

Ou pelo menos é melhor que não vá até o fim. Se trair Devon, vamos acabar trocando farpas.

Bom, estou divagando. O que importa é: a viagem com o Gostosão?

Até que foi legal.

Tudo bem que tive que praticamente subornar o cara para que dissesse alguma coisa. E Michael ainda está muito longe de compartilhar o que quer que o deixou tão reservado e atormentado.

Mas, de alguma forma, gosto da companhia dele.

Mesmo que fique regulando minhas batatinhas.

No segundo em que meus chinelos tocam o cascalho, me alongo, ainda cantarolando a trilha sonora de *The Book of Mormon* com que presenteei Michael na segunda metade da viagem, enquanto ele pega nossas coisas no porta-malas.

Dou a volta no carro não para ajudá-lo, mas porque notei a tinta preta escapando por baixo da manga da camiseta azul. Estou acostumada a ver o Gostosão com o uniforme do Cambridge, o que significa que a misteriosa tatuagem está sempre coberta.

Engancho um dedo na manga e a puxo para cima enquanto ele tira minha mala cor-de-rosa do carro. O Gostosão percebe o que estou tramando antes que eu consiga ver a tatuagem. Ele se afasta e joga minha mala cerimoniosamente na terra, gritando: "Que saco, Chloe!".

"Se não quer que as pessoas vejam sua tatuagem, devia ter feito na bunda", digo, já voltando a esticar a mão. "Ou no períneo."

Michael se esquiva com um grunhido, e eu desisto. Por enquanto.

"Períneo", ele resmunga, se inclinando para pegar minha mala. "Sério?"

"Uau", digo, esticando a mão de novo, mas dessa vez para apertar o bíceps que se contraiu de modo tentador quando levantou minha mala, pesada por causa dos livros que espero atacar no fim de semana.

O Gostosão solta a bagagem de novo e aponta para minha cara. "Carregue você mesma."

"Ah, por favor", digo. "Só estava admirando você!"

Ele se vira como quem vai rosnar, mas então para. Suspeito que seja só porque não sabe para onde deve ir.

"Alguém precisa levar os lanches", digo, ignorando minha mala e voltando para pegar a comida que ficou no banco de trás do carro.

"Claro", ele resmunga, voltando comigo, mas mantendo distância. "Não podemos esquecer os lanches."

Michael coloca a alça da minha mala no ombro enquanto eu puxo o saco cheio de batatas fritas e outras delícias processadas. Entrego a caixa térmica para ele, que a carrega pela alça com a mão livre.

Com ele totalmente carregado, sinto que é o momento de conferir a tatuagem, mas consigo me segurar.

Em algum momento Michael vai ter que tirar a camiseta para nadar, e aí vou poder ver o que é. Além disso, uma parte estranha de mim meio que quer que ele me mostre. Por vontade própria.

O que posso dizer? Sou assim esquisita.

Então, em vez de espiar a tatuagem ou apalpar seu bíceps, me contento em enganchar meu braço no dele, principalmente para que não possa fugir quando entrarmos e meus pais começarem a perguntar coisas que os pais sempre perguntam, tipo "De onde é a sua família?" e "Está aproveitando o verão?".

"Vai ser divertido", digo, sorrindo.

Michael não sorri de volta. Só me olha por um longo momento como quem diz "não tenta me enganar".

"Chloe?"

Desvio os olhos do Gostosão e vejo Devon na entrada da garagem.

Ele está de calção de banho, chinelo e óculos escuros estilo aviador, o que faz com que pareça um dos gatinhos do jogo de vôlei em *Top Gun*. Por um minuto, só consigo encarar.

Talvez babar um pouco.

O Gostosão pigarreia.

"Devon! Oi!"

Mas a atenção de Devon está focada em Michael. "Ei, você não é o professor de tênis da Kristin?"

"E meu personal trainer", me apresso a acrescentar.

Não sei bem se algum deles me ouve. Estão fazendo aquele negócio que os caras fazem de não ser o primeiro a desviar os olhos.

"Devon, você se lembra do Michael. Vocês conversaram por uns seis segundos no intervalo das suas explorações dos molares da Kristin."

A atenção de Devon volta para mim. Ele sorri, descontraído e agradável como sempre. "Claro. Certo. É bom te ver de novo, cara. Não sabia que você e Chloe eram amigos."

"Íntimos", solto, antes que Michael possa responder.

Não consigo ver os olhos de Devon por causa dos óculos escuros, mas me parece que ele encara Michael por alguns segundos além do necessário. Resisto à vontade de dizer que, se acha que Michael é uma ameaça agora, vai ver só quando sua namorada começar a dar em cima dele.

"Posso ajudar com alguma coisa?", Devon pergunta, vindo na nossa direção. "Me mandaram buscar cerveja, mas posso dar uma mão se precisarem."

"Estamos bem", Michael garante, antes que eu consiga aceitar a ajuda de Devon.

"Então tá. Vão pros fundos depois que tiverem deixado as coisas nos quartos", Devon diz, com um último lampejo de dentes brancos antes de entrar na garagem, onde meus pais têm uma geladeira só para estocar bebidas.

"Você notou, né?", Michael pergunta enquanto o conduzo até a entrada.

"O quê?" Empurro a porta com o quadril.

"O jeito como ele disse 'quartos'. No plural."

Reviro os olhos. "Para com isso."

"Ele é todo protetor com você", o Gostosão diz, olhando para o hall de entrada. Não é chique, mas é enorme. A maioria das pessoas fica intimidada ou pelo menos impressionada. Não é o caso de Michael.

"É claro que ele é protetor comigo. Somos amigos, e você parece colecionar virgens como ganha-pão. Ele deve estar preocupado."

"Com a sua virgindade?", ele pergunta.

Deixo o saco de comida ao pé da escada e subo. Posso guardar depois.

Só avancei dois degraus quando Michael segura meu braço e me puxa, parecendo irritado.

"Você é?", ele pergunta. "Virgem?"

"Não é da sua conta."

Ele aperta os dedos no meu braço. "Chloe."

"Não é nem um pouco da sua conta", digo, um pouco abalada com a estranha intensidade no rosto dele. "Mas, como não sou do tipo fofa e misteriosa: não. Não sou virgem."

Os olhos dele escrutinam meu rosto como se tentasse me pegar na mentira, e meu orgulho é ferido.

Puxo a mão. "Eu sei, é difícil acreditar, né? Acredita em mim, sei que não sou exatamente um pedaço de mau caminho mesmo sem babacas como você para me lembrar disso."

Ele solta meu braço, com a expressão sombria.

"Só queria me certificar", ele diz, brusco.

"Do quê?"

"De que você não estava à espera de um cara que não está disponível."

"Que bom que isso não é problema seu", digo, toda doce, então volto a subir. "Só para constar, minha primeira escolha teria sido alguém que eu, você sabe, amava. Mas uma garota pode ter curiosidade e tesão sem que seu coração esteja envolvido."

Quase posso ouvi-lo balançar a cabeça atrás de mim. "Você é uma criaturinha estranha, Chloe."

"Por quê? Porque não me oponho a transar como um homem?"

"Ei, não se ofenda. Não estou em condições de julgar ninguém quando se trata de sexo casual."

Viro-me, surpresa ao constatar que ele está me seguindo tão de perto, apenas um degrau abaixo de mim.

Isso desfaz a diferença de altura, de modo que nossos olhos ficam frente a frente. "Você transa com mulheres com quem não se importa porque não pode transar com quem quer?"

Michael dá de ombros, mas não nega.

"Todas aquelas donas de casa que se aproveitam de você no clube. São substitutas pra Kristin?"

Ele desvia o rosto, e eu estreito os olhos. Tem mais coisa nessa história, mas ele range os dentes daquele jeito que indica que não vai me dizer o que é.

Dou as costas para ele, atravessando o corredor até parar na frente do quarto de hóspedes em que meus pais sempre colocam meus "projetos". "Você vai ficar aqui."

Michael ajeita a alça da minha mala no ombro. "Onde fica o seu quarto? Eu levo sua mala."

Recuo quatro passos. "Aqui."

Ele revira os olhos. "Somos vizinhos."

"É. E a porta de Kristin é a próxima. Se tentar se esgueirar para o quarto dela vai ter que passar pelo meu, e eu vou saber."

"Como? Tenho certeza de que tem um sono pesado."

Faço uma careta. Por que ele disse isso?

Mas é verdade. Eu não ouviria nem uma granada do lado de fora do meu quarto, muito menos um devasso saindo no meio da noite à procura de sexo proibido.

Empurro a porta do meu quarto, e Michael me segue para dentro. "Obrigada por carregar minha mala, serviçal", brinco. Tento apalpar seu bíceps de novo, só para não perder o costume, mas ele agora está esperto e se afasta a tempo.

"O que é isso?", Michael pergunta.

"Hum?" Droga, quase consegui ver a tatuagem de relance.

Ele aponta para minha cama.

Viro-me e noto a vestimenta ofensiva cuidadosamente colocada sobre a colcha amarela.

Suspiro. "Isso, meu novo amigo, é o que as Bellamy usam no feriado de Quatro de Julho."

Ele levanta uma sobrancelha. "É... pequeno."

"Nem me fala."

Desde que consigo me lembrar, acham que é "divertido" que as mulheres da família usem biquínis nas cores da bandeira americana.

Até agora, me abstive de participar da tradição.

Michael pega a parte de cima. "Acho que gosto da sua família."

"Não se anime", resmungo. "Não vou usar isso. Ou, pensando bem, anime-se, porque tenho certeza de que Kristin vai usar isso o fim de semana inteiro."

"Não me diga que você é uma dessas garotas que não usa biquíni em público", ele fala.

Bom, não se eu puder evitar. Mas Michael parece rabugento, então eu cedo. "Eu tenho uma roupa de banho."

"Claro. E você trouxe?"

Droga, ele já me conhece bem. Como isso foi acontecer?

"Trouxe", respondo, relutante.

Ele coloca a própria mala no chão e senta na minha cama. "Então me mostra."

"Você quer ver minha roupa de banho?"

Michael cruza os braços e fica esperando.

"Tá", resmungo, inclinando-me para abrir o zíper da mala e revirando tudo até encontrar a temida peça.

Mostro o maiô preto e modesto para ele. É do tipo com "tecnologia emagrecedora", um jeito moderno de dizer que é uma cinta à prova d'água.

É claro que vou usar uma saída de praia por cima, mas não vou falar isso para o Gostosão.

"Não", ele diz.

"Não o quê?"

"Você não vai usar isso."

"Hum, na verdade..."

Ele levanta, arranca o maiô da minha mão e o joga de lado.

Assisto à enorme peça de tecido preto brilhante formar uma poça ao cair no chão. "Grrr. Isso foi sexy. É assim que você tira a roupa de uma mulher? Porque..."

Michael aponta para a cama. "Você vai usar aquilo."

Olho para ele. "São só umas cordinhas."

"Achei que você queria trabalhar sua autoestima."

"Hum, claro, para usar jeans skinny, não um fio dental com estrelinhas. Além disso, minha prima Heather sempre compra pequeno demais pra mim. Acho que ela não quer me insultar escolhendo o tamanho certo, já que o resto da família mais parece aqueles bonecos de palitinho e usa pp."

Ele volta à cama e pega a parte de cima do biquíni daquele jeito relutante dos homens quando tocam roupas femininas. "É M."

Levanto as mãos, como que dizendo que minha tese foi comprovada. "Não uso M."

É uma vitória não me encolher ao admitir isso.

"Talvez não usasse no verão passado."

"Hum, este verão é igual ao passado. Todos os verões são iguais, na verdade. Pense nos meus verões como extragrandes, não médios."

Ele balança a cabeça. "No verão passado você não passou um mês inteiro treinando com um personal trainer."

Reviro os olhos. "Olha, Gostosão, você é bom no seu trabalho, mas não faz milagre."

"Você emagreceu, Chloe. Só não sabe disso porque te proibi de subir na balança e porque suas roupas são largas, de elástico e horrorosas."

Fico dividida entre querer defender meu guarda-roupa e pedir que repita que eu emagreci.

Será verdade? Minha mãe fez alguns comentários nesse sentido, mas... ela é minha *mãe*. Nada que mães digam sobre a aparência das filhas, positivo ou negativo, deve ser levado muito a sério.

Mas o negócio com o Gostosão é que o cara não é chegado em ser bondoso. Nem é de mentir.

Relutante, estico o braço para pegar o biquíni.

"Não vai ficar nada bonito."

Michael tapa a minha boca e dá um passo à frente. Embora já tenha feito isso um milhão de vezes no pouco tempo que nos conhecemos, sinto uma estranha consciência de quão perto de mim está.

Bem devagar, ele retira a mão. Seus olhos estão fixos nos meus.

"Amanhã", ele diz, sexy. "Quatro de Julho. Põe esse biquíni."

Cruzo os braços. "Vamos dizer que eu concorde e descubra um jeito de fazer com que esses triângulos minúsculos cubram meus peitos. Você vai poder olhar. Mas o que eu ganho com isso?"

Ele não desvia os olhos. "Eu te ajudo a conquistar o Devon."

11

MICHAEL

Em uma escala de "maravilhosa" a "quero me matar", a situação na casa dos Bellamy não está tão ruim quanto eu esperava.

Falta um dia para a festa e a maioria dos convidados só vai aparecer amanhã, mas, até agora, o nível de esnobismo está surpreendentemente baixo.

Gary e Gemma Bellamy me surpreendem em particular. Por algum motivo, eu estava esperando que fossem mais do tipo de Kristin que de Chloe: deslumbrantes, pretensiosos e conscientes demais de seu status na alta sociedade.

Em vez disso, eles ficam em algum lugar entre a autoconsciência educada da filha mais velha e o jeito caloroso e contagiante da mais nova.

Nenhum dos dois faz careta ao descobrir que tem um funcionário do clube entre eles. Só por isso, já tenho que dar algum crédito a eles. Meus pais teriam ficado putos se um humilde bartender entrasse de penetra em uma de suas festas nos Hamptons.

Mas os Bellamy mal piscam. Na verdade, tenho a clara sensação de que estão acostumados com Chloe trazendo todo tipo de criatura perdida para cá.

Não que eu esteja perdido. Mas, se estiver, é de propósito.

Chloe me diz que amanhã vai haver um serviço de bufê, "muito vermelho, branco e azul, muito assustador", mas esta noite o pai dela está se preparando para fazer hambúrgueres e cachorros-quentes na churrasqueira, o que parece estranhamente... normal.

"Posso ajudar, sr. Bellamy?"

Ele para em meio ao processo de se servir uma taça de vinho. "Você também é amigo de Chloe, e não só o personal trainer dela, né?"

Só porque a garota parece determinada a não me deixar escolha.

"Sou", digo, cautelosamente.

"Então pode me chamar de Gary."

Assinto. "Claro."

"Falando nisso, cadê ela?"

Ótima pergunta.

Depois de me dar uma cerveja e me apresentar aos pais e a alguns amigos da família, Chloe desapareceu.

"Aliás, onde está Kristin?" Gary continua tomando um longo gole de vinho. "Você conheceu minha filha mais velha, não?"

"Dou aula de tênis pra ela."

"Ah, é verdade", ele diz, balançando a cabeça e olhando para sua taça. "Chloe comentou. Talvez eu devesse maneirar no vinho, não?"

Dou de ombros e tomo um gole de cerveja. Não ligo.

Eu costumava ser legal com pais — mais do que agora. Na época em que me importava.

"Estamos tão felizes com Chloe mais ativa", ele fala. "Nunca quisemos insistir muito, porque você sabe como são essas questões com corpo. Lemos muito a respeito nos livros sobre criação de filhos. Mas é difícil ver alguém com tanta energia e tão vibrante quanto Chlo se afastar dos hábitos saudáveis."

Tá. Não vou entrar nessa conversa.

"Posso fazer os hambúrgueres?", pergunto, mudando de assunto.

"Não, vai jogar", ele diz, se servindo de um pouco mais de vinho. "Eu disse a alguns amigos que tinham dez minutos antes de vir me ajudar."

Abro a boca para perguntar se um desses amigos é Tim Patterson, mas então me detenho a tempo com outro gole de cerveja.

Meus olhos passaram pelo pequeno grupo de convidados desde que cheguei, e nenhum sinal dele ainda.

Mas tudo bem.

Porque ainda não estou pronto.

Depois que se diverte me perguntando mais uma vez se tenho idade para beber e não vou dirigir, o sr. Bellamy coloca outra cerveja nas minhas mãos. Fico feliz em aceitar antes de sair.

Eu deveria procurar por Chloe, mas, como imagino que esteja em uma conversa animada com um dos inúmeros tios a quem me apresentou, vou para o deque.

As primas gêmeas de Chloe, Marlie e Molly, ou algo do tipo, fazem um convite safado para me juntar a elas na jacuzzi. As duas são bonitas e já estão usando o biquíni vermelho, branco e azul que Chloe tanto teme. Estão no primeiro ano da Universidade do Texas em Dallas, se não me engano. Houve um tempo em que gêmeas de uma irmandade universitária seriam como ganhar na loteria para mim.

Só que... tenho quase certeza de que essas garotas sabem disso, e sua presunção não me atrai. Além disso, parece fácil demais.

Então, em vez de me juntar a elas e seus biquínis minúsculos, sigo rumo ao meu destino original.

Depois de três horas em um carro com Chloe, vai ser bom ficar um pouco sozinho.

Tiro os chinelos e mergulho os pés na água. Não posso dizer que sou muito fã do verão no Texas, mas à beira do lago...

Não parece tão ruim.

Os Bellamy têm vizinhos, nenhum próximo demais para que seja opressivo, mas o bastante para que dê para ouvir os sons das famílias felizes, dos grupos de amigos levemente embriagados e do cheiro de meia dúzia de churrasqueiras.

Por um segundo, sinto algo que pode ser saudade de casa.

Sou lembrado dos verões nos Hamptons, quando eu pertencia àquele lugar. Quando era minha própria família fazendo churrasco, meus próprios amigos ouvindo música alto demais, rindo além da conta.

Por um momento brutal, a solidão ameaça tomar conta de mim.

Eu a reprimo, em parte porque não serve de nada, mas também porque ouço passos atrás de mim.

Pela primeira vez, fico ansioso pela distração que a presença de Chloe Bellamy representa.

Droga, fico até tentado a me confessar para ela. De alguma forma, suspeito que ela também entende como é se sentir só na multidão.

Mas não é Chloe que se senta ao meu lado no deque. Não é Chloe que balança as pernas e mergulha os pés na água.

Não é Chloe que está com o quadril colado no meu, ainda que haja bastante espaço no deque.

É Kristin, de biquíni.

Nenhum de nós diz nada, mas ela estica o braço para pegar a garrafa de cerveja da minha mão e levar aos lábios. Deveria ser um gesto atraente e casual, mas tem algo de artificial nele, como se ela esperasse estar sendo observada.

Talvez pelo namorado?

"Não estava esperando que meu professor de tênis aparecesse na casa no lago dos meus pais."

"Não sou seu professor de tênis este fim de semana", digo, virando a cabeça de leve para olhá-la. "Sou um amigo da Chloe."

Posso dizer pelo jeito como ela franze o nariz, bem de leve, que não gostou da minha resposta. Kristin toma mais um gole da minha cerveja, dessa vez de forma menos calculada. Como se precisasse tirar o gosto ruim da boca.

"Ela emagreceu", Kristin diz, me devolvendo a cerveja e se inclinando só um pouquinho para ver seus pés balançando na água.

Os Bellamy disseram a mesma coisa — não na frente de Chloe —, mas, enquanto eles pareciam felizes, o tom de Kristin é diferente. Não de inveja exatamente, mas reflexivo.

"Ela perdeu alguns quilos." Dou de ombros e deixo a cerveja de lado.

Kristin bate as unhas na madeira do deque. "Quantos?"

Por que isso importa?

Estalo os dedos. "Não se trata disso."

Ela me lança um olhar incrédulo, e não acho que estou imaginando coisas quando se endireita um pouco para que eu sinta todo o impacto de seu corpo magro. Como Chloe prometeu, ela está usando o biquíni com as cores da bandeira.

E fica bem nele.

Seu sorriso convencido deixa claro que sabe disso.

"Chloe é cheia de curvas, não importa seu peso", me ouço dizer.

O sorriso de Kristin vacila.

Não é que ela própria não tenha curvas, porque tem. Mas, por algum motivo, quero que saiba que alguns preferem o corpo de violão da irmã.

"Você parece uma mulher falando", ela solta. "O que vem depois? Um hino feminista?"

Sorrio e ergo minha cerveja. Faz semanas que a estou alfinetando, porque sei que desperta seu interesse, mas hoje é diferente.

Hoje a alfinetei porque o tom que usa para falar da irmã me deixa puto.

"Cadê a Chloe?", pergunto, alimentando o fogo deliberadamente. "Ela disse que vinha me encontrar aqui."

"Por quê?", ela pergunta. "Vocês se pegam de vez em quando?"

A intenção de Kristin é insultar. Viro-me para ela com um olhar muito mais afiado que antes. "Como sabe que não estamos saindo?"

Ela abre a boca para falar, mas volta a fechá-la ao ver a expressão no meu rosto.

Apesar do silêncio, acho que sei muito bem o que não está dizendo.

Nem ocorreu a ela que eu poderia estar interessado em Chloe. Não estou, mas...

Uma irmã mais velha deveria defender a mais nova, não colocá-la para baixo.

Cerro os dentes, irritado. Acho que eu sempre soube que Kristin não tem um coração de ouro e eu não dei a mínima para isso. Acho que eu sempre soube que Kristin só quer saber do desafio.

No entanto, olhando para suas feições perfeitas, de repente tenho muita dificuldade em me lembrar por que a achei atraente.

Minha necessidade de defender a irmã dela é feroz e desconfortável. Estou prestes a dar a impressão errada — de que tenho alguma coisa com Chloe — de propósito, então me dou conta de que mentir não vai ajudar Chloe.

Chloe não quer que eu descubra quem Kristin realmente é, mas quer que Devon descubra.

Tomo outro gole da cerveja cada vez mais quente. Quando estou repetindo mentalmente que devo me manter longe desse melodrama idiota, me lembro da maneira como procurei incentivar Chloe mais cedo.

Sugerir que, se usasse o biquíni ridiculamente pequeno amanhã, eu poderia ajudar com Devon.

Ainda não sei por que fiz isso, mas que se dane... posso muito bem começar.

"Cadê seu namorado?", pergunto a Kristin.

Ela recupera a compostura e abre um sorrisinho misterioso. "Por que o interesse?"

Dou de ombros. "Só concluí que Chloe deve estar com ele."

De novo, o sorriso dela desaparece num passe de mágica.

É quase divertido.

"O que quer dizer com isso?"

Levanto um ombro. "Eles são próximos, não são? Sempre vejo os dois conversando no clube."

"Eles são amigos." O tom dela é cauteloso.

Mexo a cabeça, como se estivesse pensando sobre o assunto. "Eles já... você sabe... namoraram?"

"Claro que não!" Kristin solta uma risadinha. "Como pode ter pensado isso?"

Dou de ombros de novo. "Só queria saber."

A princípio, acho que minha abordagem "menos é mais" vai se voltar contra mim, mas ela acaba mordendo a isca.

"Eles eram muito amigos", Kristin diz, quase para si mesma.

"*Eram?*"

"Bom, agora ele está comigo, então os dois não são mais melhores amigos. Mas às vezes acho que..."

Ela se interrompe, e não completo seu pensamento.

"É melhor eu ir atrás do Devon", Kristin diz abruptamente, já levantando.

"Beleza", digo, como se não desse a mínima. O que é fácil, porque não dou mesmo. "Pede pra Chloe vir aqui quando encontrar os dois."

Minhas palavras são intencionais. Seu sorriso mostra que ela está irritada por eu ter presumido que, se encontrar um, vai encontrar o outro.

Meu breve momento de triunfo é eclipsado pela estranha constatação de que, independentemente de qualquer joguinho, espero mesmo que ela diga para Chloe vir até aqui.

É esquisito como sinto falta daquela garota quando ela não está por perto.

12

CHLOE

"Chloe?"

A batida na minha porta faz com que eu corra atrás da saída de praia, que luto para enfiar pela cabeça.

"Vai embora, Gostosão."

Ele tenta abrir.

Dou outra olhada no espelho para garantir que todas as partes molengas do meu corpo estão completamente escondidas e abro a porta.

E, droga, Michael St. Claire é tão atraente que perco um pouco o fôlego. Quer dizer, não que eu esteja a fim dele, claro. Só de um jeito meio "cara, que coisa linda de se ver".

Eu avisaria que a maior parte dos homens aqui usa calção de banho, já que é um entra e sai do barco o dia todo, mas ele já está de sunga azul-marinho e camisa branca acinturada de manga comprida que confirma o que eu sempre suspeitei: seu abdome é mais do que definido.

O que me irrita.

"Feliz Quatro de Julho." Michael me dá uma olhada de cima a baixo, parecendo muito menos impressionado por mim que eu por ele. "Cadê o biquíni?"

Reviro os olhos e vou fechar a porta, mas Michael entra e então a fecha por mim, como se fosse natural que estivesse no meu quarto.

"Estou usando, mas ninguém vai ver."

"E o nosso acordo?"

"Aquele em que você me ajuda a roubar o namorado da minha irmã? Não vou fazer isso. É ardiloso."

Ele levanta uma sobrancelha. "Ardiloso?"

Reviro meu nécessaire de maquiagem, à procura do rímel à prova d'água. "Você sabe. Sacanagem."

"Eu sei o que ardiloso significa. Só não entendi por que mudou de ideia."

Ah, não sei... Que tal o jeito como meus peitos pulam pra fora da parte de cima deste biquíni idiota? Ou o fato de que minha barriga nem sabe o significado de "chapada"? Ou como meus quadris têm, tipo, o dobro do tamanho dos de Kristin?

Não digo nada disso enquanto me inclino para o espelho da penteadeira para aplicar o rímel.

"Chloe..."

"Quê?", pergunto, olhando feio para ele enquanto se move atrás de mim, com os braços cruzados.

"Vamos ver como ficou. Eu te digo se não der pra usar."

"Não!" Tirar a roupa na frente de Michael está fora de cogitação.

"Anda, não estou pedindo como um cara qualquer, mas como seu personal trainer."

"Ah, claro. Nesse caso, vou tirar a roupa agorinha mesmo", resmungo, pegando o pó iluminador.

Ele passa a palma da mão no queixo e me observa, reflexivo. "Quem era o cara de ontem?"

"Que cara?"

"O magrelo. Alto, ruivo... Que não parava de olhar pra você."

Franzo a testa enquanto penso. "Scott? É o filho do sócio do meu pai. Eles têm uma casa um pouco antes da nossa. Crescemos juntos."

"Bom, Scott tem uma quedinha por você."

Viro-me para encará-lo. "Tem nada."

Ninguém tem uma quedinha por mim.

O Gostosão dá de ombros e se joga na minha cama. Noto que mantém os pés para fora, sem apoiar os mocassins no edredom. Parece que há um cavalheiro por baixo do macho alfa convencido.

Ele pega o livro que está sobre a minha cama. A capa é preta com um casal quase nu. Michael olha para mim e levanta as sobrancelhas.

Vou até ele, pego o livro e afasto suas pernas para abrir espaço para mim. Sento ao seu lado na cama e o encaro.

"Como assim Scott tem uma quedinha por mim?"

"Posso estar errado. Você acabou de dizer que não é verdade."

Belisco o joelho dele. Forte.

"Ai! Só notei que ele fez questão de sentar do seu lado, foi te pegar bebida, ficou olhando... E tenho quase certeza de que estava de pau duro."

Tento beliscá-lo de novo, mas Michael dá um tapinha na minha mão.

"Scott é só um amigo", digo.

"Bom, então imagino que pense em você como amiga da mesma maneira como você pensa em Patterson", Michael diz, parecendo mais entediado que nunca.

Mordo o lábio. Scott Henwick é um cara legal. Bonzinho, cuidadoso... mas não me atrai.

Nem um pouco.

Ainda assim, seria legal ter alguém de olho em mim, pra variar.

Michael senta. "Nem vem, Bellamy. Nem pensa nisso."

Arregalo os olhos para ele inocentemente. Michael estreita os olhos, deixando claro que não o estou enganando. "Não se conforme com esse cara."

"Então por que tocou no assunto?", resmungo.

O Gostosão suspira. "Você é tão sem noção."

"Então me explica."

"Não sei se adianta", ele murmura. "Tá, anota se precisar, porque não vou ficar horas falando disso. Homens são possessivos."

Me inclino para a frente, esperando mais. Quando Michael se mantém em silêncio, sou eu quem suspiro. "Pode ser mais claro? Caso não tenha notado, não é como se eu conquistasse geral com um piscar de olhos, então acho que preciso de ajuda."

Ele solta um grunhido, me empurrando para fora da cama quando se levanta. Eu começo a me afastar, imaginando que ele perdeu toda a paciência, mas, em vez disso, ele pega minha mão e me vira para encará-lo.

Seus olhos se estreitam de novo. Noto como seus cílios são grossos. Não longos, porque aí já seria injustiça demais. Só grossos, escuros e masculinos.

"Para com isso", ele murmura, ainda me avaliando.

"Como assim?"

"Para de me secar."

Aproveito esse momento de distração para apertar o bíceps de Michael, que deixa. Acho que até sorri.

Então, sem aviso, ele meio que puxa meus ombros e inclina minha cabeça para baixo, fazendo todo o meu cabelo cair para a frente.

Com a mesma rapidez, ele me coloca de volta no lugar, deixando a risca de lado, para que meu cabelo caia sobre os ombros de um jeito todo maluco.

"Você acabou de fazer uma espécie de bate-cabeça comigo? Por que insiste em ficar mexendo no meu cabelo?"

Solto um gritinho em protesto quando ele enfia a mão no meio dos fios, meio que esfregando o couro cabeludo para tentar deixar meu cabelo ainda mais armado, o que é incompreensível.

Abro a boca para reclamar, mas o ritmo de seus dedos começa a diminuir e, por um momento desconfortável, parece que ele me acaricia. Ainda que eu saiba que seu toque não é nem um pouco sexual ou romântico, seus olhos acidentalmente encontram os meus, e eu me sinto... estranha.

Com o corpo formigando.

Dane-se. Pela primeira vez na vida, tem um cara lindo no meu quarto, segurando minha cabeça, e a sensação... é agradável.

Não, não agradável.

É gostosa.

Michael franze a testa.

Devagar, ele retira a mão do meu cabelo. É impossível ler a expressão em seus olhos enquanto observa seu trabalho.

"Pronto", diz, seco.

"Pronto?"

Outro dar de ombros irritante. Estou começando a odiá-los.

"Você não devia tentar deixar o cabelo domado", ele esclarece. "Fica mais sexy assim."

Minha boca fica seca. Sexy. Alguém acha que sou sexy.

Esse cara acha que sou sexy.

Não. Não eu. Meu cabelo.

Controle-se, Chloe.

"Falou o cara que vive tentando fazer com que eu faça um rabo de cavalo."

Ele aperta o osso do nariz. "Pra malhar. Mas isso é uma festa. São coisas diferentes."

"Como?"

"Chloe!"

Os olhos de Michael se inflamam, e tenho que resistir à vontade de dar um passo para trás diante da sua explosão. Estou acostumada a ser reprimida e controlada, mas claramente há todo um outro lado do Gostosão que desconheço.

E, ainda que ele não seja nem um pouco meu tipo, fico intrigada.

Ele parece prestes a fugir do quarto — e talvez da casa —, então me apresso a acalmá-lo. "Tá bom, tá bom. Vou deixar o cabelo todo maluco e rebelde. Que mais?"

"Você precisa dar em cima desse tal de Scott."

Faço uma careta. "Ah, por favor. A velha história de deixar o outro cara com ciúme? Nem nos filmes dá pra acreditar que funciona."

"Funciona. Confia em mim."

"Está falando por experiência própria?"

Ele afasta a cabeça. "Por que perguntou isso?"

Opa. Levanto as mãos, em um gesto de apaziguamento. "Calma aí. Eu não estava tentando tocar a ferida."

Mas agora estou morrendo de curiosidade. De quem Michael sente ciúme?

De Kristin?

A ideia embrulha meu estômago, mas estou quase certa de que não é dela. Ultimamente, ele olha para minha irmã só quando sente que deveria estar fazendo isso. Ele não está vidrado nela.

Mas a expressão em seu rosto diz que já esteve vidrado em alguém, em algum momento.

Sinto algo ardente e amargo no fundo da garganta. Preciso de um segundo para reconhecer que é inveja.

Ou pelo menos algo parecido.

Talvez o Gostosão esteja certo. É manipulação, claro, mas vou ser honesta: estou supercansada de não ser ninguém na minha própria vida.

"Me diz como fazer Devon me notar", peço, com um suspiro.

"Ele já te nota", Michael diz. "Só não se dá conta disso."

Desdenho. "O cara me vê como uma irmã."

"Pode ser. Mas não gostou quando você apareceu aqui comigo ontem. E não gostou quando você morreu de rir das piadas ruins do tal do Scott ontem à noite."

Tento reprimir a esperança. "Até parece."

Ele dá de ombros. "Pode ser. Mas só há um jeito de descobrir."

"Você quer que eu dê em cima do Scott? Iluda o cara mesmo que não tenha interesse nele?"

Michael revira os olhos. "Não é como se você fosse pedir o cara em casamento. Só precisa fazer com que ele se sinta bem. Ele não precisa pensar que você está preparando o útero para receber o Scotty Júnior."

"Credo."

"Está pronta?", ele pergunta, olhando impaciente para a porta.

"Não! Esse é o seu conselho? Se eu der em cima de Scott, Devon vai terminar com a Kristin num passe de mágica e professar seu amor eterno por mim? Essa besteira nem de perto vale esse biquíni entrando na minha bunda."

Michael levanta uma sobrancelha. "Posso ver?"

Dou um soco no ombro dele.

O Gostosão suspira. "Olha. Só bebe um pouco. Fica mais soltinha com Scott e deixa claro que Devon não passa de um amigo."

"Como ele faz comigo quando Kristin está por perto", digo, começando a compreender.

"Exatamente", Michael diz. "Não pareça tão disponível. E quando os fogos de artifício começam é uma boa hora pra pegação."

"Com Devon?"

"Calma aí, destruidora de lares. Estou falando de Scott."

"Credo. Não vou beijar Scott."

"Por que não? Ele vai gostar."

Mordo o lábio. Não estou nem um pouco certa disso. "Talvez não."

Michael fecha os olhos. "Meu Deus, como você é cansativa. Ficamos andando em círculos. O cara fica atento a cada palavra sua, o que é impressionante, considerando o quanto você fala."

"Bom, esse meio que é o problema", digo, olhando para meus pés. "Sou ótima em falar. Mas nem tanto no resto."

"Que resto?" Ele parece meio confuso, meio irritado.

"Beijar. Pelo amor de Deus, presta atenção."

Ele franze a testa. "Você nunca beijou ninguém?"

"Claro que beijei", retruco. "Um monte de caras."

Bom, não um monte. Mas o bastante.

"E qual é o problema?", ele pergunta.

"É só que... nunca foi como nos filmes."

Michael solta um ruído estrangulado e se vira para abrir a gaveta do meu criado-mudo.

"O que está fazendo?", pergunto.

"Procurando uma arma", ele murmura, antes de fechá-la. "Está brincando comigo? Você é uma dessas garotas que esperam por um beijo de cinema?"

Franzo o nariz diante de sua cara de descrença. "Eles existem."

"Claro que sim."

Enfio um dedo em seu peito. "Existem mesmo. Só não aprendi a beijar assim. Ainda."

"Esse é o seu problema. Você acha que tem algo a ser aprendido. É só um beijo. Mãos, língua e toque."

Michael fala como se não fosse nada de mais. Seu cinismo provoca uma mistura de irritação e tristeza em mim.

Quer dizer, entendo que ele é um cara de vinte e poucos anos. Provavelmente pensa em *trepar* enquanto as garotas pensam em *fazer amor*.

Mas a expressão em seu rosto, de que não merece nada além de sexo casual, me incomoda.

Michael St. Claire não é um projeto, Chloe.

"Tá", digo, bufando. Não porque a conversa terminou, mas porque minha barriga está roncando, e panquecas com morangos e chantili é meio que uma tradição do Quatro de Julho.

A não ser para Kristin, para quem a tradição é café preto e algum suco detox que alguma celebridade toma.

"O quê?", ele pergunta.

"Vou enfiar a língua na boca de Scott e brincar com o cabelo dele enquanto deixo que passe a mão em mim."

Começo a me afastar, mas a risada de Michael me faz parar. Primeiro porque é rara e segundo porque não tenho certeza de qual é a graça.

"Não sei como você consegue, mas acabou de fazer com que pegação não pareça nem um pouco atraente."

Pisco, surpresa com suas palavras, então desvio o rosto antes que perceba que estou magoada.

É por isso que nem me dou ao trabalho. Nem quando se trata de beijar nem quando se trata de ir atrás de Devon.

As pessoas agem como se eu estivesse *evitando* ser atraente. Não conseguem ver que é assim que meu cérebro funciona? Não entendo essa coisa da sedução.

Quer dizer, eu quero entender. Desejo ser tocada como qualquer outra garota de vinte e um anos. Quero que alguém segure minha mão, me deixe sem ar. Mesmo que eu não seja virgem, sinto como se fosse, porque aquelas duas vezes com Keith Moderatz foram estranhas. Um pouco doloridas. E muito chatas.

"Vou tomar café", murmuro.

Michael pega minha mão antes que eu consiga sair do quarto e me puxa para que fique cara a cara com ele. Então nos aproxima ainda mais, deixando apenas alguns centímetros entre nós.

Sua expressão é mais suave agora, e meu coração dispara. Estou quase certa de que sente pena da desajeitada da Chloe, que não é nada atraente, mas uma parte distante do meu cérebro quer que seja algo mais do que isso.

"Treina comigo", ele diz, com a voz relaxada e casual.

Preciso de um longo tempo para registrar suas palavras, porque meus olhos estão fixos em sua boca. Estão tão franzidas como sempre, mas por algum motivo isso agora parece atraente, em vez de irritante. Como se eu quisesse ser a pessoa a acabar com o mau humor dele.

"Hum?", digo apenas.

"O beijo. Treina comigo."

O choque me percorre. Dou um passo para trás. "Está de brincadeira? O velho lance do beijo de mentirinha? Sendo que acabou de me dar bronca por assistir a comédias românticas?"

Ele revira os olhos, mas segura meus cotovelos antes que eu possa escapar. Tenho que admitir que não parece um cara que está tentando descolar um beijo grátis.

E por que pareceria? Michael conseguiria qualquer garota sem precisar de nenhuma artimanha.

Sua expressão é estranhamente franca. Como se quisesse mesmo me ajudar.

Tento negar seu pedido, mas meu corpo não parece se mexer.

Porque, ainda que eu seja idiota, ainda que tenha certeza de que daria para sentir o cheiro de pena lá do corredor, uma parte de mim simplesmente não se importa.

Quero aceitar o que Michael está oferecendo, não porque de fato desejo beijar esse cara convencido e maravilhoso cheio de segredos que o tornaram irritável, mas porque eu não estava mentindo quando dei a entender que não sabia beijar.

E todos os meus instintos me dizem que Michael St. Claire sabe.

"Tá", digo, com um suspiro.

Ele ergue o canto direito da boca diante da minha cara desanimada. "Não vai ser tão ruim assim."

"Duvido", digo. "Considerando que você não acredita que beijo de cinema é algo verdadeiro, fico muito cética quanto às suas habilida..."

Os lábios de Michael apagam o resto da frase.

E o calor de sua boca apaga qualquer dúvida que eu poderia ter sobre suas habilidades.

Assim que sua boca quente, firme e perfeita encontra a minha, esqueço tudo sobre beijos de cinema, Scott, Kristin...

Esqueço até Devon.

Um bom beijo faz isso com uma garota, e esse beijo é mais do que bom.

As mãos de Michael ainda estão nos meus cotovelos, impedindo-me de me afastar, mas sem me puxar para mais perto. Ele nem precisaria fazer isso. Sua boca talentosa é o bastante para que eu queira me aproximar.

Quando abro a boca para soltar um suspiro, ele inclina a cabeça para a direita, enfiando a língua para passá-la de leve na parte interna do meu lábio inferior.

Gemo.

De repente, não estou apenas de pé ali, perfeitamente imóvel, como uma estátua assustada. Vou para cima dele, envolvendo seu pescoço com meus braços, passando as unhas por seu couro cabelo. Retribuo o beijo com cada gota de paixão reprimida, sem jeito e sem prática.

Michael se enrijece só um pouco, como se atordoado pela minha resposta. Em vez de me afastar e mandar eu me controlar, ele sobe as mãos pelos meus braços até os ombros e depois o pescoço, posicionando os polegares logo abaixo do meu queixo para aproximar meu rosto do seu e aprofundar o beijo.

Não é um beijo de treino. Ou pelo menos não parece um beijo de treino, não do jeito como seus dedos se emaranham nos meus cabelos, não do jeito como nossas bocas se fundem de novo e de novo.

Não há nada de tímido ou recatado na maneira como nossas línguas se encontram.

Finalmente entendo. Entendo o que as pessoas tanto falam sobre paixão.

Só que, quando isso enfim acontece comigo, não é real.

E é isso que me segura.

Porque eu sei que, se Michael quisesse seguir em frente, eu deixaria. Em um piscar de olhos.

O que me assusta.

Estamos ambos respirando forte demais quando nossas bocas se separam. Por um segundo, seus olhos parecem tão escuros e intensos que nem o reconheço. Seu rosto volta a se ensombrecer antes que eu consiga ler qualquer emoção que passa por ele, mas não acho que importe. Meu cérebro inundado de hormônios mal consegue compreender o que estou sentindo, muito menos o que *ele* está sentindo.

Não consigo evitar levar os dedos aos lábios inchados. Isso faz com que Michael pragueje baixo antes de seguir para a porta.

"Espera!"

Ele para, mas não se vira.

Foi bom pra você?

O que foi isso?

Faz de novo.

"É assim que eu devo beijar Scott?", pergunto.

Seus ombros parecem ficar tensos por um segundo antes que ele toque a maçaneta. "É. Assim mesmo."

E então Michael vai embora.

13

MICHAEL

O beijo foi um erro.

Primeiro porque foi muito mais gostoso do que deveria.

Estamos falando de Chloe, que claramente quer que eu a trate como irmã desde o momento em que colocou os olhos em mim.

O beijo deveria ter sido mecânico, como acontece numa demonstração. Em vez disso, fiquei a trinta segundos de arrancar aquela saída de praia horrorosa dela.

E que Chloe ainda está usando, por sinal. Quando fiz o acordo com ela a respeito do biquíni, deveria ter mencionado que não valia usar nada por cima.

Praguejo baixo quando me dou conta de que meus motivos para querer ver Chloe naquele biquíni minúsculo não são nem de perto tão nobres quanto eram ontem.

Quero vê-la. Por inteiro.

Pior: tenho medo de querer tocá-la.

Como eu disse, o beijo foi um puta erro.

Do meu canto do deque, eu a observo apoiar com dificuldade uma mão no joelho de Scott, então rir alto demais.

A risada natural de Chloe já é tempestuosa e barulhenta. Agora acrescenta uma energia extra para a risada falsa. O ruído produzido rivaliza com os fogos de artifício que virão mais tarde.

Tomo um gole de cerveja e observo.

Claramente não é com a parte do beijo que Chloe precisa de ajuda. É com o que leva a ela.

Estou tão ocupado observando a garota e os cachos bagunçados que ela fica jogando de um lado para o outro que levo um momento para registrar o fato de que alguém está tentando chegar à caixa térmica na qual descanso um pé.

"Desculpa", murmuro, indo mais para a frente no parapeito. A festa está animada lá embaixo, com todo mundo cumprimentando os Bellamy e dando uma olhadinha sutil no que os outros vestem.

"Imagina", o cara diz, abrindo a caixa térmica e pegando uma Corona. "Quer outra?"

Levanto os olhos. É o maldito Devon Patterson que está me oferecendo uma cerveja.

"Valeu", digo, ainda que a garrafa que tenho nas mãos esteja pela metade.

Ele abre as duas e entrega a minha.

Acho que está só sendo educado, mas, em vez de voltar para ficar com seus amigos — e sua namorada —, Devon imita minha postura, apoiando os braços no parapeito, como alguém de fora só observando.

Por alguns minutos, não dizemos nada, e fico imaginando o que ele quer. Sempre foi educado, mas nunca conversamos de fato.

Provavelmente está só dando uma olhada na concorrência, embora eu não saiba dizer se em relação a Kristin ou a Chloe. Ele pode ser louco pela irmã mais velha, mas a mais nova não lhe passa despercebida.

É estranho, na verdade, que a primeira coisa que passe pela minha cabeça ao vê-lo não seja "ei, somos irmãos!", e sim "fica longe da Chloe".

Essa confusão com Chloe e seu triângulo amoroso bizarro, ou quadrado, contando o pobre do Scott, quase me fez esquecer por que concordei em vir nessa viagem idiota.

Conhecer meu verdadeiro pai.

Como se lesse meus pensamentos, Devon vira a cabeça para mim e me olha. Não de um jeito estranho, mas breve e casual. Ainda assim, tenho que me perguntar se sabe.

Se sabe que sou seu meio-irmão, mas tenho medo demais de falar qualquer coisa a respeito.

O que ele diz em seguida não é o que eu esperava.

"Você sabe que vou acabar com sua raça se partir o coração dela, né?"

Que porra é essa?

Encaro Devon, mas seus olhos já voltaram para a multidão. Sua expressão é tão agradável e despreocupada que nem parece que acabou de me ameaçar.

Só quando sigo seu olhar me dou conta do que está falando.

De quem está falando.

"Chloe?"

Ele toma um gole de cerveja. "De quem mais eu poderia estar falando?"

Devon claramente não tem ideia de que há um mês estou atrás de sua namorada, e não da irmã tagarela dela.

Embora... esteja perdendo rapidamente o interesse em Kristin.

Vou dizer a mim mesmo repetidas vezes que isso não tem nada a ver com o beijo que dei em Chloe, até acreditar.

"Somos só amigos", digo.

Ele me olha com ceticismo. "Amigos."

"É." Continuo olhando para a frente. "Que nem vocês dois."

Devon ri. "São coisas completamente diferentes."

"Ah, é? E por quê? Porque *eu* não quero trepar com ela?", pergunto.

É uma provocação. Sei que passei dos limites. E talvez seja mentira, porque, agora que eu e Chloe nos beijamos, não sei se não quero transar com ela. Mas não deixo meu cérebro ir por aí.

Espero que Devon negue, mas ele me surpreende ao me encarar. "Você não sabe do que está falando."

Dou de ombros. "Então me conta."

Assim que digo isso, quero me socar. Foi quase... um pedido. Mas não é como se ele fosse querer conversar comigo sobre isso.

Só somos irmãos na teoria.

Não vim até o Texas para me aproximar do cara.

Ele toma um gole de cerveja, olhando para a frente. "Chloe está diferente."

Merda. Parece que ele vai mesmo abrir o coração. É melhor eu me manter calado. Não quero me meter nisso. Em nada disso.

"Diferente como?" Sou um idiota.

"Bom, pra começar, que porra é essa de se jogar pra cima do Scotty?"

"Vai ver ela gosta dele", digo.

Devon ri, desdenhando. "Até parece."

Dou de ombros, como se não fizesse diferença para mim. Porque não faz.

"E não sei por que ela emagreceu", ele reclama. "Estava bem antes."

"Talvez quisesse que alguém achasse que está mais que 'bem'."

Devon parece mais tenso agora do que quando começamos a conversar, mas não consigo evitar a provocação.

"Cadê sua namorada?", pergunto.

"Está puta comigo. De novo", ele grunhe.

"Problemas no paraíso?"

O cara abre um sorriso torto. "Faz tempo que não é o paraíso."

"Então por que estão juntos?"

Ele me encara, incrédulo. "Estamos mesmo fazendo isso? Só tínhamos trocado cinco palavras até ontem."

Não respondo. Se o cara não quer falar, não vou implorar.

Ainda que, por um minuto, pareça um flashback da minha própria vida. Uma vida em que Ethan e eu podíamos falar sobre coisas importantes.

"Você sabe que Kristin está tentando te atrair pra teia dela, né?", Devon pergunta, aparentemente decidindo falar. "Que está te usando pra me deixar com ciúme?"

Interessante. O cara é mais esperto e atento do que deixa transparecer.

"Está funcionando?"

Devon inclina a cabeça para trás, fechando os olhos no calor do começo de tarde, sem dizer nada.

Até que diz. "Droga. Sei lá onde deixei meus óculos escuros." E depois: "Você sempre quis ser professor de tênis, St. Claire?".

Entendi. Vai mudar de assunto.

"Não exatamente", desdenho.

Ele me olha. "Então por que faz isso?"

"Por que se importa?"

Devon dá de ombros. "Não me importo. Só estou tentando resolver essa merda toda."

"Com 'merda' você está se referindo à sua namorada e à possibilidade de estudar direito?"

Ele estreita os olhos de leve. "Chloe te contou."

Ergo um ombro. "Por cima."

Ele volta a virar o rosto para a frente, de olho em Chloe. Eu também a procuro, para ver se progrediu com Scott. Ela parece ter relaxado um pouco no papel de *femme fatale*. Seu sorriso está mais descontraído e sua postura, mais natural.

Scott está caindo na dela, como planejado.

Devon solta um grunhido baixo, e percebo que essa parte também está indo de acordo com o plano.

Decido insistir um pouco mais. Por Chloe.

"Kristin sabe que você está de olho na irmã dela?"

Ele olha em volta. "Achei que tivesse sido claro. Chloe é minha amiga. Ponto-final."

"Minha também", digo, com facilidade, então faço uma pausa. "É fácil conversar com ela. E é uma companhia divertida."

Devon não diz nada.

"Além do corpo cheio de curvas."

Ele cerra os dentes.

E então...

É como se Chloe estivesse lendo minha mente, porque eu não poderia ter sincronizado melhor nem se ela tivesse um ponto eletrônico na orelha. Scott levanta e lhe estende uma mão, que ela aceita, olhando para ele com um sorriso amplo e genuíno no rosto.

E então, antes que eu esteja preparado, Chloe pega a barra da saída de praia branca volumosa e a levanta, tirando-a pela cabeça e ficando no maldito biquíni com as cores da bandeira dos Estados Unidos.

Por um segundo, minha visão embaça e minha boca seca. Chloe é... deliciosa. Não há outra palavra para o jeito como seus peitos preenchem a parte de cima, azul com estrelas brancas, para sua cintura bem marcada, para a curva de seus quadris.

Ela pega a mão de Scott e deixa que ele a guie em direção ao cais, de modo que Devon e eu temos ampla visão da parte de baixo, com listras vermelhas e brancas, que mal cobre sua bunda bem incrível.

"Minha nossa", Devon diz, atordoado.

Sinto uma pontada de orgulho pelo trabalho bem-feito, tanto pelo tempo que passei pressionando Chloe na academia quanto forçando-a a sair de sua zona de conforto.

Mas, além da sensação de triunfo, tem mais alguma coisa.

Que se parece preocupantemente com possessividade.

14

CHLOE

Eu poderia matar o Gostosão por ter me convencido a fazer isso.

Daria no mesmo se estivesse pelada.

E o pior é que não quero ficar pelada na frente do Scott.

Quer dizer, o garoto é fofo e está tentando muito ser um cavalheiro, tenho que admitir. Sim, ele meio que arregalou os olhos quando tirei a saída de praia e fiquei sem nada com que me proteger.

E, claro, peguei seus olhos passando pelo meu corpo quando ele achou que eu estava distraída. Mas, na maior parte do tempo, Scott me trata do mesmo jeito cavalheiro quando estou quase pelada.

Scott Henwick é um cara legal, mas não desperta nada em mim.

Não deixo de notar a hipocrisia. Aqui estou eu, lamentando como a sociedade exige que você seja magra, tenha cabelo brilhante e sedoso e dentes perfeitos, enquanto meus olhos passam batido pelo cara legal e comum e vão direto para...

Michael.

E Devon.

Na verdade, parece mesmo ser Michael St. Claire quem eu fico buscando em meio à multidão.

Maldito beijo.

"Quer que eu pegue alguma coisa pra você beber?", Scott pergunta, entregando-me uma toalha de praia. Dois primos me encaram horrorizados enquanto arrasto meu corpo gordo pingando escada acima na volta do cais. Aparentemente há uma regra tácita quanto ao uso desse biquíni minúsculo: ele não deve ser molhado.

Foda-se.

Faz mais de trinta graus.

E eu gosto de nadar. Verdade que em geral faço isso com um maiô preto e firme que cobre tanto quanto possível e só quando acho que a maior parte das pessoas está distraída com as margaritas que meus pais começam a servir no fim da tarde.

Então, embora fique tentada a pegar a toalha que Scott me oferece e enrolar no meu corpo o mais rápido possível, forço-me a aceitá-la casualmente, como se não fizesse diferença para mim entre ter algo cobrindo minha bunda ou não.

"Claro, seria ótimo", respondo, com um sorriso no rosto.

Scott retribui o sorriso, fazendo meu estômago se contrair um pouco. De repente, me dou conta de que não posso fazer isso.

Não posso usar outra pessoa para conseguir o que quero. Scott é um cara legal. Merece uma garota legal. Alguém que não deseja o personal trainer e o namorado da irmã ao mesmo tempo.

Credo. Quando foi que virei essa assanhada?

Enquanto enxugo o cabelo com a toalha, tomando o cuidado de não esfregar para não ficar cheio de frizz, pondero como voltar atrás.

Então ele chega. O Gostosão.

Ele continua com uma camiseta justa, e fico aliviada. Não acho que seria capaz de lidar com seu tanquinho neste momento.

Diferente de Scott, que é educado, Michael não tenta esconder o fato de que está me secando enquanto se aproxima. Eu estreito os olhos para ele, que sorri em troca.

"Vejo que cumpriu sua parte do acordo", Michael diz, parando à minha frente, ignorando o fato de que minhas primas e suas amigas o observam de suas espreguiçadeiras, claramente tentando entender por que ele está falando comigo.

"Já você não cumpriu a sua", disparo, meio irritada.

"Como sabe?"

Olho em volta e levanto as mãos. "Está vendo Devon aqui?"

A expressão dele é indecifrável. "Estou trabalhando nisso."

Tendo feito o melhor que posso com o cabelo molhado, começo a enrolar a toalha no corpo, debaixo das axilas, mas em um raro momento de bravura decido deixá-la em volta do quadril. Os olhos do Gostosão seguem o movimento das minhas mãos quando faço um nó desajeitado.

"Você está ótima, Chlo."

Engulo em seco. Ele não está falando com conotação sexual. Acho que não. Mas parece admirado, e eu me sinto... trêmula.

"Bom, se você conseguiu isso em um mês, imagine o que podemos fazer até o fim do verão", digo, simulando uma confiança que não sinto.

Ele aponta com o queixo na direção dos meus seios. "Claro. Mas esteiras e agachamentos não têm nada a ver com isso aí."

Não consigo segurar a risada e dou um tapa no peito dele ao passar. "Um comentário típico de um homem."

Ele agarra meu cotovelo antes que eu consiga lhe dar as costas. "Que é o que eu sou. Não se esqueça disso."

Paro. "O que quer dizer com isso?"

Ele me lança um de seus olhares ensimesmados e indecifráveis. É claro que ele é um homem. Incapaz de expressar suas emoções e tudo o mais.

"Você viu minha irmã?", pergunto, ignorando o que quer que tenha se passado entre nós.

"Entrando e saindo da casa o tempo todo", ele diz, no degrau atrás de mim. "Acho que ela e seu garoto estão brigando."

"Isso parece estar acontecendo muito ultimamente", murmuro, mais para mim mesma. Apesar de não achar que Kristin mereça Devon, ando um pouco preocupada com ela. "Vou atrás dela", digo. "Você liga de ficar sozinho?"

"Não." Ele meneia a cabeça na direção do deque superior, onde algumas amigas da minha mãe tomam pinot grigio debaixo de um guarda-sol. "Algumas alunas já me chamaram pra conversar."

Desdenho. "E com 'conversar' você sabe que elas querem dizer 'exibir o corpo', né? Talvez até peçam que tire o calção para ver o que tem aí."

É ele quem desdenha agora. "Pelo menos metade delas já viu o que tenho aqui."

Ah. A ideia de mãos predatórias pelo corpo dele faz com que eu me sinta... estranha.

Boto um sorriso no rosto e o dispenso com um gesto. "Então vá em frente e não tenha juízo."

Ele mal me ouve enquanto passa os olhos pelo quintal, como se à procura de alguma coisa ou de alguém. Agora que penso a respeito, fez isso o dia todo. Sempre que o observo, seus olhos estão vagando.

Mas não pergunto nada. Se for alguma das garotas com barriga chapada e peito empinado passeando de biquíni minúsculo, prefiro nem saber.

Enquanto ele vai sozinho para o antro das senhoras, paro à mesa em que deixei minha saída de praia e volto a vesti-la.

"Aí está você!"

Droga. Esqueci completamente que Scott tinha ido me buscar uma bebida.

"Obrigada!", digo. Ele trouxe cerveja. Odeio cerveja, mas não digo nada. "Ei, você viu minha irmã por aí?"

Scott nega com a cabeça, mas minha mãe, que ouve tudo quando se trata das filhas, se aproxima.

"Chloe", ela diz, me puxando de lado. "Kristin está no quarto."

"É, concluí isso quando não a vi tomando sol no poleiro", digo, apontando para a beira do cais, onde as outras garotas bonitas estão deitadas como uma fileira organizada de Barbies. "O que está rolando?"

Minha mãe só me encara.

"Ela e Devon ainda estão brigando?"

"Desde que ele começou com essa onda de estudar direito."

Levanto um dedo. "Não é onda."

"Bom, Kristin parece achar que é", minha mãe diz, com a voz ligeiramente cortante. É claro que ela está do lado da princesa. "As briguinhas deles estão começando a afetar nossa amizade com os Patterson."

"Cadê eles?", pergunto, procurando pelos pais de Devon.

"Exatamente", minha mãe murmura. "Não acho que possam dizer que estão dando essa festa com a gente se estão duas horas atrasados."

Assinto, embora minha atenção esteja na maneira como Lesley Cavares passa as mãos pelo bíceps do Gostosão. Eu estava certa. Elas só queriam mesmo apalpar o cara.

"E então?", minha mãe pergunta.

"Hum?", pergunto, porque não ouvi o que disse antes.

Ela parece irritada. "Pode resolver isso?"

"Resolver o quê?"

"O relacionamento dos dois", minha mãe diz, pegando uma garrafa de vinho da mesa e completando sua taça.

"Como eu resolveria isso?"

"Bom", ela diz, devolvendo a garrafa à mesa com cuidado. "Você é amiga dele. Pode convencer Devon de que isso é maluquice."

Encaro minha mãe, embasbacada. "Você não está realmente sugerindo que ele deva desistir de estudar direito em Harvard porque a namorada está dando chilique. Devon tem vinte e dois anos, mãe. Kristin também. Ele tem que viver a vida."

"É claro que apoiamos uma carreira como advogado", minha mãe se apressa em dizer. "Mas... talvez ele possa encontrar uma faculdade mais perto de casa."

Estalo os dedos, como se tivesse acabado de ter uma ideia. "Já sei! Talvez a gente consiga dar um jeito de teletransportar o campus de Harvard para Dallas. A princesa ficaria feliz com isso?"

"Chloe."

"Tá", digo, com um longo suspiro. "Eu vou lá. Mas é Kristin que tem que superar isso, não Devon que tem que voltar atrás."

Ela aperta meu braço de leve, aliviada. "Você é uma boa irmã."

Ah, é. Por isso que um recanto escuro da minha alma torce para que a discussão sobre a faculdade de direito finalmente abra os olhos de Devon.

Com um gesto de desculpas para Scott — droga, vou ter que esclarecer as coisas com ele depois —, entro, pegando um punhado de cenouras no caminho, porque meio que sinto os olhos de Michael em mim. Provavelmente deve estar querendo garantir que eu não coma um brownie antes do jantar.

Estou no meio da escada quando ouço a gritaria. Meus passos falham quando me dou conta de que vou encontrar mais do que minha irmã de cara feia e o namorado tenso.

É uma briga de verdade.

Por um segundo, penso em voltar para baixo, mas a curiosidade me faz seguir em frente. Devon e Kristin já discutiram antes, mas, até onde sei, nunca chegaram a nada assim.

Quando chego lá em cima, os gritos abafados ficam mais claros, e consigo distinguir as palavras.

A começar pelo "Você é tão egoísta" que minha irmã brada.

A risada de Devon é dura e áspera. "Sou egoísta? Sério? Estou te dizendo que tenho uma chance real de conquistar meus sonhos e você de alguma forma consegue fazer com que isso vire uma discussão sobre você. Mas sempre é, não estou certo, Kristin?"

Minha nossa. Paro do lado de fora, consciente de que estou bisbilhotando, mas incapaz de me afastar.

"Não é sobre mim, é sobre a gente. Mas parece que você nem liga mais pra isso."

"É claro que ligo!", Devon grita. "Só não entendo por que não posso ter as duas coisas. Direito em Harvard e uma namorada."

Isso. Excelente argumento, Dev. Aplaudo em silêncio.

"Não é parte do plano."

"Eu nem sabia que havia um plano", ele diz.

"Mas você tinha um plano. Estava só esperando para fugir para a faculdade de direito!"

Devon não responde, e anoto mentalmente um ponto para Kristin.

"Não falei porque sabia que você ia surtar", ele resmunga.

Faço uma careta. Foi uma resposta típica de um homem: honesta e cretina.

Como esperado, Kristin fica enfurecida. "Ah, mas a Chloe não surtou, imagino. Bancou a animadora de torcida."

Levo a mão à boca e balanço a cabeça de leve. Ah, não. Me deixa fora dessa.

No entanto... me aproximo um pouco mais da parede para ouvir a resposta de Devon.

"Pelo menos ela me apoia", ele diz depois de uma breve pausa.

"É claro que sim! Chloe é obcecada por você! Não tem nada melhor pra fazer do que te encorajar, fazendo de tudo pra continuar sua confidente."

Reprimo um gemido de dor. Sei que Kristin sempre me desdenhou. Nunca fez segredo quanto a isso. Mas não sabia que tinha uma impressão tão condescendente de mim. E tive a confirmação de que sabe muito bem como me sinto em relação ao namorado dela.

A culpa se mistura ao desânimo.

"Você só está puta porque estava tentando transformar esse tal de Michael num dos seus fãs, mas foi Chloe quem conseguiu o cara."

Tá, agora Dev errou feio.

"Os dois são só amigos", Kristin diz, sem dar muita corda. "Ele não tem nada melhor pra fazer e provavelmente ficou com pena dela."

Meu queixo cai. Estou tentando muito me apegar à lealdade entre irmãs, mas Kristin está dificultando isso.

A voz de Devon sai baixa, talvez um pouco provocativa. "Você não viu o cara babando quando a viu de biquíni."

Fico tensa ao ouvir isso, mas Kristin ri. "Ah, não vem com essa. Chloe nem usa biquíni."

Devon fica quieto, mas minha irmã para de rir. Aparentemente não gostou da expressão que viu no rosto do namorado, porque sua voz volta a ficar aguda.

"Não venha me dizer que sente tesão pela gorda da minha irmã agora."

Essa doeu. Uau. Meus olhos lacrimejam.

"Kristin", ele murmura.

"Ela perdeu uns três quilos. Por que está todo mundo agindo como se ela tivesse virado uma modelo?"

"Você está sendo cruel."

"É claro que você vai defender minha irmã. Sempre fica do lado dela."

"E você sempre a coloca pra baixo. Pelo menos posso conversar com ela. Pelo menos Chloe quer o melhor pra mim."

"E o que é melhor pra você, Devon?", Kristin pergunta, com a voz doce.

Eles ficam em silêncio por tempo demais. Posso visualizar Devon passando a mão pelo cabelo, afobado e frustrado.

"Fala logo", Kristin diz. Sua voz está trêmula agora. Me sinto mal por ela, apesar da crueldade sem precedentes que demonstrou durante a conversa.

"O quê?" Dev soa esgotado.

"Fala que quer terminar. Que quer ir para Boston pra virar um advogado importante, com uma namorada advogada importante."

"Não posso ficar no Texas por você."

"Porque não me ama o bastante."

Ah, meu Deus. Ela não acabou de recorrer a isso.

"E você não me ama o bastante pra me deixar ir", ele retruca. Não está mais gritando. Sua voz sai rouca e brusca.

"Acho que não", minha irmã diz. "Quero alguém que me queira mais do que um diploma idiota."

Não cai nessa, Devon. Por favor, não cai nas manipulações dela.

"Então é isso?", ele pergunta. "Vamos acabar assim?"

Ai, meu Deus. Aimeudeus, aimeudeus, aimeudeus. Está mesmo acontecendo?

"Acho que sim", Kristin solta. "Quando estiver sentindo minha falta, lembre-se de que você foi o responsável por isso."

A voz da minha irmã é um misto de desolação e irritação. Faço menção de ir para o meu quarto, sentindo que a conversa está terminando.

Assim como o relacionamento deles. Aimeudeus, aimeudeus, aimeudeus.

Estou fechando minha porta quando ouço as últimas palavras de Devon.

"A gente se vê."

Kristin bate sua porta em resposta. Viro-me, apoiando as costas na minha própria porta fechada, escorregando até que minha bunda chegue ao chão.

Puta merda.

Pela primeira vez na maior parte da década, Devon Patterson está solteiro.

15

MICHAEL

Tem algo rolando. Algo importante.

Meia hora depois de sair para procurar a irmã, Chloe volta. Sozinha. E, embora pouco tempo atrás eu provavelmente não veria nada de incomum em seu sorriso largo, agora a conheço um pouco melhor.

Esse não é o sorriso sincero dela. Quando sorri de verdade, seus dentes se abrem como se fosse soltar uma risada a qualquer momento.

Agora, seus dentes estão cerrados. Embora faça contato visual com todo mundo com quem fala, Chloe pisca demais, quase fora de ritmo, como se seu corpo estivesse fora de sincronia.

Pego uma garrafa de água da caixa térmica e abro enquanto procuro casualmente por Kristin ou Devon.

Não encontro nenhum dos dois.

Não é nada de mais, só que, considerando que é uma festa organizada pelos pais de ambos, parece estranho.

Posso não conhecer Kristin bem, mas não me parece que deixaria escapar facilmente uma oportunidade de aparecer. E já ouvi "Cadê o Devon?" o bastante na última hora para concluir que sua ausência é atípica.

Já estou indo na direção de Chloe quando um cara alto e magro se coloca na minha frente.

É Scott, o garoto que está interessado nela.

"Oi", digo.

Ele estende a mão, com o braço perfeitamente reto, como um estagiário que se apresenta a um CEO. "Scott Henwick."

Aperto sua mão. "Michael St. Claire."

"Você veio com a Chloe."

Passo a língua pelos dentes, pensando em como devo agir. "Isso."

À distância, o cara me parecia um bobão. De perto, dá a impressão de ser direto. É ligeiramente estranho, mas está consciente disso. E é sagaz.

"Ela gosta de você", Scott diz.

Isso me faz congelar. "Somos amigos."

Ele me encara. "Não me insulte. Garotas como ela não gostam de caras como eu quando caras como você estão disponíveis."

"Oi?", pergunto, decidindo me fazer de bobo.

Então ele me lança um olhar de "para com isso", e fico com pena.

"Olha, você parece um cara legal. Mas está certo. Provavelmente não vai rolar entre vocês dois."

Nem me dou ao trabalho de explicar que é Devon, e não eu, o concorrente dele, mas não parece importar. O cara entendeu o mais importante.

Ele inspira antes de assentir. "Imaginei. Mesmo quando ela me beijou..."

Toda a minha atenção retorna a Scott. Sinto meus dedos se contraírem em volta da garrafa de água.

"Mesmo quando nos beijamos, não pareceu certo."

Levanto a mão. "Cara. Informação demais."

Sério. Não quero ouvir nada disso.

Ele dá de ombros. "Parecia que estava pensando em outra pessoa, sabe?"

Ah, eu sei. Bem demais. Já fui esse cara. Estava perdidamente apaixonado por Olivia Middleton.

Então a beijei. E ela retribuiu o beijo.

Mas apenas um de nós estava sendo sincero.

Por alguma razão, a lembrança agora parece mais nebulosa.

Meus olhos procuram Chloe com seu sorriso falso e grande demais, seu cabelo todo bagunçado, e fico... bravo. Bravo por ela ter beijado um cara pensando em outro.

Bravo por nenhum deles ser eu.

"Bom, eu só queria te desejar boa sorte", Scott diz.

Forço-me a voltar minha atenção a ele de novo. "Boa sorte com quê?"

Scott não diz nada, só oferece a mão de novo, dessa vez mais como um homem fechando um acordo com outro.

"Claro", digo, sem entender muito bem o que estou aceitando. Parece que, na cabeça dele, é de mim que Chloe está atrás. Como não posso explicar que na verdade é do namorado da irmã, só assinto e sigo em frente.

Ele me dá um tapinha paternal no ombro antes de se afastar. Balanço a cabeça diante dessa estranha interação. É como se o cara fosse de outra época, e eu tivesse acabado de ouvir conselhos de um vovô.

Então noto Chloe me olhando. Ela desvia o rosto quando nossos olhares se encontram. Franzo a testa. Que porra é essa?

Vou em sua direção, pegando uma das margaritas de que tanto falam. Ela parece estar precisando de um drinque.

Tomo um gole. Preciso de uma bebida para poder lidar com essa garota.

Quando chego, Chloe está contando a um casal mais velho como está animada com o último ano da faculdade e com o fato de que vai poder passar outro ano estudando com a irmã, mas de um jeito muito exagerado.

Reprimo um olhar cético.

Coloco a mão em suas costas, e ela se sobressalta. Passo o drinque a ela antes de me apresentar ao casal, fazendo os comentários esperados sobre o tempo bom e a linda festa antes de explicar com toda a educação que preciso pegar Chloe emprestada por um segundo.

Como Scott, eles provavelmente supõem que estamos juntos, mas não estou nem aí.

Puxo Chloe na direção da casa. Entramos pela porta dos fundos e avançamos até o jardim da frente, que está lotado de carros, mas vazio no que se refere a convidados, o que é uma bênção.

Eu solto a mão dela e me viro para encará-la. Ela já bebeu um quarto da margarita. Então ela dá uma leve lambida na borda da taça cheia de sal e eu desvio o olhar.

"O que está rolando?"

"Como assim?" Ela faz cara de inocente.

"Nem tenta. Infelizmente, já te conheço bem demais. Cadê o Devon? E sua irmã?"

Ela aperta os lábios e olha em volta, evitando meus olhos. Eu me aproximo.

"Chloe."

"Devon voltou pra casa dos pais."

"No meio da festa?"

Seus olhos finalmente encontram os meus, e a confusão e o pânico em seu rosto me tiram um pouco o chão. "Eles terminaram."

Opa.

Esfrego o rosto, sentindo... alguma coisa.

Não é surpresa nenhuma. Não depois da minha conversa com Kristin ontem, e especialmente não depois da minha conversa com Devon hoje. Imaginei que fosse acontecer. Algum dia.

Mas não hoje.

Chloe não está pronta para isso.

"Quem te falou?", pergunto.

Ela dá um gole na margarita, então eu tiro a taça de suas mãos para fazer o mesmo. Em parte porque preciso, em parte porque Chloe está bebendo rápido demais.

"Ninguém. Eu ouvi."

"Escondido?"

Ela dá de ombros. "Minha mãe me mandou numa missão de resgate, mas, quando cheguei perto do quarto da minha irmã, os dois estavam brigando."

Devolvo o drinque, sentindo uma coceira entre as omoplatas que me faz querer fugir dessa merda de novela em que me meti. A última coisa que quero é ter que lidar com os problemas amorosos do meu meio-irmão, e ele tem muitos.

Não foi para isso que vim.

Vim para...

Meus olhos se detêm em Chloe, que está aflita.

Merda.

Ela parece ao mesmo tempo esperançosa e completamente perdida. Odeio saber de primeira mão pelo que está passando. Quando descobri que Ethan e Olivia tinham terminado, senti um arrependimento dilacerante por conta do meu melhor amigo, ainda que uma alegria crescesse dentro de mim. Pela primeira vez na vida, Olivia estava livre para amar alguém além de Ethan.

E ela seguiu em frente. Mas não comigo.

Odeio a ideia de que isso vai acontecer com Chloe.

"É melhor eu ir falar com Kristin", ela diz, passando o dedo pelo sal na borda da taça e o lambendo em seguida.

"Acha que sua irmã vai querer falar com você?"

"Provavelmente não. Mas Kristin tem que falar com alguém. Preciso estar ao lado dela."

Tenho noventa por cento de certeza de que Kristin não ficaria ao lado da irmã se fosse o contrário, mas não digo nada. Chloe é uma dessas pessoas tão bondosas que irritam. Opta pela coisa certa mesmo que não faça sentido.

"Você aguenta ficar um pouco sozinho?", ela pergunta, me entregando a taça quase vazia.

"Estive fazendo isso o dia todo."

"Ah, coitadinho", Chloe diz, com um sorriso falso. "Tendo que dar em cima de metade das mulheres da festa. Por favor, você sabe que é por isso que está aqui."

Viro o restante da bebida. Ela não sabe por que vim a esta festa ridícula. E não tenho nenhuma intenção de contar.

"Tá, vai lá se mostrar, Gostosão. Vou ver como a Kristin está."

Antes de ir embora, ela vê algo por cima do meu ombro, então solta um gemido baixo. "Ótimo", murmura, antes de abrir outro sorriso enorme. Esse, pelo menos, é quase genuíno.

"Oi!", Chloe diz, com a voz calorosa e entusiasmada ao passar por mim para abraçar os recém-chegados.

Viro-me e vejo um casal mais velho se aproximando. A mulher é miúda, com cabelo loiro na altura do queixo. Deve ter a idade da maioria das minhas alunas, mas não acho que passe muito tempo na academia. Há uma leveza maternal nela que a distingue das outras. Ela abraça Chloe como se tivesse reencontrado a filha havia muito perdida. Deve ser outra tia.

Olho para o cara que está olhando para as duas com uma expressão indulgente e carinhosa.

O choque me abala até a alma.

Conheço esse rosto.

Passei horas no Google tentando encontrar cada perfil corporativo, cada referência a arrecadação de fundos, cada foto espontânea na coluna social.

Foi por causa dele que vim ao Texas.

Foi por causa dele que vim à festa.

Tim Patterson.

Pai de Devon.

Meu pai.

Tento entender o que estão falando. Mariana Patterson está rindo enquanto explica que um cochilo de vinte minutos se transformou em uma sesta de três horas que quase os fez perder a própria festa.

Chloe ri junto, e quero gritar com ela para que não se deixe enganar pelos rostos felizes. Quero que Chloe saiba que, vinte e quatro anos atrás, esse cara engravidou uma mulher casada. Minha mãe.

Em vez disso, ajo como um covarde, oscilando entre olhar à distância e olhar para o homem cujo sangue corre em minhas veias.

Não tenho certeza de quanto tempo passa — dez segundos? dez minutos? — antes que Chloe me chame para apresentá-los.

"Este é meu amigo Michael St. Claire. Ele trabalha no clube. Como acabou de chegar de Nova York, insisti que viesse ver como os texanos comemoram os feriados patrióticos."

Mariana abre um sorriso caloroso e aperta minha mão, antes que Tim Patterson estenda a sua. Forço-me a aceitá-la. Forço-me a olhar em seus olhos, a procurar pelo reconhecimento em seu rosto. Por uma intuição paternal. Por qualquer coisa.

Não vejo nada.

Nada além de um desinteresse educado.

Ele sorri para mim de forma branda e indiferente.

"Você está bem longe de casa!", a mulher dele diz. "O que te traz a Dallas?"

Não consigo nem responder.

Chloe olha de um jeito estranho para mim e para meu silêncio desconfortável. Estive batendo papo furado muito bem o dia inteiro.

Mas agora, com essas pessoas, não consigo.

"Acho que as garotas", Chloe diz, com um sotaque exagerado. "Não tem nada parecido lá em Manhattan, não é mesmo?"

Ela dá um beliscão na minha bunda. Os Patterson riem, aparentemente acostumados a seu senso de humor inapropriado e arrojado, mas eu mal esboço uma reação.

"Manhattan, hein? Onde exatamente?", Tim pergunta. "Eu costumava ir bastante para lá a trabalho quando era mais jovem."

É, e eu sei exatamente qual é o seu trabalho. Seduzir mulheres casadas.

"Upper East Side", consigo dizer entre dentes.

Ele assente. "Um clássico."

Não digo nada em resposta. Chloe me olha exasperada, mas os Patterson mal registram ou se importam que o novo amigo dela seja incapaz de conversar.

"Bom, vão em frente, vocês estão atrasados nas margaritas", Chloe diz, animada, apontando na direção dos fundos.

"Ah, eu sempre acabo me metendo em encrenca por causa dessas margaritas, não é, Timmy?"

"Pra que servem os feriados?", ele diz, com uma piscadela. "São só dois minutos de caminhada até em casa."

Os dois seguem para a casa, ela puxando um cacho de Chloe de brincadeira enquanto ele meneia a cabeça na minha direção. "Bem-vindo ao Texas, filho."

Filho.

É só um jeito de falar.

Um jeito antigo, patriarcal e inofensivo de um homem mais velho se dirigir a um mais novo.

Mas as palavras me destroçam, e eu me viro e entro pela porta da frente da casa dos Bellamy, subindo os degraus de dois em dois até chegar ao meu quarto.

Fecho a porta.

E me fecho para o mundo.

16

CHLOE

Hum, o que foi que acabou de acontecer?

Até agora, Michael tinha me impressionado bastante com sua habilidade para lidar com gente. É claro que ele pode ser um pouco rude e econômico com as palavras, mas é óbvio que conhece o jogo das interações sociais.

Então por que foi que ele agiu como um maluco com os Patterson?

Os pais de Devon olham para mim confusos depois que Michael simplesmente deu as costas e correu para dentro sem dar uma explicação que fosse.

Abro a boca, revirando o cérebro atrás de uma mentira fácil que explique o que acabou de acontecer, só para descobrir que não existe uma.

"Desculpa", digo, tocando o braço de Mariana. "É melhor eu ir ver o que aconteceu."

"Talvez ele tenha sentido um mal-estar", ela diz, com um sorriso bondoso.

"É, pode ser."

Os dois sorriem educadamente conforme entramos na casa. Subo as escadas e eles vão para os fundos.

"Chloe?"

Viro-me para Mariana.

"Você tem falado com Devon? Ele anda meio arisco."

É uma pergunta inofensiva, mas, por alguma razão, me deixa meio irritada. Por que ela não fala com a namorada do filho? Por que sempre esperam que *eu* saiba o que está acontecendo com Devon? É como se eu tivesse todo o fardo de um relacionamento sem nenhuma parte boa.

Então eu me lembro de que ele não tem namorada.

Não mais.

Pelo rosto feliz e inocente de ambos, concluo que Devon não foi correndo contar a novidade aos pais.

Certamente não vou ser eu a soltar a bomba. Tenho quase certeza de que os Patterson e meus pais já planejaram boa parte do casamento de Devon e Kristin.

E, honestamente, isso não é problema meu.

Preciso falar com Michael.

"Não o vi mais", minto, com um leve dar de ombros.

"Ah, bom, se você o vir..."

Finjo não ouvir isso e volto a subir a escada, dois degraus por vez.

A porta de Michael está fechada. Bato.

Nenhuma resposta.

Bato de novo. "Sei que você está aí."

Silêncio.

Levo a mão à maçaneta. "Vou entrar, Gostosão. A menos que queira que eu fique secando seus músculos, é melhor que não esteja pelado."

Ainda nada. Giro o pulso, preparada para descobrir que a porta está trancada, mas não está, o que indica que Michael não tem irmãos, ou já teria aprendido que isso é chave para a sobrevivência.

Ele está sentado na beirada da cama. Está de costas para mim, mas o jeito como suas costas estão encurvadas e sua cabeça está apoiada nas mãos diz muito sobre seu estado de ânimo atual.

Que não é nada bom.

Mas por quê?

"Michael?"

Ele não move um músculo sequer. Entro no quarto mesmo assim, fechando a porta com cuidado atrás de mim. A janela está aberta, e, como dá para o lago, é possível ouvir as pessoas conversando cada vez mais alto (obrigada, tequila).

Mas acho que ele nem se dá conta disso.

Só parece... perdido.

"Michael?", volto a perguntar.

Ainda nenhuma resposta, mas ele tampouco me diz para cair fora, que é o que eu estava esperando e provavelmente mereço, considerando que entrei no espaço de um homem taciturno sem ser convidada.

Paro perto da cama, dividida entre qual deve ser meu próximo passo.

Seu silêncio me diz que quer ser deixado a sós.

Seus ombros tensos me dizem que precisa de um amigo.

Sigo em frente e sento ao seu lado.

Michael não se move, com a cabeça ainda nas mãos, os dedos entremeados nos gloriosos fios de cabelo castanho.

Só quando levo a mão às suas costas ele se move. É um tremor violento, como se não estivesse preparado — ou acostumado — a ser tocado. Pelo menos não desse jeito.

Faço menção de tirar a mão, mas ora essa... cheguei até aqui em terreno perigoso. É melhor ir até o fim.

Passo a mão em suas costas de um modo que espero que seja reconfortante, e não estranho. Ele não se afasta. Em pouco tempo, o movimento parece estranhamente natural.

"Então", digo, parando a mão no meio de suas costas. Suas belas costas. Rígidas. Musculosas. O que não me surpreende.

O que me surpreende é que ele não diga nada.

Decido acabar com a palhaçada. É o Michael. Somos amigos. Mais ou menos. E, se seus amigos não são honestos quando você precisa, quem vai ser?

"Você meio que pirou lá embaixo", digo, mantendo o tom amistoso.

"É."

Aperto os lábios em alívio com a resposta seca. Não é muita coisa, mas pelo menos indica que não vai começar a se balançar para a frente e para trás, num estado catatônico.

Tiro a mão de suas costas e a trago para a frente do meu corpo, encarando as unhas. Vermelhas com listras brancas e pontinhas azuis.

"Quer conversar?", pergunto.

Ele não responde.

"Deveria", digo, com mais segurança na voz. "Não quer ser um daqueles babacas estereotipados, quer? Do tipo que se faz de machão na hora de ser apalpado e depois fica bravo porque ninguém nunca vai se casar com ele."

Ele solta um grunhido, mas não sei dizer se é uma risada ou um "vai se foder, Chloe".

Bato o joelho no dele. "E se eu tirar a saída de praia? Você abriria o coração pra uma garota voluptuosa em um biquíni de estrelinhas?"

Pela primeira vez desde que entrei, Michael se mexe. Não muito. Só vira a cabeça ligeiramente na minha direção de modo que consigo vê-lo de perfil. Seu rosto é indecifrável, mas acho que vejo um sorrisinho ameaçando surgir — ou só espero que isso aconteça.

Eu me inclino um pouco na direção dele, baixando a voz num sussurro confessional. "Ficaria mais fácil decidir se eu cantasse algo patriótico? Hum? Tipo o hino dos Estados Unidos? *Ohhhhhh say can you SEEEE...*"

"Para."

"*By the dawn's early light...*"

Ele levanta. Não está sorrindo, mas parece... alguma coisa.

Engancho um dedo na gola da saída de praia, levanto as sobrancelhas e dou uma reboladinha, como se o provocasse com o que está debaixo dela. "*What so PROUDLY we hailed...*"

Michael solta uma risadinha e se joga deitado de costas na cama, levando a mão ao rosto, embora a tire logo em seguida e encare o teto. "Você sabe que se continuar com isso eu vou ter que te chutar daqui."

"Mas minha voz é *linda*", digo.

"Sua voz é alta. E ainda não vi o biquíni que você prometeu."

"Ah, não é nada de mais" digo, abarcando meu corpo com um gesto. Tiro os chinelos e puxo os joelhos pra cima da cama, olhando diretamente para ele.

Michael me seca por inteira. "É, sim."

Soco sua perna. "Nem vem. Se vai tentar mudar de assunto, pelo menos tenta ser sincero."

Ele revira os olhos. "Você não tem jeito. Não entende os homens nem um pouco."

Levanto as mãos. "Não estou discutindo isso. Se entendesse os homens, saberia por que estamos aqui no quarto em vez de provando bebida alcoólica no sol e desfrutando de um cardápio de inspiração patriótica."

Michael só sacode a cabeça, mas sei que está voltando a se fechar naquela parte mais desanimada do seu cérebro. Que engloba quase que o cérebro inteiro.

"Desembucha, Gostosão."

"Em que momento depois que nos conhecemos dei a impressão de que gosto de falar sobre mim?"

"Somos amigos", digo, ainda que não esteja muito certa de que o que eu e Michael St. Claire temos seja amizade. Só sei que o que vi em seu rosto lá embaixo não pode ficar trancado dentro dele.

Independentemente do que era, é sombrio o bastante para devorá-lo vivo.

Ele continua quieto, e eu estreito os olhos. "Vamos ver, onde eu estava? Ah, sim. AT THE TWILIGHT'S LAST GLEAMING."

"A letra nem é essa. Ou é?"

"É, sim", digo, razoavelmente segura disso.

"Não acho que..."

Tá, chega de papo furado.

Inclino-me para a frente e pego sua mão. Seus olhos se fixam nos meus, e ele tenta puxar os dedos de volta, mas seguro firme, porque conheço a expressão em seu rosto e compartilho em parte da sensação responsável por ela.

Pânico.

"Pode me falar", digo, baixo. "Independentemente do que seja..."

"Não é da sua conta." A voz dele é dura. Dessa vez, Michael consegue se soltar.

"Tá", digo apenas.

Mas não vou embora, como ele deseja.

Me arrasto até ele na cama, ignorando a cautela estampada em seu rosto ao tirar seu braço direito do caminho, e deito também.

Ponho um braço em sua cintura e o rosto em seu ombro. É altamente inapropriado, mas... também é gostoso.

"Chloe."

"Xiu", digo. "Não estou tentando tirar proveito de você. Ainda que esse abdome... uau. Mas você precisa de um abraço, Gostosão."

Puxo o ar e seguro enquanto espero que ele me afaste. Devagar, em silêncio, seu braço me enlaça, me puxando um pouco mais para perto de seu calor.

"Você é um saco, Chloe Bellamy." A voz dele sai trêmula.

"Eu sei", sussurro, enquanto meus olhos se enchem de lágrimas por motivos que nem compreendo.

Não tenho ideia do que estamos fazendo aqui, mas não queria estar em nenhum outro lugar.

Perco a noção de quanto tempo ficamos deitados, a mão dele descansando acima do meu cotovelo, o outro braço dobrado atrás da cabeça, enquanto o meu continua na sua cintura.

O ruído da festa vai ficando mais alto conforme a tarde evolui para noite, mas mal noto, e acho que ele também.

"Ei, Michael", digo. Minha voz sai mais rouca que de costume.

"Fala."

"Não sei o que acha de fogos de artifício, mas, se prefere uma visão deslumbrante, provavelmente é melhor garantirmos nosso lugar..."

Ele aperta os dedos brevemente no meu braço. "Estou pouco me fodendo pra fogos de artifício no momento. Mas se quiser ir..."

"Não." A palavra sai antes mesmo que eu possa pensar a respeito.

"Chloe..."

"Não se preocupe", interrompo. "Amanhã podemos fingir que nada disso aconteceu."

"Chloe?", ele repete.

Sua voz mudou. Parece mais atenciosa que cautelosa.

"Oi."

"Obrigado."

"Imagina", digo, deixando a mão escorregar provocadora para seu abdome. "Seu tanquinho vale a pena."

Ele vira ligeiramente a cabeça, e eu sinto sua respiração no meu cabelo.

"Chloe."

Dessa vez, seu tom não é atencioso nem cauteloso. É desesperado, e fico um pouco tensa, sabendo instintivamente que as próximas palavras a sair de sua boca serão importantes.

Mas o que Michael tem a me dizer é mais sério do que eu poderia imaginar.

17

MICHAEL

Não percebo que vou contar para Chloe até que as palavras já saíram da minha boca.

"Tim Patterson é meu pai."

Ela não se move. Por um segundo, me pergunto se só pensei isso e não falei.

Então repito.

"Tim Patterson é meu pai."

Ela ainda não se move. "Explique."

A resposta é tão simples, tão perfeita, que quero pressionar meus lábios contra seu cabelo cacheado em agradecimento, mas em vez disso só fecho os olhos.

E então falo.

Conto tudo.

Bom, não tudo. Não conto sobre Olivia nem Ethan.

Mas conto como cheguei em casa um dia e peguei meus pais brigando com uma ferocidade que nunca havia visto em seus bate-bocas por ele sempre trabalhar até tarde ou ela arranjar compromissos sociais demais para os dois.

Aquela briga era violenta.

Brutal.

Devastadora.

"*Por que não admite, Mike? Você se atrasou porque estava com uma das suas putas.*"

"*Não começa com essa bobagem de novo, Michelle.*"

"*Quem foi dessa vez? Uma das garotas do escritório? Alguém do clube? Ou uma das minhas amigas?*"

"*Por que se importa?*"

"*Porque você é meu marido.*"

"*Ah, é? Porque pareceu se esquecer disso há vinte e tantos anos atrás, quando engravidou de um caubói de merda.*"

"*Não ouse! Você prometeu nunca tocar nesse assunto...*"

"*Prometi nunca tocar nesse assunto na frente do Michael. Não ia deixar que um garoto ficasse marcado como ilegítimo só porque você não conseguiu manter as pernas fechadas...*"

"Você ouviu a conversa deles", Chloe diz. Ela se apoia num cotovelo para olhar para mim.

Não a encaro e continuo olhando para o teto. Recordando.

"Eles não sabiam que eu estava lá. Eu disse que tinha ido visitar uma amiga no Maine."

"E não foi?"

Quase conto a Chloe o que de fato aconteceu. Eu tinha ido mesmo visitar uma amiga no Maine. Só que, na época, achava que era mais que uma amiga.

Mas descobri que ela não estava sozinha.

E que não queria me ver.

Quando alguém quis você de verdade? Afasto esse pensamento incômodo.

"Voltei mais cedo", me limito a dizer.

Chloe lambe os lábios e senta, sem nunca tirar os olhos do meu rosto.

"Eles sabem que você ouviu a conversa deles?"

Passo a mão pelo rosto, dividido entre o arrependimento por ter tocado no assunto e o alívio por finalmente estar contando isso a alguém.

"Sabem."

Seus dedos encontram meu antebraço, passando de leve por ele. O toque é quente. Reconfortante.

Eu me desvencilho.

Chloe continua como se eu não tivesse acabado de recusar essa simples oferta de amizade. "Então sua mãe contou que seu pai biológico é Tim Patterson."

Continuo encarando o teto. "Aparentemente, ele foi a Nova York a negócios anos atrás. Não deu certo, mas ele conheceu minha mãe. E os negócios entre os dois acabaram se provando muito mais... duradouros."

Chloe morde a unha. "Não consigo imaginar o sr. Patterson fazendo isso."

"O quê? Comendo uma mulher casada? Fugindo pro Texas e deixando para trás uma mulher grávida?"

Chloe olha para a unha destroçada. "Então... ele sabe?"

Balanço a cabeça. "Não sei." Odeio como minha voz sai áspera. "Minha mãe disse que nunca contou. Não depois que Mike concordou em me assumir."

"Isso é legal, não?", Chloe pergunta, com a voz doce. "Ele quis você."

"Ele só fez isso porque é orgulhoso. Você não conhece o cara. Preferiria morrer a deixar que soubessem que a mulher carregava a semente de outro homem."

"Semente? Isso é tão... bíblico."

Ficamos em silêncio por um tempo, ela mordendo a unha e me observando. Eu encarando o teto.

"Vai contar a ele?", Chloe enfim pergunta. "A Tim, quero dizer."

"Não sei."

"Ele ia querer conhecer você", ela diz. "É um bom homem e..."

"Para com isso, Chloe", solto. "Só... não defende o cara agora, tá?"

Ela suspira. "Tá."

Por um momento abençoado, acho que vai desistir. Mas é Chloe, então...

"Você sabe o que isso significa", ela diz, dando um soquinho na minha coxa e abrindo um de seus sorrisos largos.

"Ah, meu Deus", murmuro.

Ela continua: "Que quando Devon e eu nos casarmos e tivermos sete filhos, você vai ser o tio deles".

Viro a cabeça para encará-la. "É isso que você tem a dizer a respeito disso tudo?"

"Tio Gostosão", ela diz, com a voz sonhadora. "Meio estranho, mas vai ser uma história ótima."

Minha mão acha seu pulso, e eu o seguro. Com força. "Chloe."

Espero até que me olhe.

"Você não pode contar a ninguém. Entendeu?"

"Entendi." A voz dela sai baixa.

Aperto seu pulso mais forte. "Muito menos para o Devon. Sei que ele é o amor da sua vida ou sei lá o quê, mas não pode ficar sabendo disso. Não até eu me resolver."

"Tá", ela garante.

"Chloe."

Ela solta o pulso da minha mão, mas, em vez de puxar o braço, entrelaça seus dedos aos meus.

Sinto meus ombros relaxarem.

Sinto meu corpo inteiro relaxar.

Tenho alguém com quem contar.

Finalmente.

Ela olha pela janela. "O sol está começando a se pôr. Tem certeza quanto aos fogos de artifício?"

"Tenho", digo. "Só preciso de um tempo pra pensar."

Ela assente, compreensiva.

Eu me forço a soltar minha mão, ainda que só queira que ela retorne à posição anterior, curvada ao meu lado.

Aquilo pareceu mais natural que qualquer outra coisa em muito tempo.

De um jeito platônico, claro.

Em vez disso, faço o que tenho que fazer, pelo bem dela.

Chloe é leveza, risada, bondade.

Não posso lidar com a ideia de arrastá-la para minha escuridão.

"Vai lá", digo. Minha voz sai um pouco brusca enquanto Chloe não desvia os olhos de mim.

Ela se move e eu me forço a não ficar olhando enquanto vai embora.

Mas Chloe não se afasta. Chega mais perto, deitando ao meu lado de novo, até que sua bochecha encontre seu lugar de direito no meu ombro.

Passo o braço em volta dela mais uma vez, como se fosse a coisa mais natural do mundo, seu braço enlaçando minha cintura só depois de passar pela minha barriga. De novo.

Sorrio. "Sempre dando uma apalpada."

"Bom, um de nós tem que fazer isso", ela diz, no tom de voz animado e prosaico que é típico dela.

Viro-me e franzo a testa ao olhar para o topo de sua cabeça. Estou acostumada com garotas de cabelo sedoso e macio, mas o dela é todo rebelde e cacheado. Gosto disso.

"O que você quer dizer com isso?"

Ela suspira. "Você precisa ver mais filmes, Gostosão."

"Vejo uma porção de filmes."

Outro suspiro. "Não *O exterminador do futuro* e afins. Mais... *Ela é demais*. Ou *Como perder um homem em 10 dias*. Ou *Amor à segunda vista*. Ou..."

"Fala logo."

Ela levanta a cabeça para olhar nos meus olhos. "Sempre acontece. Tem um cara e uma garota atrás de um cara e uma garota diferentes. Mas, no meio-tempo, ficam dando em cima um do outro."

"Dando em cima."

"Isso. Tocando um no outro e tal."

"Tipo amizade colorida?"

Ela faz uma cara de nojo. Digo a mim mesmo que não me ofendi, mas meu ego pode estar machucado. Só um pouco.

"Não exatamente. Só... Esquece." Ela desvia o rosto.

Acaricio seu braço com o dedão. "Fala."

Estou curioso, apesar de tudo.

Ela volta a acomodar a bochecha na minha camiseta. Mas sinto que ouço seu suspiro.

"Não consigo explicar", ela diz. "Não pra alguém com essa aparência."

Franzo a testa de novo. "Você está sendo menininha demais agora. E meio irritante."

Chloe ri, alegre, o que transforma minha careta num sorriso torto. "Bom, pelo menos sou feminina de algum jeito, né?"

Ótimo. Outro comentário esquisito sobre o qual não posso fazer nada.

Se fosse qualquer outra garota, eu acharia que está jogando verde, mas com Chloe desconfio que é só mais uma parte esquisita do seu cérebro estranhamente complexo que ninguém nunca vai entender.

Então deixo passar.

"Tem certeza de que não se importa de perder os fogos de artifício?", pergunto, olhando para o céu cada vez mais escuro do outro lado da janela.

"Hum, acabei de descobrir que você veio para o Texas para conhecer seu pai, que na verdade é o pai do amor da minha vida. Isso é melhor que fogos de artifício, gracinha."

Balanço a cabeça. Só Chloe poderia usar um assunto que sinto que poderia literalmente me matar e agir como se não fosse nada importante.

Com ela ao meu lado, fico quase convencido de que não é mesmo. De que não importa que eu seja ilegítimo, tenha sido rejeitado e não tenha a mínima ideia do que vou fazer da minha vida.

Com Chloe, é fácil esquecer que não sou ninguém.

Porque ela faz com que eu me sinta alguém.

"Chloe", digo, forçando a voz a manter o tom casual e relaxado que ela domina tão bem.

"Hum?"

Viro a cabeça de leve na direção dela, deixando meus lábios tocarem os cachos elásticos, esperando que ela pense que é por acaso.

"O que foi, Gostosão?", ela pergunta, quando não respondo.

Foda-se. Dou um beijo na cabeça dela. "Nada. Não é nada."

18

CHLOE

Michael deve ter me escutado quando tagarelei sobre clichês de filmes românticos, porque acordamos com o maior clichê da história dos clichês românticos.

O velho "dormi sem perceber e acordei abraçadinho com a outra pessoa".

E, na vida real, é ainda mais incrível do que nos livros e filmes.

Dormi de lado, e aparentemente o Gostosão também. Deveríamos ter nos acomodado na posição clássica de conchinha.

Mas o que está rolando agora é melhor do que conchinha, o que me parece até difícil de acreditar. Apesar de ter tido alguns namorados ou coisa do tipo na faculdade, moro em um dormitório feminino que não tolera visitantes noturnos e, bem, nunca estive com ninguém por quem valesse a pena quebrar as regras.

Dormir de conchinha sempre me interessou. Principalmente porque eu poderia ficar por dentro e assim me sentir pequena uma vez na vida.

Bom, de qualquer maneira, isso é melhor.

Muito melhor.

Em algum momento entre Michael me contando sobre o pai dele e eu decidindo que ele precisa mais de mim do que eu preciso de fogos de artifício, pegamos no sono e rolamos um de frente para o outro.

Meu nariz está pressionado contra seu peito, enquanto seu queixo descansa no topo da minha cabeça.

Minhas mãos estão entre nós, uma delas amassada entre meus peitos, a outra enganchada na camiseta dele.

E os braços dele? Pois é. Me envolvem. Um apoia minha cabeça, o outro está em cima de mim, de modo que eu e o Gostosão estamos abraçadinhos — isso mesmo, abraçadinhos.

Eu deveria me mexer. Para começar, não gosto de Michael desse jeito, gosto? E ele definitivamente não gosta de mim.

Fora que estou meio que com medo de que ele esteja aqui por algum tipo de vingança no maior estilo Hamlet contra o pai, que por acaso é o pai do cara de quem eu gosto.

Devon.

Aquele que eu sempre amei.

Aquele que...

Ah, meu Deus, Michael é tão cheiroso.

Certo, hora da confissão: Devon Patterson faz com que eu me sinta toda calorosa e palpitante. Sempre fez.

Mas Michael St. Claire faz com que eu me sinta quente. E, hum, com um pouquinho de tesão. Não é culpa minha, na verdade. Ele é só um desses caras cujo olhar lembra a uma garota por que ela tem suas partes íntimas.

Então não faço o que deveria. Não me afasto e opto pela solidão mútua na proximidade.

Eu me aconchego mais.

O quarto está completamente escuro, mas não acho que tenhamos perdido os fogos de artifício. O barulho de festa que vem lá de fora está alto, como se a noite ainda não tivesse chegado ao ápice.

Devagar, solto os dedos da camiseta dele, mas não recolho a mão, só a apoio em seu peito. Sim. É tão firme quanto parece.

Ele movimenta a cabeça de leve, e eu sinto sua barba por fazer se prendendo na bagunça (eterna) que é meu cabelo. Por algum motivo, a sensação dispara uma pontada forte de desejo pelo meu corpo.

Então é por isso que as pessoas fazem sexo sem sentido e sem compromisso. Porque a sensação do contato entre duas pessoas é boa.

Engulo em seco e passo a ponta dos dedos sobre seu peito firme. Chego um pinguinho mais perto, consciente de que estou meio que usando o cara e de que a mera ideia de me afastar é impensável.

Paro de me contorcer quando a parte inferior de nossos corpos faz contato.

Michael está com uma ereção matinal.

Ou noturna.

Sei lá.

A questão é: ele está duro, e isso deveria ser um sinal de que preciso cair fora daqui, mas não consigo me mexer.

Não quero me mexer.

Quero Michael.

Malditos hormônios.

Meus dedos voltam a se enrolar na camiseta dele. Ainda que eu não queira nada além de levantar a cabeça e pressionar os lábios contra seu pescoço, respiro fundo e começo a me afastar dele lentamente.

Metade das mulheres lá fora ou quer transar com ele, ou já fez isso.

Não quero ser uma delas.

Isso presumindo que Michael me quer.

Mas ele não quer.

Porque está dormindo.

"Desculpa", sussurro, me sentindo culpada e excitada ao mesmo tempo. Que merda é essa? É irritante, isso sim. E qual é o problema comigo? Como posso amar um cara e ficar toda fogosa por causa de outro?

É a proximidade. A intimidade que compartilhamos mais cedo. Só pode ser. E, tudo bem, talvez seja o fato de que, o que quer que esteja rolando por baixo do calção dele, parece uma distração impressionante.

Enquanto estou pensando muito mais sobre sua ereção do que deveria, Michael acorda.

Sei disso porque sinto.

Sua respiração, que eu podia sentir lenta e regular no meu cabelo, para e recomeça, um pouco mais pesada. Seus braços, que me envolviam descuidadamente, se firmam de maneira quase imperceptível.

"Oi", digo no peito dele. Meu tesão está rapidamente se transformando em vergonha. Mais ou menos.

"Oi." A voz dele sai rouca de sono. Ou algo mais? Não importa. Minha excitação definitivamente continua firme e forte.

Ele move os braços de novo, e eu suspeito que é para recolhê-los, mas então suas mãos estão nas minhas costas. Não acariciando, só descansando ali. Posso sentir o calor dos dez dedos dele contra o tecido fino da minha saída de praia.

Fecho os olhos.

"Acho que eu deveria ir procurar Kristin", digo. "Ver se ela está bem."

Minha irmã não vai nem querer falar comigo. Mas tenho que dizer alguma coisa.

"É", ele diz, ainda rouco.

Mas não me movo. Nem ele. Suas mãos quentes continuam nas minhas costas, seu pau (desculpa, mas que outra palavra você pode usar quando ele está cutucando sua barriga?) continua duro e convidativo.

Ai, meu Deus.

Levanto a cabeça e meus olhos encontram os dele, calorosos e sonolentos.

Abro a boca para dizer que preciso ir. Que sinto muito que meus dedos se enrolaram em sua camiseta, que pressionei meu corpo contra o dele. E que o quero como todas aquelas mulheres fogosas lá embaixo. Mas antes que possa falar qualquer coisa... Michael me beija.

Não um beijo de treino, como quando queria provar um ponto mais cedo.

Não um beijo entre irmãos, tipo "gosto tanto de você".

Um beijo entre duas pessoas que se desejam.

Quente, de boca aberta, delicioso.

E, embora meu cérebro esteja gritando comigo que é um erro de um milhão de maneiras diferentes, eu retribuo.

O gosto da boca dele é familiar. E o jeito como nos beijamos também. Como se tivéssemos feito isso centenas de vezes, como se fosse esse o nosso lugar. Juntos.

Gemo.

Michael também.

Aperto os dedos em sua camiseta antes de subir pela garganta e para o rosto. Então enlaço seu pescoço.

Ele reage, com os braços ainda à minha volta. Um sobe para segurar minha nuca, o outro desce até meus quadris. Michael se inclina contra mim, me colocando debaixo dele enquanto sua língua reivindica a minha.

Michael.

De alguma forma, fomos de ficar abraçadinhos de maneira inofensiva a dormir abraçadinhos de forma inofensiva a um passar de mãos curioso (tá, essa parte fui só eu) a ele em cima de mim, embalado por minhas coxas como se mandasse nelas (quem sabe?), nossas bocas tão fundidas que nem sei bem como estamos conseguindo respirar.

Enfio os dedos em seu cabelo, e Michael faz o mesmo comigo. Não quero que acabe. Nunca.

A mão no meu quadril desliza para baixo e depois para trás. Ele pega minha bunda e me puxa para si.

A saída de praia há muito tempo subiu para minha cintura, então agora é só o calção de banho dele contra a parte de baixo do meu biquíni. É ao mesmo tempo coisa demais e insuficiente.

Então nossos gemidos sincronizados são abafados pelo estouro dos primeiros fogos.

Michael levanta a cabeça e então olha para mim, respirando pesado.

Levo a mão à boca para segurar a risada.

"Fogos de artifício?", ele diz, com uma voz torturada. "Sério?"

"Bom", digo, com um sorriso. "Pelo menos não foi durante, você sabe... o clímax."

Percebo meu erro assim que digo isso. O sorriso dele desaparece e seus olhos ficam tempestuosos quando passam pelo meu rosto e pelo meu corpo.

"Chloe..."

Levo a mão à boca dele. "Se quiser parar, é só dizer. Não quero ouvir nenhuma bobagem sobre não querer me machucar, não ser certo ou sei lá o quê. Ou você me quer, ou não quer."

Ele volta a me olhar nos olhos, mas não responde.

"Seja honesto comigo", digo.

"Quero você." Suas palavras saem abafadas por entre meus dedos. Sua voz sai rouca.

Meu coração pula.

"Mas..."

Meu coração para. Tiro a mão.

Os olhos dele se abrandam. De alguma forma, é a pior coisa que pode acontecer.

"Não sou Devon."

Pego seu rosto nas mãos. "Eu sei. Eu sei. Mas... quero você. E quero que me queiram. Quero ser o tipo de garota com quem os homens não conseguem se controlar. Quero ser irresistível."

Suas mãos encontram meu rosto, a parte inferior ficando nas minhas bochechas enquanto as pontas dos dedos tocam meu cabelo selvagem. "Chloe."

Então é minha vez de tocá-lo. Meus dedos passam por suas sobrancelhas, suas bochechas. Seus lábios.

"Por favor? Não estou pedindo nada além de uma noite para guardar de lembrança. Quero uma história para contar, Michael. Quero ter feito pelo menos uma loucura com vinte anos, em meio aos diplomas sem graça e à obsessão por Harry Potter. Quero me perder em alguém."

Ele fecha os olhos. "Meu Deus, Chloe."

Agindo por instinto e torcendo para que eu não tenha entendido errado, levanto só um pouco para beijar a parte de baixo de seu maxilar.

Seus dedos agarram meus cabelos.

Percorro com os lábios sua barba por fazer até chegar logo abaixo de sua orelha. Então chupo.

"Caralho."

Encorajada por aquela sua respiração cada vez mais entrecortada, começo a passar as mãos em seus ombros. Michael se move depressa, encontrando minhas mãos e as levando acima da minha cabeça, pressionando-as contra o travesseiro.

"Chloe. Não."

Já estou preparada para o constrangimento, e o golpe nem é tão forte, mas a dor que sinto com sua rejeição me surpreende.

"Certo", digo, balançando a cabeça e torcendo para que o som dos fogos de artifício sufoque o do meu orgulho se estilhaçando. "Certo. Desculpa, eu devia ter imaginado que você não..."

"Para", Michael diz, brusco. "Não estou negando pelo motivo que você pensa."

"Como você sabe o que eu penso?"

"Sei que acha que estou te impedindo porque não tenho tesão por você."

Desdenho. "Por favor. Sei que não sou seu tipo."

Não sou o tipo de ninguém.

"Para", Michael repete. "Não tem ideia de como é difícil ter você debaixo de mim agora, sentir seu corpo se esfregando contra o meu e não arrancar essa porcaria de saída de praia agora mesmo."

Comprimo as coxas. Nossa.

"Então por que se segura?"

Ele cerra os dentes. "Lembra que você disse que queria se perder?"

"E?"

Sua expressão se abranda só um pouquinho. "Bom, não sei se quero isso."

Movo os dedos para tentar tocá-lo, mas Michael aperta ainda mais meus pulsos.

Tenho que me contentar em forçar um sorriso. "Tem um cavalheiro debaixo de tudo isso?"

Seus lábios se contorcem em um sorriso torto. "Não sou santo. Nem de perto. Mas não quero ser esse cara."

"Que cara?"

"O cara que desvirgina uma garota enquanto os pais dela estão do outro lado da porta."

"Não sou virgem."

Os olhos dele parecem calorosos. "Mas não é experiente. E não é do tipo que tem casinhos."

Verdade.

Mas eu estava falando sério. Quero uma história. Não quero que meus vinte anos se resumam a desejar o namorado da minha irmã, que muito provavelmente nunca vai retribuir meu amor. E não quero que se resumam a me acomodar com os Scott Henwick do mundo, que não me ajudam nem um pouco a lembrar que estou viva, que sou jovem.

Quero uma noite para guardar na memória.

"Olha, Michael..."

Seus olhos parecem escurecer quando falo seu nome, o que me dá a coragem de que preciso para continuar.

"Não estou bêbada. Não estou solitária. Não estou desesperada. Só...

quero isso. Juro que não vou pedir nada a você depois. Não vou me ressentir por ser só mais um tracinho na cabeceira da sua cama..."

"Espera aí. Quê?"

"Você sabe. Um tracinho na cabeceira da cama."

Ele balança a cabeça, sem entender.

"Como os caras contam suas transas."

"Ninguém faz isso", ele diz.

"Tá, mas é maneira de dizer."

"Uma não muito boa."

Olho para ele. "Você está estragando o clima."

"Não tem clima nenhum."

Jogo o quadril contra ele. O contato faz com que ele solte o ar com força. "Não?", pergunto.

"É uma péssima ideia."

"Talvez. Mas já está na hora de eu tomar uma decisão ruim", digo, cutucando-o de novo.

"Pode ser, mas eu não."

Tenha dó, quem ia imaginar que um cara poderia ser tão racional e falante com uma garota com tão pouca roupa debaixo dele.

"Tá bom. Cansei de implorar", replico. "Ou põe essas mãos em mim ou sai de cima."

O maxilar dele se movimenta de leve como se estivesse rangendo os dentes.

Levanto uma sobrancelha, desafiante.

O quarto fica em silêncio, a não ser pelo estouro constante dos fogos e do "aaahhh" ocasional da multidão lá fora.

"Estou esfriando", digo afinal, quando fica claro que ele não vai tomar uma atitude.

Michael solta meus pulsos lentamente. Deito a cabeça de lado para que ele não possa ver meu rosto. Ou a mágoa.

Eu deveria saber. Michael St. Claire pode ter quem desejar.

Por que ia querer a gorducha e pateta da Chloe?

Ele rola para o lado, me soltando. Faço menção de sair da cama, mas Michael segura meu pulso para me impedir. Quando me viro para encará-lo, há urgência em seu olhar, como se tentasse me dizer alguma coisa.

Balanço a cabeça, bem de leve, indicando que não compreendo.

"Não posso, Chloe."

Dou uma risada dura. "Mas parece poder com todas as outras."

Ele aperta a ponte do nariz e fecha os olhos. "Droga!"

Solto a mão e me afasto da cama, descendo a saída de praia até as coxas e agradecendo por estar tão escuro que ele não possa ver o corpo molenga e pouco impressionante que acabou de recusar.

"Tudo bem, Gostosão. Nem se preocupa."

Estou levando a mão à maçaneta quando ele fala. "Já tentei ser a segunda opção de alguém."

Franzo a testa e paro, embora não me vire. Não posso.

Sua voz sai áspera e tão baixa que mal consigo ouvir o que diz em seguida. "Não posso fazer isso de novo."

Uma parte boa de mim — a que é amiga dele — quer voltar e perguntar o que ele quis dizer com isso.

Mas, pela primeira vez na vida, a parte que não quer ser apenas a amiga fala mais alto.

Michael pode estar cansado de ser a "segunda opção". Mas a mulher rejeitada em mim está cansada de ser a coadjuvante platônica.

19

MICHAEL

Semanas depois, é como se nada tivesse acontecido entre mim e Chloe.

Ou quase é.

Ainda a vejo três vezes por semana para treinar.

Ela ainda desfere xingamentos contra mim, a esteira e todos os outros aparelhos da academia, com exceção do bebedouro, ao qual começou a se referir como "queridinho".

Ainda a provoco por causa do cabelo, e Chloe ainda me chama de Gostosão.

Mas algumas coisas mudaram.

Ela não tenta mais tocar em mim, e eu não a pego mais secando descaradamente meu reflexo no espelho.

Enquanto isso, *eu* não consigo parar de secá-la.

Isso porque não consigo esquecer a sensação de tocá-la. Não consigo esquecer a sensação de tê-la debaixo de mim, o gosto perfeito de sua boca, e que dizer não a ela pareceu a coisa mais difícil que já tive que fazer na vida.

Só que foi ainda mais difícil tentar explicar a ela que eu não merecia o que estava me oferecendo.

Porque a maior merda disso tudo é que eu *quero* merecer uma garota como Chloe Bellamy.

"Acabamos aqui, Gostosão?", ela pergunta, pegando a toalha turquesa do banco e enxugando a testa. Não parece tão cansada. Pelo menos não tão cansada como ficava quando começamos a treinar, há um mês e meio.

Ainda temos sete minutos de aula, mas, antes que eu possa abrir a boca e sugerir uma última sessão de esteira, Mindy McLaughlin se aproxima.

Ou pelo menos tenta fazer parecer uma aproximação. Embora a sensação seja de bote.

Mas, hoje, a presa não sou eu. É Chloe.

"Oi, querida."

Chloe se vira, e noto a contrariedade passar brevemente por seus olhos antes de abrir um daqueles seus sorrisos largos para Mindy. "Oi."

A loira magra avança em direção a Chloe com os braços abertos, então agarra seus cotovelos e faz aquele negócio de se inclinar para trás para dar uma conferida que só as mulheres conseguem fazer sem que pareça absolutamente assustador.

"Eu só queria dizer: uau!"

O rosto de Chloe fica vermelho vivo. Paro de tirar os pesos do aparelho, porque ela corando é algo novo para mim.

"Uau?", Chloe repete, com a voz aguda demais.

"Você está ótima. Donna e eu estávamos conversando e então te vimos com Michael aqui. Tenho que dizer que nem te reconheci!"

Chloe dá uma risada forçada e passa a toalha na nuca.

"Você tem que me contar seu segredo", Mindy diz.

"Não é segredo", Chloe diz, com a voz levemente alterada. "Só comecei a me exercitar. E estou comendo melhor."

Levanto a sobrancelha. A última parte me surpreende. Quer dizer, fico feliz em ouvir. Gosto de uma mulher que aprecia a comida, mas sempre me perguntei se o estoque de doces que Chloe carregava na mala da academia era só uma questão de vício, como ela mesma dizia, ou de não conseguir lidar com os sentimentos sem comida.

Agora que paro para pensar, não a tenho visto comer muita porcaria ultimamente.

Cara, no outro dia Chloe até pegou uma maçã.

Olho para ela de novo, de modo um pouco mais crítico, e vejo o que Mindy vê: um mulherão.

As curvas continuam ali, tão sedutoras quanto no dia em que a conheci. Mas seus músculos estão mais fortes e sua postura está mais confiante.

Em seis semanas, ela se transformou.

Eu me pergunto se Kristin notou.

Como se lesse minha mente, Mindy se inclina na direção de Chloe e diz num daqueles sussurros altos: "Aposto que sua irmã está morrendo de inveja dos seus peitos".

O sorriso de Chloe é grande e falso. "Acho que Kristin nunca precisou sentir inveja de nada na vida."

"E cadê sua irmã, hein? Estávamos mesmo comentando que nunca mais a vimos. Nem Devon Patterson, aliás."

Chloe larga a toalha no banco e leva as mãos ao meio das costas, alongando-se um pouco enquanto avalia Mindy, como se tentasse determinar se é amiga ou inimiga.

A posição acentua sua bunda, e eu me viro para esconder a virilha. Minha nossa. Não sei quando foi que comecei a sentir tanto tesão por Chloe Bellamy, mas isso está começando a ficar bastante inconveniente.

"Kristin foi visitar uma amiga da faculdade em Seattle", ela explica. "Mas de Devon não sei."

A segunda parte me faz franzir a testa, principalmente porque estou quase certo de que é mentira. Tenho perguntado a Chloe sobre Devon também. Afinal, esse era o acordo. Eu ia ajudá-la a ficar com o cara.

Mas ela tem se esquivado toda vez que pergunto dele, e está fazendo o mesmo com a sra. McLaughlin agora. Ou tem alguma coisa acontecendo entre os dois que Chloe está tentando esconder, ou ela realmente não o vê desde o feriado.

Odeio o fato de preferir mil vezes a segunda opção.

"Então é você que tem mantido nosso Michael ocupado?", a sra. McLaughlin pergunta.

Fico rígido quando sua atenção se volta para mim. Tenho um pressentimento de que fui o alvo de Mindy esse tempo todo. Ela tem feito de tudo com exceção de colocar uma calcinha no meu bolso durante nossas aulas de tênis, e pelo olhar que me lança agora me pergunto se está prestes a levar as investidas a outro nível.

Chloe levanta uma sobrancelha antes de abrir um sorrisinho para Mindy. "Com certeza não."

"Humm", Mindy diz, passando o dedo pela boca em um convite sexual que beira o ridículo. "Porque estão dizendo que ele arranjou uma namorada."

Tenho um leve sobressalto. Como assim? Definitivamente não estou namorando. Longe disso.

Mas parei de desfrutar das donas de casa entediadas de Dallas. Aparentemente a notícia se espalhou.

"Ah, interessante", Chloe diz, em um tom que indica que não está nem aí. "Bom, acabou meu tempo, tenho que ir. Vejo você na sexta, St. Claire."

Tento olhar em seus olhos para ver se consigo ler alguma coisa neles, mas ela já me deu as costas.

E, porque não quero que ninguém perceba que a observo indo embora, viro-me também e pergunto a Mindy McLaughlin sobre seu saque. Ela fica feliz em ter toda a minha atenção.

Mas não tenho a dela.

A sra. McLaughlin começa a perguntar se acho que ela deveria fazer três aulas por semana em vez de duas quando faz uma pausa para olhar por cima do meu ombro e abre um sorriso sabichão.

"Ora, ora", ela murmura. "Será que foi por isso que a princesa Kristin fugiu para Seattle?"

Franzo a testa e olho na mesma direção que ela.

Parece que Devon Patterson ressurgiu.

E está à procura de Chloe.

20

CHLOE

Sempre que alguém me pergunta o que Devon anda fazendo desde o término do namoro com Kristin, digo que não sei.

Todo mundo acha que estou mentindo, mas a verdade (ligeiramente desagradável) é que não nos falamos desde que ele e Kristin se separaram. Mandei uma mensagem a ele dizendo que sentia muito (mentira) e que estava aqui se quisesse conversar (verdade). Mas ele respondeu só com um "valeu".

Kristin não foi nem de perto tão contida antes de voar para a Costa Noroeste do país.

Ela disse a todo mundo que Dev era um cretino egoísta que só se preocupava consigo mesmo. Tenho certeza de que não fui a única a achar que o mesmo valia para ela.

Ah, e adivinha só. Minha querida irmã já está saindo com alguém em Seattle.

Isso mesmo. Duas semanas depois de um relacionamento de oito anos e ela já está com um músico hipster que "tem muito mais conteúdo que Dev".

Por esse motivo, não me sinto nem um pouco culpada por sentir um friozinho no estômago ao ver Devon pela primeira vez desde que voltou a ficar solteiro.

E só me sinto *levemente* culpada por aceitar seu convite para almoçar.

Depois de me arrumar no vestiário, deixo a mala da academia no carro e me dirijo ao pátio do restaurante em que ele disse que esperaria.

Devon sorri ao me ver. Odeio o modo como isso me aquece por dentro.

"Não precisava ter corrido", ele diz, puxando uma cadeira para mim. Solto uma risadinha. "Por que diz isso?"

Ele aponta para minha cabeça com o copo de água na mão. "Seu cabelo ainda está molhado."

"Ah, isso", digo, abrindo o guardanapo de pano sobre as pernas. "Isso, meu velho amigo, é porque não há como esses cachos se apresentarem de um modo razoável usando um secador. Eles precisam secar naturalmente."

Não consigo ver seus olhos por causa dos óculos escuros, mas parece que ele está avaliando meu cabelo. Eu me contenho diante da vontade de passar a mão pelo *frizz* que já deve ter se formado.

"Sempre gostei do seu cabelo", ele diz.

Desdenho. "Ah, tá."

"Não, é sério."

"Todo mundo diz isso", retruco. "Mas no sentido de que é um interessante espetáculo."

Devon dá de ombros. Provavelmente porque é um homem e já falou tudo o que podia sobre o assunto "cabelo".

Quando a garçonete chega, peço um chá gelado e me viro para olhar Devon direito.

Ele abre um sorrisinho. "Me diz. Quão mal estou?"

"Como assim? Em uma escala de um a dez, com um sendo 'claramente de coração partido' e dez sendo 'solteirão cobiçado'?"

Ele ri. "É. Acho que sim."

Forço a vista. "Tira os óculos."

Devon obedece, e eu recebo o impacto total do menino de ouro.

"Sete", digo.

Ele pisca. "Sério?"

"Sério."

E é a verdade. Talvez eu só esteja vendo o que quero, mas Devon não parece de coração partido. Um pouco mais cansado, talvez. Ligeiramente inseguro. Mas também... mais leve.

"Quão ruim tem sido?", pergunto, sorrindo para a garçonete quando ela coloca o chá gelado à minha frente.

Ele solta o ar devagar. "Acho que não deveria dizer."

"Porque Kristin é minha irmã?"

Devon toma um gole de água. "Vocês têm se falado?"

Dou de ombros. "Por mensagem."

Ele assente. "Ela está bem?"

"Está", respondo sem elaborar. Não importa quão adaptado à vida de solteiro o cara pareça, ele não precisa saber que sua namorada já o superou. Ou pelo menos que está fingindo que superou.

"Eu nunca quis magoar Kristin." Ele fica mexendo na faca.

Dou um chute leve em sua perna. "Ei. Eu sei. Ela também, lá no fundo."

"Seus pais me odeiam?"

"O quê? É claro que não!" Tomo um gole de chá gelado.

Ele levanta os olhos. "Você me odeia?"

Engasgo com o chá gelado. "Claro que não. Por que odiaria?"

Devon volta a olhar para baixo. "Não sei. Acho que... fui um idiota, em relação a uma série de coisas."

Meu coração começa a acelerar.

"Como assim?"

Ele levanta um ombro.

"Está arrependido de ter terminado com a Kristin?"

"Não." Devon volta a levantar o rosto. "Não, não foi isso que eu quis dizer. De jeito nenhum."

"Ah."

Pela primeira vez na história, o silêncio entre nós é quase doloroso.

É um alívio quando a garçonete vem anotar nosso pedido (salada com grelhado para mim, peixe com batata frita para ele), mas então o silêncio retorna.

"Devon."

"Oi."

Sorrio. "Por que você me convidou pra almoçar?"

Ele pisca um pouco, surpreso. "Como assim?"

"Bom, nunca almoçamos antes. Não sem Kristin e meus pais."

"Claro que almoçamos."

Balanço a cabeça em negativa. "Não. Não desde que a gente conversava sobre livros no canto do refeitório, no ensino fundamental."

153

Ele solta uma gargalhada, e um casal de idosos à nossa direita faz uma pausa na conversa para olhar para nós, mas Devon nem percebe.

"Ah, é verdade, a gente fazia isso. Faz um século que não penso nisso."

Reprimo uma careta. Penso nesses almoços de tanto tempo atrás com frequência demais.

"Mas o ponto é: há um bom tempo que não fazemos isso", digo, mantendo a voz amistosa.

Ele olha para o campo de golfe à esquerda, e seu sorriso desaparece por completo. Dou outro chutinho em sua perna. "Ei, tudo bem, Dev. Deve ter ficado um buraco na sua vida depois que você e Kristin terminaram."

Devon vira o rosto para mim. "Você não é uma substituta pra Kristin."

Levanto uma sobrancelha, cética. "Tem certeza de que não está entediado e solitário?"

"Um pouco entediado, talvez. Os verões são sempre assim. Mas solitário..." Ele se inclina na minha direção. "É errado eu gostar de ter minha vida de volta?"

Aperto os lábios. "Não, provavelmente é normal."

"Como assim, 'provavelmente'?", ele provoca.

"Bom, não posso dizer que eu tenha passado por muitos términos."

Devon se reclina na cadeira e me avalia, com um sorriso de volta ao rosto. "E por que isso?"

Reviro os olhos. "Ah, não vem com essa. Está parecendo meus pais."

"Ah, meu Deus." Ele dá risada.

"É verdade!", digo, rindo também. Então digo, com a voz um pouco mais aguda, em uma passável imitação da minha mãe: "*Você vai ver, querida. Um dia os rapazes vão perceber que partidão você é, e aí você vai poder escolher quem quiser*". Devon sorri, e eu imito a voz profunda do meu pai ao dizer: "*Acredita em mim, Chloe. Quando esses garotos virarem homens, vão querer uma mulher boa e inteligente como você*".

"E qual é o problema disso?", Devon pergunta, empurrando os talheres para o lado para abrir espaço para seu prato. "Acho que eles estão certos."

"Talvez", digo, com um dar de ombros. "Mas quando se tem vinte e um anos e uma experiência mínima em relacionamentos, esse tipo de comentário parece terrivelmente com 'você tem uma personalidade linda'."

Ele mergulha um pedaço de peixe no molho tártaro e o aponta para mim. "Mas, só para constar, você tem mesmo uma personalidade linda."

Giro um dedo da mão esquerda no ar sem nenhum entusiasmo, enquanto garfo uma azeitona com a mão direita.

"E o restante não está nada mal."

Quase derrubo o garfo. Não ouso olhar para ele.

"É sério, Chlo", Devon diz quando não levanto o rosto. "Você está linda. Você..."

Ele balança a cabeça, então leva um pedaço de peixe à boca em vez de terminar a frase.

Fico com pena dele. "Quer saber se eu emagreci?"

Ele dá um sorriso torto. "É. Eu não sabia se seria estranho comentar. Quer dizer, não tinha nada de errado com sua aparência antes..."

Faço uma careta para ele. "Eu tinha sobrepeso."

Ainda poderia perder uns dois quilos. Cinco, se quisesse ficar magra mesmo. Mas a verdade é que perdi peso. Não o bastante para não ser saudável. Mas, depois do feriado, comecei a prestar mais atenção à minha alimentação e... bom, não vou dizer que foi fácil. Seria um insulto para as pessoas do mundo todo. Mas é insano o que menos sorvete e mais movimento podem fazer com alguém.

"Bom, fico feliz que esteja mais saudável", ele diz. "Aliás..."

Ergo a mão. "Se vier com um clichê do tipo 'eu gostava de você exatamente como era', te dou uma garfada."

Ele me olha, intrigado. "Mas eu gostava de você como era, mesmo."

Suspiro e pouso o garfo na mesa. "Não, Devon, você não gostava. Quer dizer, tenho certeza de que não ligava pra minha aparência quando eu era só a irmã mais nova e gorduchinha da sua namorada que às vezes te fazia rir. Mas não vamos fingir que chegava a me admirar."

Suas bochechas ficam vermelhas. "Chloe."

"Ei", digo, abrindo um sorriso. "Não estou culpando você. Mas... não me insulte, tá? Ambos sabemos que não sou o tipo de garota que faz os caras perderem a cabeça. Especialmente quando Kristin está por perto."

Ele fica em silêncio, girando o copo de água na mão sem nem prestar atenção. Quando levanta o rosto, sua expressão é inocente. "Agora é um bom momento para vir com o mesmo discurso do seu pai? De como às vezes os caras precisam de tempo pra entender quem são as garotas que mais valem a pena?"

Seguro o ar.

Ele não está falando o que eu gostaria que estivesse falando.

É um comentário genérico, e sua expressão é meramente amistosa. Um amigo assegurando a uma amiga que ela vai encontrar alguém. Algum dia.

Mas é a primeira vez que Devon e eu falamos sobre esse tipo de coisa.

"Vamos deixar esse tipo de discurso para meus pais", digo, forçando um sorriso. "Eles não saberiam o que fazer se não fossem os distribuidores exclusivos dessas pérolas de sabedoria."

Vejo algo passando num lampejo pelo rosto de Devon. Confusão, talvez. Mas ele se recupera rápido, pegando mais um pouco de peixe. "Justo. Sobre o que quer falar?"

Me inclino para a frente e roubo uma batatinha dele, decidindo que, por enquanto, por hoje, vou apenas apreciar a atenção exclusiva de Devon pela primeira vez em quase uma década, sem a ameaça de Kristin esperando na esquina com sua exigência amuada.

"Me conta sobre o curso de direito", digo. "Quando você vai? Com que frequência caga nas calças só de pensar nisso? Vai levar suas botas de caubói para Boston? Quero saber *tudo*."

Devon inspira profundamente e começa a falar. Ele responde a todas as minhas perguntas mais animado do que nunca.

Mas não são suas palavras que fazem meu coração bater mais forte que o normal.

É o modo atencioso como me *olha* enquanto fala.

21

MICHAEL

Alugo um porão em uma casa no "centro" de Cedar Grove, o que basicamente significa que fica na rua principal.

Que meio que é a única rua.

Cedar Grove é mais uma cidade-dormitório. Fora o clube, o bar e um punhado de restaurantes de rede, na verdade não há muita coisa para se chamar de "cidade".

O dono da casa em que moro aluga diferentes cômodos. Pude escolher entre o porão e o térreo (uma senhora esquisita que tenho certeza de que é uma acumuladora mora no andar de cima). Escolhi a primeira opção porque era mais barata.

Quando me mudei, oito meses atrás, não sabia quanto tempo ia ficar na cidade. Como fugi de Nova York sem um tostão do meu pai — ou melhor, do homem que me criou —, a opção mais barata me pareceu a melhor.

Mas o porão está começando a parecer pequeno.

E escuro.

E, sendo sincero, solitário.

Pelo menos tem entrada própria, e as janelas permitem que um pouco de luz natural entre.

Mas não me engano. Minha casa atual é um pouco mais que uma caverna. Um lugar onde me esconder.

E, às quatro da manhã, parece ainda mais isolada e árida.

Trabalhei no bar esta noite. Teoricamente, ele fecha à meia-noite, mas tinha um pessoal que não ia embora, e Blake me convenceu a tomar algumas cervejas e jogar uma partida de sinuca antes de fechar, então só cheguei em casa às duas.

Não tem nada de bom na TV, e o romance policial que peguei no sebo acabou de dar uma guinada meio idiota.

Quanto ao sono, não vem com facilidade há um bom tempo.

Por sorte, não preciso estar no clube até as onze da manhã. O exílio de Kristin em Seattle deixou um buraco na minha programação. Isso é ruim para minha conta bancária, mas bom para minhas tendências notívagas.

Franzo a testa ao me dar conta de quão pouco me importo com a garota ter desaparecido da minha vida. Cara, eu mal notei. Há alguns meses, minha semana inteira girava em torno das tardes de quarta, quando podia vê-la de minissaia. Agora mal me lembro da cara dela, quanto mais por que chamava minha atenção.

Talvez seja porque passei a conhecer Chloe melhor, e perto dela a irmã parece... *mundana* demais. Qualquer pessoa pareceria.

Entediado e irritado comigo mesmo, me jogo de costas na cama king-size que raras vezes me dou ao trabalho de arrumar e pego o celular. Se tivesse nascido uma década antes, provavelmente teria um envelope de papel pardo onde estariam guardados alguns recortes de jornais sobre Tim Patterson.

Mas, já que nem consigo lembrar a última vez que toquei em um jornal de verdade, ou mesmo um envelope de papel pardo, tudo o que preciso saber sobre ele está na internet.

Não dou atenção a isso desde o feriado, quando me dei conta de que ter o sangue do cara correndo pelas minhas veias não me tornava filho dele de nenhuma maneira que importasse.

Desde que percebi que não me sentia magicamente ligado a ele, e o contrário, muito menos.

Somos dois completos desconhecidos. Não temos nada em comum além do DNA.

Então por que é que ainda estou no Texas?

Tenho a esmagadora sensação de que é porque não tenho outro lugar para onde ir. O que é patético.

Passo o dedão pela tela, sem absorver nada além das manchetes e das fotos granuladas.

Já vi essas notícias tantas vezes que praticamente as memorizei, mas me pergunto se vai ser diferente agora que conheci o cara pessoalmente.

Quando chego à última página salva — uma curiosidade sobre a dedicação de sua esposa à alfabetização —, me dou conta de que apertar a mão do cara não esclareceu nem um pouco como me sinto a respeito disso tudo.

Não posso mais adiar.

Ou vou embora de Cedar Grove, reconhecendo Tim Patterson como pouco mais que um doador de esperma que não tem lugar na minha vida e na vida de quem não tenho lugar... ou crio coragem para confrontar o cara.

Não preciso ser convidado para o Dia de Ação de Graças nem nada, mas parte de mim se pergunta se o cara não merece saber que tem outro filho. Porque minha mãe jura de pé junto que nunca contou a ele.

Encolho-me um pouco ao pensar nela. Minha mãe me liga todo santo domingo. Nunca atendo.

Tento me convencer de que não estou bravo com ela. Não sinto muita coisa quando liga, para ser sincero, o que me faz pensar que talvez eu seja o maior babaca do planeta.

Ela é minha mãe e, apesar de meio autocentrada, sempre foi muito boa nisso.

Mas também é uma mulher que traiu o marido. Que passou vinte e três anos mentindo para o único filho.

Não... vinte e quatro anos.

Como se aproveitasse a deixa, meu celular apita com a chegada de uma mensagem de texto.

Feliz aniversário!

Mas não tem nada de feliz nisso.

São um pouco mais de quatro da manhã aqui, o que significa que são cinco na Costa Leste. Só conheço uma pessoa que sempre está acordada a essa hora, por vontade própria.

Mike, o homem que me criou.

Ele se lembrou do meu aniversário.

E se deu ao trabalho de fazer algo a respeito, ainda que eu tenha batido a porta na cara dele sem nem olhar para trás da última vez que o vi.

Não recebia notícias dele desde que fui embora e meio que achava que não havia volta para o que eu fiz. Não deve ser fácil criar o filho de outro homem como se fosse seu. Mas o jeito como falou com minha mãe — o jeito como falou de mim — me fez perceber que não se tratava de fornecer uma imagem paternal a um bastardo.

O que importava era o orgulho dele.

Mike meio que disse isso quando ficamos cara a cara, naquele último dia de merda antes de eu ir embora de Nova York.

"Achei que, ainda que não tivesse o sangue dos St. Claire, talvez se mostrasse digno desse sobrenome. Mas, pelo que tenho visto, não é o caso."

Mas ainda assim... ele se lembrou do meu aniversário.

Fecho os olhos. Antes que possa me convencer do contrário, faço o impensável.

Ele atende ao primeiro toque. "Alô?"

Engulo em seco. A voz é tão... familiar. Cortante, um pouco brusca e algo mais... Desesperada, talvez.

"Sou eu", digo. Sem precisar. Como um idiota.

"Michael."

Sou eu, Michael Edward St. Claire *Júnior*.

Rá.

"Eu... obrigado pela mensagem."

Há uma longa pausa, como se ele esperasse que eu dissesse mais alguma coisa. "De nada. Fui o primeiro?"

Desdenho. "Não fique tão satisfeito consigo mesmo. As pessoas normais ainda estão dormindo."

"Estou indo à academia."

"Eu sei, pa... É, eu sei."

Morei com esse homem por dezoito anos e todos os verões depois disso. Meio que conheço a rotina. Café. Academia. Café. Trabalho. Mais trabalho. Às vezes jantar. Trabalho. E tudo de novo.

"E o Texas?", Mike pergunta, quebrando o silêncio desconfortável que havia retornado.

Por que foi que liguei pra ele?

"Quente. Úmido." *Diferente pra caralho de casa.*

"Tipo Manhattan em agosto então."

"Basicamente. Com um pouco mais de esporas e muito mais molho ranch."

"Hum."

Estou prestes a perguntar como ele anda... como minha mãe anda... como minha antiga vida anda, mas ele vai direto ao ponto. Meu pai sempre foi assim. Sem enrolação, ainda que as coisas fiquem desconfortáveis.

"Já fez o que queria fazer?", ele pergunta.

Levo um braço aos olhos, deixando o cotovelo dobrado acima deles. O tom brusco em sua voz faz com que eu me sinta um menino de novo.

"Michael. Você conheceu... Patterson?"

"Conheci", digo, com a voz tão rouca quanto a dele.

"Ah. E?"

"Apertei a mão dele. O cara... não tem ideia."

Meu pai grunhe. "É, bom. Você é muito parecido com sua mãe."

É verdade. Ninguém duvidaria de que Devon é filho de Tim. Já comigo é preciso certo esforço. Talvez eu tenha a boca dele. Um pouquinho do nariz.

Eu poderia ser o filho de qualquer um.

Mas só um homem me tratou assim. Michael St. Claire pode não ter sido o melhor pai do planeta. Nem de longe. Ele trabalha demais, trai minha mãe, me cobra pelos meus erros porém mal nota minhas conquistas...

Mas ainda é meu pai.

E se lembrou do meu aniversário.

O que, no momento, quando não tenho um amigo no mundo, é bem importante.

Mas algo me incomoda.

A constatação inesperada de que tenho uma amiga.

Chloe.

E uma leve e estranha pontada dentro de mim deseja que eu tivesse contado a ela que era meu aniversário e que eu não estivesse passando este dia sozinho.

"Michael?"

"Oi", digo, percebendo que estava divagando.

"Perguntei se você vai contar pra ele."

Esfrego o nariz, sabendo que é uma pergunta importante. Para meu pai. Para mim mesmo.

"Ainda não sei", digo, baixo. "Tinha planejado contar, mas... ele parece feliz, sabe? Tem uma vida perfeita. Não quero destruir isso por causa de um erro cometido vinte e quatro anos atrás."

"Ninguém tem uma vida perfeita", ele comenta.

"Bom, eles parecem muito mais felizes do que a gente."

Meu pai fica em silêncio. "Você está certo", diz, me pegando de surpresa. "Sua mãe e eu... não demos um bom exemplo. Bom, acho que tem algo que você precisa saber."

Sento na cama, e a falta de sono me atinge como uma tonelada de tijolos. "Você vai me dizer que não devo ficar bravo com ela, porque também a traiu. Certo?"

"Certo", ele diz, cauteloso. "E... não tenho orgulho disso."

"Não deve ter mesmo", solto.

Um ano atrás, meu pai teria acabado comigo por falar assim com ele. Agora, no entanto, não diz nada. Depois de uma longa pausa, ele continua: "Tem algo mais. Algo importante, e odeio ter que dizer isso a você pelo telefone, no seu aniversário, mas sua mãe disse que você não atende as ligações dela".

Congelo. "O que foi?"

Meu pai solta um longo suspiro. "Sua mãe e eu decidimos nos divorciar."

Deixo que a bomba me atinja. Mas minha primeira reação é de alívio.

Principalmente considerando que eu estava preparado para um diagnóstico de câncer ou coisa do tipo.

Mas a separação dos dois não chega a ser uma surpresa.

"Não tem nada a dizer?", ele pergunta.

Solto uma risada. "É muito ruim que tudo em que eu consiga pensar seja 'até que enfim'?"

A risada dele é igualmente desprovida de humor. "Imagino que também ache que já era tempo."

Me inclino para a frente, curvando as costas, sem me sentir tão afetado quanto gostaria. Não posso dizer que minha família era incrivelmente feliz, mas pelo menos não tínhamos muitos problemas. Aos olhos dos outros, quero dizer.

"E qual foi a gota d'água?", pergunto.

Ele pigarreia. "Na verdade, tem outra coisa que preciso te contar."

Aperto a ponte do nariz. "Ah, meu Deus, tem mais? Belo aniversário..."

"Tanto eu quanto sua mãe tivemos problemas de fidelidade..."

"Não brinca. Não acha que foi por isso que vim ao Texas? Para conhecer o pai do filho dela?"

Sendo justo, meu pai prossegue como se eu não estivesse agindo como um completo babaca. Provavelmente porque o que tem a dizer o torna um babaca ainda maior. "Fui longe demais em meu último caso."

Franzo a testa. "Existe uma forma de medir níveis de adultério da qual não fiquei sabendo?"

"Você tem falado com Ethan?"

Ethan? Que porra é essa? O que meu ex-melhor amigo tem a ver com isso?

"Não", digo simplesmente, esperando que perceba que não quero falar sobre isso.

"Vocês tiveram uma desavença."

"Claro, vamos chamar assim. Ou podemos dizer que Ethan me cortou da vida dele sem nem olhar pra trás."

E, sim, ainda dói. Obrigado por tocar no assunto.

"Ele te contou por quê?", meu pai pergunta.

Balanço a cabeça. O que está acontecendo? "Ele não teve que me contar. Eu sei por quê."

Sei o que fiz.

Meu pai fica em silêncio, à espera de mais informações. Então pergunto: "O que isso tem a ver com o divórcio de vocês?".

"Só me responde, Michael. O que aconteceu entre vocês dois?"

"Foi uma garota, tá?", solto. "A história mais velha do mundo. Dois caras brigando por uma garota. Feliz?"

"Uma garota? A única garota na vida de Ethan até aquele momento era Olivia."

Engulo em seco a agonia de ouvir o nome dela. Principalmente em seguida ao de Ethan.

Não digo nada.

Meu silêncio diz a ele tudo o que precisa saber.

"Ah."

"Não quero falar sobre isso, tá? É passado."

"Certo." Ele inspira fundo. "Mas talvez haja outra razão para Ethan ter se distanciado de você."

Não acho que ele precisasse de outro motivo além de surpreender a namorada nos meus braços ao entrar no meu quarto, mas não digo isso a meu pai. Ele claramente está preparando outra bomba. Só não tenho ideia do que se trata.

"Sua mãe descobriu que estou tendo um caso com Debra."

Por um longo e abençoado momento não compreendo.

E então...

Compreendo.

Me inclino para a frente, levando a cabeça aos joelhos, meio sem ar, meio enjoado.

"Debra. A sra. Price? Você está comendo a mãe do Ethan?"

"Michael."

"Que porra é essa? É a mãe do meu melhor amigo."

Ele faz uma pausa. "Eu sei."

"Ela foi tipo uma segunda mãe pra mim."

"Eu sei."

"Então por quê? *Meu Deus.*"

"Não tenho uma boa resposta para isso, Michael. Cometi um erro."

Um erro. Ele cometeu um erro.

Transou com a mãe do meu melhor amigo.

Da mesma forma como tentei transar com a namorada do meu melhor amigo.

Ah, merda.

"Ethan sabe?"

Ele faz uma pausa mais longa. "Acho que sim."

Solto um grunhido. Não é à toa que meu melhor amigo não suporte nem olhar pra mim. Os St. Claire foderam com a vida dele.

E então a resposta da velha baboseira da natureza versus criação me atinge.

Sou igual ao meu pai. Aos meus pais, aliás.

Ambos transaram com mulheres comprometidas com outros homens.

Eu tentei fazer o mesmo com Olivia.

E me permiti fazer o mesmo com donas de casa entediadas o verão inteiro.

Minha boca se contorce de arrependimento. Estou ainda mais enojado do que imaginei.

"Tenho que ir."

"Michael."

Desligo.

É só quando ouço o *crack* que me dou conta de que atirei o celular na parede oposta à cama. Deito a cabeça sobre as mãos para me impedir de socar alguma coisa. De repente, até respirar parece difícil.

Passei quase todos os minutos do último ano tentando controlar a raiva que fervia dentro de mim.

Agora, ela transborda.

22

CHLOE

Não é um encontro.
Disse isso para mim mesma quando Devon me ligou e perguntou se eu queria beber alguma coisa no Pig and Scout esta noite.
Disse isso para mim mesma enquanto me vestia.
E enquanto trocava de roupa.
Quando finalmente optei por jeans rasgado justo, sapato com salto anabela de cortiça e camisa transpassada chocolate com um leve decote, lembrei a mim mesma uma vez mais: não é um encontro.
Eu não estava pensando em *encontro* quando alisei o cabelo (vale a pena lembrar que esse processo exige noventa minutos de dedicação).
E definitivamente não pensei que era um encontro quando passei mais tempo que o normal me maquiando, pegando um pouco mais pesado na sombra esfumada marrom e na sensualidade do batom brilhante.
"Pra onde você vai?", minha mãe pergunta, quando viro o conteúdo da minha bolsa na bancada da cozinha para procurar pela chave do carro que vive sumindo.
"Pro bar", digo.
Ela está com os óculos de leitura enquanto vira as páginas da *Vogue*, e os desliza até a ponta do nariz para me olhar por cima deles, avaliando minha aparência.
"Vai encontrar suas amigas?"
"Não, Devon ligou convidando."
"Hum", ela diz, tirando os óculos e mordendo a ponta de uma haste.
Encontro a chave, envolta em meia dúzia de prendedores de cabelo. "O quê?"

"Eu não disse nada."

"Exatamente", digo, olhando impaciente para ela. "Você sempre tem alguma coisa a dizer."

Ela tira os óculos da boca. "Você tem falado com sua irmã?"

Sinto uma pontada de culpa descendo pela espinha, mas decido manter a cabeça erguida. "É o seu jeito de perguntar se Kristin sabe que vou sair com o ex-namorado dela?"

"Sair?", minha mãe pergunta, com a voz dividida entre a descrença e a reprovação.

"Não! Não nesse sentido." Corrijo-me rapidamente. "Ele só... acho que está solitário, sabe? E sempre fomos amigos."

"Chloe." Minha mãe deixa os óculos de lado e cruza as mãos à frente do corpo.

Ah, não. "Mãe, você não vai me dizer pra não dar em cima do ex da Kristin, né? Porque não vou fazer isso."

Não vou mesmo. Quero. Mas não vou. Mas se Devon desse em cima de mim...

"Não, eu só ia dizer..."

Minha mãe se interrompe. Sinalizo para que siga em frente.

"Só não quero que você se machuque."

Reprimo uma risada. "Bom, posso ir de capacete pro bar se isso te deixa mais tranquila."

Como sempre, ela ignora meu sarcasmo. "Você sabe o que quero dizer."

"Sei?"

Minha mãe faz uma cara feia, e eu a olho com teimosia.

Ela suspira. "Você sempre foi muito aberta quanto aos seus sentimentos. É uma das suas maiores qualidades."

Engulo em seco e aperto as chaves, porque não estou gostando *nem um pouco* do rumo que essa conversa está tomando.

Ela estica a mão na bancada, mas não toca a minha. "Sei como se sente em relação a Devon. Sempre soube."

Desvio o rosto.

"Acha que não fiquei triste por você quando da noite para o dia ele passou de ser seu companheiro de leitura pra ser o cachorrinho da Kristin?" Meus olhos procuram os dela no mesmo instante. Minha mãe abre um sorriso torto. "Amo vocês duas, mas conheço bem suas fraquezas. Sua irmã é..."

Mimada? Egoísta? Rancorosa?

"Ela ainda precisa amadurecer", minha mãe conclui.

Bato palmas sem produzir som, porque isso é dizer o mínimo.

"Mas, Chloe, não é porque não acho que Kristin e Devon eram a melhor coisa um para o outro que quero que *você* seja a garota que ele vai usar pra esquecer sua irmã."

Opa. Não achei nem um pouco que a conversa iria seguir por aí. Quando entrei na cozinha, imaginei que ouviria o discurso "boas garotas não correm atrás do ex da irmã". Em vez disso, parece que estou ouvindo que não sou boa o bastante para ele.

Não vou mentir. Que minha própria mãe pense que não sou boa o bastante para Devon Patterson *dói*.

Muito.

"São só uns drinques, mãe. Vou sair pra beber com um amigo. Que por acaso é homem."

Ela me olha como quem não se deixa enganar uma última vez antes de recolocar os óculos e voltar à revista. "Bom, então divirta-se."

É. Porque essa conversinha não tirou nem um pouco a graça da noite.

Quando chego ao bar, meio que já apaguei as preocupações da minha mãe da mente.

Afinal... não é um encontro. Só vou beber com um amigo. Um amigo por quem por acaso estou apaixonada, mas que não está apaixonado por mim, então não há uma chance real de ser magoada. Meu coração está em modo de espera já faz uns dez anos. Pode aguentar um pouco mais.

O estacionamento do Pig and Scout está quase lotado. Não é surpresa nenhuma, considerando que se trata de um sábado à noite. Enfio meu Audi entre duas picapes e estou prestes a entrar quando recebo uma mensagem de Dev.

Esqueci que tinha que pôr gasolina. Vou me atrasar dez minutos.

Respondo na hora: *Tudo bem. Até mais.*

Assim que entro, me dirijo ao bar. Digo a mim mesma que é porque não vejo nenhuma mesa livre, mas uma parte irritante de mim sabe que é porque o Gostosão às vezes trabalha no bar nas noites de sábado.

E se os olhares que estou recebendo por causa do jeans são qualquer indicativo, talvez eu tenha *alguma* chance de fazer com que ele se arrependa do acontecimento lamentável do feriado.

Encontro um lugar no canto, ignorando o cara mais velho que mira meus peitos declaradamente, e fico à espera.

O Gostosão está trabalhando pra valer. Está com mais barba do que o normal, o que, irritantemente, funciona bem nele. Usa jeans escuro e baixo, além de uma daquelas camisetas justinhas — dessa vez preta — que me permite entrever apenas o fim da misteriosa tatuagem no bíceps.

Ele não me nota. Está fazendo aquele negócio de juntar um copo de vidro e uma coqueteleira de metal e então chacoalhar acima do ombro para finalizar um drinque. A camiseta levanta um pouco com o movimento, e vejo de relance o elástico da cueca.

Boxer? Comum?

Não que eu me importe. Nem um pouco.

Aposto que boxer. Não, comum. Ou talvez...

"Oi. Posso ajudar?"

Demoro um pouco para perceber que o outro bartender está parado à minha frente. É um cara de boa aparência, com cabelo loiro-escuro cacheado e sorriso descontraído. O tipo de cara em cuja cueca eu deveria estar interessada. Ele parece simpático. Normal.

Não vive de cara feia.

Não tem traumas.

"Um gim-tônica, por favor."

"Pode deixar." Ele pisca pra mim.

Um gatinho acabou de piscar pra mim. Isso é novidade.

Passo uma mão pelo cabelo macio e olho para a porta. Nenhum sinal de Devon.

Um drinque aparece à minha frente. "Obrigada", digo, já o pegando, mas fazendo uma pausa quando vejo que não está adornado com a tira de casca de limão de sempre.

Em vez disso, veio com três cerejas.

Levanto os olhos devagar.

"Oi, Michael."

Ele não está feliz em me ver. O que não faz sentido. Quer dizer, a gente se viu há dois dias na academia, embora eu tenha que admitir que nossos treinos têm sido um pouco *tensos* desde a história do beijo.

Que foi um erro. O beijo foi um erro.

"O que está fazendo aqui?"

Levanto o drinque para brindar. "Os bartenders são tão receptivos aqui."

"Veio encontrar seus amigos de novo?"

"Vim." Tomo um gole do gim-tônica.

Não me dou ao trabalho de especificar que é só um amigo. O meio--irmão dele, para ser precisa.

As mãos de Michael estão apoiadas na bancada, enquanto seu olhar sombrio passa por mim. Em vez de se demorar no decote, como alguns caras fariam, ele parece mais preocupado com meu cabelo.

"Você está diferente", ele diz afinal.

Reviro os olhos. Não é como se eu estivesse esperando um elogio. Não dele. Mas talvez estivesse *querendo* um. De leve. E por que a surpresa? Toda essa idiotice de entrar em forma foi ideia dele.

"E você parece cansado."

Parece mesmo. Michael está com olheiras, e não acho que a barba seja uma mudança deliberada de visual. Acho que é mais porque esqueceu ou não teve tempo de fazer.

Ele se afasta do balcão. "Foi bom ver você, Chlo."

"Obrigada pelo drinque!", digo, simpática.

Não entendo o que rola com ele. Às vezes tenho a sensação de que quer me dizer alguma coisa. De que quer conversar. De que quer ser meu amigo.

Outras vezes...

"Oi."

Viro-me na banqueta. "Devon! Oi!"

"Desculpa o atraso", ele diz, dando uma olhada em volta.

"Imagina. Quer tentar pegar uma mesa ou...?"

"Estão todas ocupadas. Podemos ficar aqui."

Não tem duas banquetas livres juntas, então Devon se coloca entre mim e o velho tarado, virando o corpo para me encarar enquanto se apoia no balcão.

Só então tenho toda a sua atenção e percebo que toda a dor que vou sentir nos braços amanhã depois do esforço épico de alisar o cabelo valeu a pena.

Porque Devon me *vê*.

E parece atordoado. Talvez até me admire.

"Você está linda."

Sorrio. "Bom, isso é melhor que 'diferente', que foi o que nosso adorável bartender disse."

Como se esperasse sua deixa, Michael se vira para nós e demora a reagir. Eu o vejo sussurrar alguma coisa para o colega, que só dá de ombros.

Tenho a sensação de que o Gostosão tinha toda a intenção de deixar que o outro cara nos atendesse, mas mudou de ideia agora que viu Devon.

Por meio segundo, fico com pena dele. Deve ser difícil ver o meio-irmão que você nem sabia que existia.

Mas a compaixão passa. Se Devon não sabe a verdade, é porque Michael St. Claire fala muito e faz pouco.

Ele serve algumas cervejas a um grupo de caras barulhentos antes de vir até a gente.

"O que vai beber?", ele pergunta a Devon, seco.

"Oi!", o meio-irmão dele cumprimenta, se inclinando sobre o balcão para apertar a mão de Michael. "Esqueci que você trabalhava aqui também."

"É."

Tenho vontade de chutar Michael. Ele não vai fazer nenhum progresso em sua tentativa de se aproximar do irmão assim.

Por sorte, Devon não parece notar a grosseria de Michael. Ele olha para meu drinque. "Quero o mesmo que ela, sem as cerejas."

Devon sorri. Michael não retribui. Eu suspiro.

Ele volta pouco depois com o gim-tônica. Para minha surpresa — e irritação —, não sai mais dali.

"Vieram encontrar amigos?", Michael pergunta.

"Não, somos só nós esta noite", Devon diz, sorrindo para mim.

Sorrio de volta, evitando deliberadamente ver se Michael está prestando atenção. De canto de olho, noto que ele vai embora.

Provavelmente enojado.

Ou indiferente.

A atenção de Devon retorna à minha aparência "diferente". Como ele é um cavalheiro, seus olhos se demoram minimamente nos meus peitos.

Ele se concentra mais no meu cabelo, e dá para ver que ele não consegue entender. Pela minha experiência, homens não conseguem entender a mágica que o tratamento a quente é capaz de fazer. Cabelo liso na verdade pode ser cacheado, cabelo cacheado pode ser alisado, e, se não houver muita umidade, você estiver disposta a gastar um zilhão de dólares e os deuses estiverem do seu lado, talvez seja possível acalmar o *frizz*.

Hoje é um desses dias em que as estrelas se alinham.

Meu cabelo parece... bom, parece o cabelo de Kristin.

Devon estica o braço como se fosse tocá-lo, mas então se contém e abaixa a mão. Quero dizer que siga em frente, mas me seguro também.

"Você parece outra pessoa de cabelo liso", ele diz.

Tomo um gole de gim-tônica. "Pareço minha irmã."

A expressão relaxada em seu rosto some, mas não me arrependo do que disse. Temos que tocar no assunto em algum momento.

"É, acho que sim", ele diz.

Fico morrendo de vontade de perguntar se ele gosta do meu cabelo assim ou se o prefere cacheado e maluco.

Por alguma razão, a resposta para essa pergunta é crucial.

Mas o olhar admirado que me dirigiu quando entrou no bar serviu de resposta.

Eu deveria ter imaginado.

Talvez seja só porque foi namorado de Kristin por tanto tempo, mas não consigo visualizar Devon Patterson com uma garota de cachos descontrolados. Ele é totalmente do tipo que namora uma garota de cabelo brilhante e tiara, que talvez passe a um corte bob suave com luzes bem-feitas quando ficar mais velha, até chegar à idade em que vai deixá-lo evoluir graciosamente para um grisalho elegante e bem-comportado.

Posso ser essa garota.

Quer dizer, seria preciso todos os produtos e as chapinhas mais quentes do mercado, mas posso fazer acontecer.

Mas quero isso?

Ignoro a parte irritantemente feminista do meu cérebro, porque Devon está aqui comigo. Olhando para mim. Com toda a atenção.

Tento me concentrar no que diz. De verdade. Ouço enquanto fala como os livros de direito são supercaros, ouço enquanto conta que decidiu alugar um apartamento fora do campus, e que os pais dele estão pisando em ovos com ele desde que terminou com Kristin.

Mas, embora tente manter os olhos no rosto bonito e familiar de Devon, e adore o modo como sua camisa azul destaca a cor de seus olhos, e que tenha deixado seu cabelo crescer só um pouquinho...

Meus olhos ficam fugindo para o ponto do balcão em que Michael está.

Ele não sorriu nem uma vez. Nem para as duas morenas estonteantes do outro lado, nem para a loira peituda que foi até ele e tentou convencê-lo a tomar um shot de tequila com ela. Nem para seu colega, que, até onde posso dizer, é o cara mais simpático do mundo.

Tem algo errado.

Quer dizer, sempre tem algo errado com o Gostosão. E agora sei que é o detalhe bastante relevante de que descobriu que seu pai não é seu pai, e de que seu pai biológico nem sabe que ele existe.

Mas tem algo ainda mais errado hoje. Em vez de estar apenas tenso, Michael parece magoado. Quando olha em nossa direção, não encontro o desinteresse entediado de sempre.

Encontro fogo. Raiva. Descontrole.

E, de repente, fico brava. Com sua situação, mas principalmente com ele, por não fazer nada a respeito.

Desde que nos conhecemos, Michael pegou no meu pé porque eu não tinha confiança, não assumia o controle da minha vida, não ia atrás do que queria.

E aqui está ele, servindo cervejas para viver quando estudou na NYU, rastreando o pai biológico só para se manter à margem, servindo gins-tônicas ao meio-irmão sem dar nenhum sinal de reconhecimento.

Ou coragem.

Ou alma.

"Ei, você está bem?" Devon toca meu braço, e eu me sobressalto.

"Oi?"

Seu sorriso é suave. "Parece distraída."

Abro a boca, pronta para mentir… mas estou cansada de mentir para Devon. Faz anos que minto para ele. Sobre como me sinto a seu respeito. Sobre como ele e Kristin ficavam ótimos juntos.

E, como não posso ser totalmente sincera nesse sentido — ainda não —, acho que lhe devo pelo menos uma parte da verdade.

"Estou um pouco mesmo", admito, pescando a última cereja do meu drinque.

Ele franze a testa e se inclina na minha direção. "O que foi?"

Meus olhos correm para Michael, e sinto uma sensação pouco familiar de culpa. Porque sei de algo que não posso contar.

E também porque, algumas semanas atrás, eu estava deitada seminua com o corpo de Michael sobre o meu, implorando.

Será que Devon se importa com isso?

Não deveria.

Não considerando que ele e Kristin aparentemente tinham uma vida sexual épica. Pelo menos de acordo com ela.

Devon bate o joelho no meu. "Chloe?"

"O que a gente está fazendo, Devon?"

Respiro fundo assim que faço a pergunta. Não era nem um pouco o que eu queria dizer.

Ele franze a testa. "Como assim?"

"Por que me chamou pra beber? E pra almoçar no outro dia? Tá, já sei. Você precisa conversar. Mas é a segunda vez na semana."

Ele solta uma risada nervosa e remexe o copo, que agora é gelo puro. "Somos amigos, Chloe."

"Faz mais de dez anos que somos amigos. Mas nunca fizemos nada sozinhos."

Seus olhos estão fixos no copo, que ele gira sobre o balcão de madeira. Está tão perdido que quase volto atrás.

Então Devon levanta os olhos para mim. "Vou embora em duas semanas, Chloe."

É minha vez de franzir a testa. "Eu sei."

Seus olhos azuis continuam fixos nos meus. "Sabe mesmo?"

O que está rolando?

"Claro que sei. Caso tenha esquecido, você me contou tudo esses anos todos. Sei que você sempre quis ser advogado, ainda que aparentemente tenha se esquecido de contar esse detalhe aos seus pais e pra sua *namorada* até pouco tempo atrás."

Ele estuda meu rosto como se tentasse entender aonde quero chegar. "Isso é um problema?"

Aperto os lábios enquanto tento organizar os pensamentos. Seus olhos estão fixos na minha boca.

Isso é tão... confuso.

"Não contei a Kristin que estamos nos falando."

Devon fecha os olhos por um momento, enquanto balança a cabeça. "Estou perdido nessa conversa, Chloe. Primeiro você quis saber por que te chamei pra beber, depois insinuou que é estranho eu ter te contado sobre a faculdade de direito, e agora começou a falar da minha ex."

"Que é minha irmã!" O cara atrás de Devon se vira para me olhar. Por sorte, o resto do bar está barulhento demais para que mais alguém nos note.

Devon move o maxilar, mas não sei se por culpa ou irritação.

"Não precisa se sentir culpada. Não estamos fazendo nada de errado."

"Então tá." Viro o copo para colocar um pouco de gelo na boca. Mastigo, irritada.

"Olha, Chloe." A voz dele sai mais suave agora. "Se achar isso esquisito, podemos ir embora."

"Não, tudo bem", digo, com um sorriso animado. "Como você disse, não precisamos nos sentir culpados. Kristin sabe que de jeito nenhum Devon Patterson sairia num encontro romântico com Chloe Bellamy."

Viro a cabeça para não ter que ver a confirmação disso em seu rosto. Meus olhos ficam tão fixos no perfil do Gostosão que eu poderia fazer um buraco nele.

Aparentemente, o cara sente meu olhar — talvez de tão mortífero que seja — e vira a cabeça para me encarar. Levanto o copo, e Michael levanta a sobrancelha.

Esbugalho os olhos como quem diz "agora". Ele revira os olhos antes de vir até a gente.

"Mais uma rodada?", Michael pergunta, enquanto seus olhos se alternam de mim para Devon.

"Sim, por favor", diz Devon, enquanto solto um: "Óbvio".

O cara ao nosso lado finalmente vai embora, e Devon aproveita para sentar na banqueta agora vazia, abrindo um espaço muito necessário entre nós.

"Ei, Chloe..."

Eu o ignoro, focando toda a minha atenção em Michael, que volta com nossas bebidas.

"Perguntinha pra você, St. Claire", digo, tomando três goladas do gim-tônica que ele acabou de colocar à minha frente. Ele dá uma olhada cheia de significado para o copo agora pela metade. "Nem vem", digo, com um aceno. "Posso pegar uma carona pra casa se precisar. Bom, a pergunta..."

"Eu passo." Ele faz menção de ir embora, mas eu me estico sobre o balcão e agarro seu pulso.

Michael congela. Seus olhos correm para os meus. Não posso ter cem por cento de certeza, com o repentino influxo de gim confundindo meu cérebro e o fato de que não estou de frente para ele, mas parece que os olhos de Devon estão focados no ponto em que toco o Gostosão.

Michael puxa a mão e me olha, cauteloso. "Quê?"

"Você parece muito puto e hostil esta noite", digo. "Por quê?"

Vejo a irritação em seus olhos. "Estou trabalhando. Desculpa se não tenho tempo de te entreter com as brincadeirinhas de sempre."

Faço um barulho de alarme, como se ele tivesse errado a resposta. "Não. Insuficiente. O que está rolando?" Me inclino para a frente. "Problemas *familiares*?"

Se seu rosto estava cauteloso antes, agora virou pedra. Espero que ele perca o controle, mas Michael me surpreende se inclinando de modo que seu rosto fique a centímetros do meu.

"Não acho que seja eu quem está com problemas esta noite, Chloe. O que está rolando com você? Problemas de *relacionamento*?"

Estreito os olhos. *Você não ousaria.*

Michael me imita. *Se me forçar...*

Pesco uma cereja do drinque e a coloco na boca sem desviar os olhos de Michael. Então afasto o copo pela metade. Já estou me sentindo muito inquieta e imprudente. A última coisa de que preciso é beber mais e acabar baixando a guarda.

"Querem saber? Acho que vou embora."

Pego a bolsa e levanto, finalmente quebrando o contato visual com o Gostosão.

"Tem certeza?", Devon pergunta. "Está tudo bem? Porque sinto que..."

"Devon." Inclino-me para dar um beijo na bochecha dele, mantendo o clima tão leve e fraternal quanto possível. "Estamos bem. Só preciso ir a outro lugar."

Ele parece surpreso. "Ah, é? Vai encontrar alguém? Por isso está toda arrumada?"

Eu me arrumei por causa sua, seu idiota.

Levo a mão ao pescoço, deixando que meus dedos brinquem com o pingente de diamante que meus pais compraram pra mim quando me formei na escola. "Ah, meu Deus, Devon... tudo bem? Quando sugeriu que a gente se encontrasse pra beber, não achei que fosse durar a noite toda..."

"Não", ele garante, rápido. "Sem problemas. Bom... encontro?"

De alguma maneira, consigo dar uma piscadinha, ainda que esteja quase certa de que ouvi Michael bufar. "Obrigada. Depois te conto como foi."

Não deixo de notar a maneira como Michael consegue dizer "até parece" em meio a um acesso repentino de tosse.

"Ei, quer saber?", digo, olhando em volta antes de colocar a alça da bolsa no ombro. "Vocês deviam ficar conversando. Aposto que têm *um monte de coisas* em comum."

Então vou embora.

Deixo para trás o cara que amo desde a puberdade.

Deixo para trás o outro cara que...

Hum. Quando se trata de Michael St. Claire, não entendo mais nada.

23

MICHAEL

Nem me dou ao trabalho de disfarçar o fato de que fico observando Chloe ir embora.

Quem diria? Quando dá uma de louca, Chloe Bellamy acaba ficando bem atraente.

Só não curti o cabelo liso. A noite toda senti uma estranha necessidade de emaranhá-lo até que voltasse à bagunça de sempre.

Principalmente enquanto estava sentada toda cerimoniosa com a porra do Devon Patterson.

Tiro os olhos dela e noto que ele também está observando Chloe.

E, a julgar pela expressão pensativa e admirada em seu rosto, suponho que ele *goste* do cabelo dela todo sedoso e sem graça.

Babaca.

Devon solta uma risadinha e balança a cabeça enquanto pega o drinque pela metade dela e mistura ao seu. Então aponta para a direção por onde Chloe saiu. "Vocês são amigos, né?"

"Somos", murmuro.

"Tem alguma ideia do que acabou de acontecer?", ele pergunta, bem-humorado.

Tenho uma boa ideia. A julgar pelo decote profundo, pela maquiagem sedutora e pelo cabelo de socialite, Chloe pensou que finalmente teria sua chance com Devon, que só sugeriu beber alguma coisa com uma velha *amiga* porque é um bobo sem noção e entediado.

Mas não acho que Chloe esteja totalmente errada. Vejo o jeito como ele olha para ela. Como fala com ela.

Porém o cara bancou o covarde esta noite. Deixou que ela fosse embora quando deveria tê-la imprensado contra a parede e a beijado.

Sinto a fúria correr para minhas juntas. Afasto a sensação.

"Não", digo apenas, pegando um pano para limpar o lugar que acabou de vagar no balcão. "Não sou eu quem é amigo dela há uma *eternidade*."

Ele toma um gole do gim-tônica. "Nunca a vi agir assim. E nunca a vi com esse visual."

Aperto o pano com mais força.

Devon toma outro gole do drinque enquanto me observa. Eu deveria atender os outros clientes, mas, por algum motivo, fico ali.

"O que ela quis dizer com aquilo de que temos muito em comum?", ele pergunta.

Fico tenso, ainda que haja apenas curiosidade em sua voz, talvez um pouco de interesse.

Acho que ela estava falando em termos de DNA, penso.

Não digo isso. Claro. Não é a hora certa. Nem de perto.

Então compreendo.

Puta que pariu. Nunca vai ser.

Nunca vai haver uma boa hora para contar a um cara que você mal conhece que ele é seu irmão.

Nunca vai haver uma boa hora para contar a um homem que tem uma família que ele engravidou uma mulher casada vinte e poucos anos atrás.

Largo o pano no balcão. "Ei, Blake", chamo. "Preciso de cinco minutos."

"Hum, tá", ele diz, olhando para a multidão de clientes com uma pequena dose de cansaço.

"É rápido."

Tenho certeza de que essa conversa não vai durar muito.

Então retorno minha atenção a Devon. "Tem um segundo?"

Ele ri. "Como?"

"Dois minutos", digo.

O sorriso desaparece de seu rosto quando ele avalia minha expressão. Embora ainda pareça intrigado, Devon acaba dando de ombros. "Tá."

Vou para a porta da frente, já que a dos fundos é restrita aos funcionários e dá para uma área com um cheiro constante de lixo.

Quando chego lá fora, não me dou ao trabalho de conferir se ele me segue; apenas vou até meu carro, no fim do estacionamento.

Ouço Devon assoviar atrás de mim. "Cacete. É seu?"

Sorrio de leve. Nunca me canso de ver alguém secando minha garota. "É."

"Um Jaguar F-TYPE."

Ficamos ombro a ombro. "Você entende de carro."

"Amo", ele diz, circulando a máquina. "Ei, não me leve a mal, mas como um cara que reveza aulas de tênis com um bico num bar consegue comprar uma coisa dessas?"

Enfio as mãos nos bolsos de trás. Não contava com esse gancho.

Mas aproveito.

"Minha família tem dinheiro", digo, sem constrangimento.

Ele levanta as sobrancelhas. "Imagino que pra caralho."

Assinto. "É."

Devon endireita o corpo, talvez notando algo na minha voz. "Então por que você passa os dias arrastando uma máquina de atirar bolas pelo clube e as noites servindo Budweiser?"

Passo o dedão em uma mancha inexistente na capota do carro. "Briguei com meus pais."

"Ah. Deve ter sido uma briga e tanto."

Lá vamos nós.

Eu me forço a olhar nos olhos do cara. "Descobri que meu pai não é meu pai de verdade."

Devon passa a mão pelo maxilar. "Ah, putz. Que dureza, cara."

Volto a enfiar as mãos nos bolsos. "Você deve estar imaginando por que estou te contando isso."

Ele sorri. "Acertou. Sei que conversamos algumas vezes, mas..."

"Vim pro Texas encontrar meu pai biológico", eu o interrompo.

Devon não continua. Fica em silêncio.

Eu também.

Só o observo.

Ele faz o mesmo, esperando que eu me explique.

O que não faço.

Devon inclina a cabeça só um pouquinho para trás. "E você está me dizendo isso porque..."

Eu sustento seu olhar.

"Não", ele diz. A palavra sai baixa, mas firme.

Observo enquanto Devon me olha com mais cuidado. Procurando por semelhanças com o pai dele — com o nosso pai. Procurando por semelhanças consigo mesmo.

"Você tem problemas, St. Claire."

Imagino que o uso do meu sobrenome seja deliberado. Sou um St. Claire, não um Patterson.

Só que não é verdade. Pelo menos em termos de sangue.

Consigo ver o segundo em que ele se dá conta de que não estou brincando, porque seu rosto se contorce brevemente antes que suas feições congelem.

"Meus pais são muito bem casados há vinte e três anos."

"Bom pra eles. Faço vinte e quatro hoje", digo.

É. Um aniversário dos sonhos.

Devon fecha os olhos por um segundo, então balança a cabeça. Acabou de fazer as contas. "Puta merda!"

"Pois é."

Seus olhos parecem um pouco descontrolados agora. "Meu pai sabe?"

Nego com a cabeça.

"Por que não?"

Ergo um ombro. "Minha mãe era casada quando os dois se conheceram. Ela disse que não contou que engravidou. Ele voltou pro Texas e ela voltou pro casamento..."

"Não", Devon me interrompe. "Estou perguntando por que você não contou pra ele."

Por meio segundo, quero dizer a verdade: que não acho que consiga lidar com a rejeição.

Em vez disso, me contento com meia verdade. "Queria contar pra você primeiro."

Ele solta uma risada desdenhosa. "Porra nenhuma."

"Sei lá. Só achei que, se fosse comigo, ia querer estar preparado."

Devon me ignora. "Vai contar a ele?"

Inspiro fundo. "Foi por isso que vim a Cedar Grove."

"Você não respondeu."

"Não sei."

Então Devon vem na minha direção, com os olhos duros e raivosos. "Bom, me deixa ajudar. Não faz isso. Sinto muito se sua família é toda fodida. Tudo bem, só fazia três meses que meus pais se conheciam quando minha mãe engravidou. Eles casaram às pressas e tal, mas são *felizes* juntos, St. Claire."

Inspiro fundo. Pensei a respeito. Me perguntei se a sra. Patterson já estava por perto quando o cara teve um caso com minha mãe.

Aparentemente não.

Dou as costas e sigo na direção do bar. "É melhor eu voltar."

"Quero que me prometa isso", Devon diz, me parando com seu tom de voz duro. "Deixa minha família em paz."

Meu peito se enche de amargura. Eu não estava esperando um abraço. Não achava que receberia um convite para um jantar em família. Mas a rejeição declarada é uma droga.

Afasto a sensação, deixando que se junte à onda crescente de dor que parece estar se infiltrando lentamente em cada um dos meus órgãos vitais.

Assinto e volto a dar as costas para Devon.

"Ei, mais uma coisa", ele chama.

Viro-me.

"Você usou Chloe pra chegar a mim?"

Desdenho. "Como se você se importasse."

"Ela é minha amiga."

"Chloe só faz bem pro seu ego", digo, levantando a voz. "Está lá quando você precisa, só pra depois ser descartada."

Seus olhos parecem tempestuosos conforme ele se aproxima até ficar a um passo de distância de mim. "Vou perguntar de novo. Você usou Chloe Bellamy para chegar a mim? À minha família?"

"Usei", digo, sem me desculpar. "E Kristin também."

Ele parece furioso. "Está brincando comigo? Usou minha namorada pra espionar minha família? E uma das minhas melhores amigas?"

Olho para ele com desdém. "E eu estava certo. Fui esperto de usar Kristin *e* Chloe. Já que você tem tesão pelas duas."

Quando o punho de Devon Patterson atinge meu maxilar, nem fico surpreso.

Mereço isso.

183

24

CHLOE

Na segunda-feira depois do desastre do encontro que não era um encontro no Pig and Scout, estou diante da varanda de Michael.

"Sei que você está aí!"

Bato na velha porta de madeira que leva ao que parece ser um bunker.

Nada.

Bato de novo. "Não vou embora. Você sabe como posso ser persistente."

A porta se abre de repente, e quase caio. "Você não é persistente", ele diz, antes mesmo que eu consiga recuperar o equilíbrio. "Se fosse, seria capaz de aguentar mais que cinco minutos de esteira."

Eu me recupero e olho para ele, que parece... bem.

A não ser pelo hematoma no maxilar.

Meto o dedo no peito dele. "Nem toca no assunto de academia comigo hoje", digo. "Você nem apareceu."

"Avisei que estava doente."

"Porque machucou o ego?", pergunto, passando por ele.

"Entra", Michael murmura.

Dou uma olhada na casa. A não ser por uma porta no canto, imagino que do banheiro, é um único cômodo grande, tipo estúdio.

Tem uma cozinha surpreendentemente moderna no canto esquerdo, uma cama surpreendentemente grande (e desarrumada) encostada na parede direita e alguns poucos móveis aleatórios que não combinam nem um pouco.

"Quem é seu decorador?", pergunto.

Michael vai para a cozinha e pega uma tigela e um batedor. "Quer ovo mexido?"

"Quero", digo.

Ele revira os olhos, sem dúvida porque esperava que eu fosse recusar educadamente.

Michael quebra mais dois ovos na tigela antes de batê-los com mais força do que o necessário.

"Queijo?", ele pergunta.

"Sempre", digo, sentando à mesinha com duas cadeiras. "Então..." Ele põe um pedacinho de manteiga numa frigideira. Um personal trainer que usa manteiga. Quem diria?

"Então", Michael ecoa.

"Desculpa por ter sido meio grossa no bar sábado", digo, passando o dedo por um dos milhões de arranhões na mesa detonada.

Ele olha por cima do ombro antes de se virar para o fogão e despejar os ovos na frigideira. "Tudo bem."

Sorrio. "Simples assim? Estamos de bem?"

Ele dá de ombros. "Você é um pé no saco. Já me acostumei."

Vou até a geladeira e pego um suco de laranja. "Posso tomar?"

"Claro. Só dá uma olhada na validade."

Confiro e sirvo um copo para mim, então outro para Michael, ainda que não tenha pedido.

Ofereço o copo para ele, que o olha por um tempo antes de aceitar. Seus dedos tocam os meus, mas me recuso a deixar que isso me abale.

"Como foi com Carly?", ele pergunta.

Tomo um gole de suco. "Ah, você quer dizer a treinadora do *Biggest Loser* que estava substituindo você?"

"Isso."

"Ela é assustadora."

Michael me mede com os olhos, que sobem e descem pelo meu corpo. De novo, me recuso a me abalar. O que só fica mais difícil.

"Aparentemente ela te cansou muito", ele comenta.

"Não cansou nem um pouco." Tomo outro gole de suco. "Quando ela me disse que você não tinha ido trabalhar porque estava doente, fingi que estava com cólica e fui embora."

185

Ele grunhe. "Aposto que ela disse que tinha um exercício que ajudava."

"Disse. E eu disse que remédio era melhor."

Michael balança a cabeça.

"Na verdade, nem estou nesse período do mês", digo, ignorando a careta dele. "Mas de jeito nenhum que eu ia suar na frente daquele monstro ultrabronzeado."

"Carly é uma boa personal trainer", ele diz, pegando um pedaço de queijo e ralando sobre a mistura de ovos.

"Tínhamos um acordo, Gostosão."

Ele mexe os ovos com a espátula, me ignorando.

"Devon ligou ontem à noite", digo, observando seu perfil.

"É? Te pediu em casamento?"

Meus olhos se fixam no hematoma em seu maxilar. "Ele me contou o que aconteceu."

Michael não diz nada, deixando que os ovos cozinhem um pouco antes de apagar o fogo, pegar dois pratos e dividir os ovos entre eles, sem cerimônia.

Ele passa um para mim e então pega o saleiro e o pimenteiro com a mão livre. "Pega duas folhas de papel-toalha, por favor. Desculpa, mas não tenho guardanapo de pano."

Obedeço, então volto à mesa. Noto que ele coloca o papel-toalha sobre as pernas, depois coloca pimenta nos ovos. É estranho que tão boas maneiras estejam escondidas debaixo de sua persona raivosa e durona.

"Michael."

"Não faz isso, Chloe", ele diz, com a voz fria. "Eu nem deveria ter te contado sobre minha família. Agradeço por tudo o que fez no feriado, mas vou deixar essa história pra trás."

Experimento os ovos. Estão bons. Pego uma garfada maior. "Como assim, deixar pra trás? É sua *família*. Você não pode simplesmente ir embora."

Seus olhos castanhos encontram os meus, e meu coração se despedaça um pouco com o vazio que vejo neles. "Os Patterson não são minha família."

Fico mexendo na comida com o garfo. "Então vai voltar pra Nova York? E ser um St. Claire?"

"Não."

Suspiro. "Como assim?"

Ele toma um gole do meu suco de laranja, porque deixei o dele perto do fogão. "Mike St. Claire é um babaca. Minha mãe é fraca e mentirosa. Tim Patterson nem sabe que eu existo. E a única reação do seu precioso Devon em relação a isso tudo foi um gancho de direita."

"Bom, irmãos fazem isso, não?", digo, tentando fazê-lo sorrir. "Não é assim que os homens se aproximam — trocando socos?"

Ele fica me olhando.

Inclino a cabeça. "O que você disse pra irritar tanto o cara, hein?"

Michael volta para seus ovos. "O que Devon te falou?"

Dou outra garfada. Mastigo. Coloco sal e pimenta. "Pra eu ficar longe de você."

Seu braço aponta para mim, mas ele nem me olha. "E, no entanto, aqui está você."

"Aqui estou eu", digo, reclinando-me na cadeira para avaliá-lo.

"Infelizmente."

Michael diz isso para me ferir, mas não deixo que isso aconteça, porque eis o mais estranho: estou começando a *conhecer* esse cara. Não sei se como amigo ou como a garota que implorou para que ele transasse com ela, como se ele fosse um garoto de programa, mas é como se eu o entendesse. E meus instintos indicam que ele não deve ser deixado sozinho. Ele não quer ser deixado sozinho. Não de verdade.

Termino os ovos. Pego o prato vazio dele e levanto.

"Não precisa lavar."

Eu o ignoro. Vou para a pia, passo uma água nos dois pratos e os coloco com os garfos no lava-louças. Viro-me, apoio o quadril na bancada e cruzo os braços para avaliá-lo. "Você vai pedir demissão do clube?"

"Não."

"Então é mesmo só um dia de afastamento por 'doença'?" Faço as aspas no ar.

Michael apoia os cotovelos na mesa e enfia os dedos no cabelo. "Eu só... não ia dar conta hoje, tá? Te vejo na quarta. E na sexta. E todos os dias de treino até que meu contrato termine, no fim do verão."

"E depois?"

Ele nem levanta a cabeça. "Não sei."

"Que corajoso."

Dessa vez, ele me olha por cima do ombro. Com raiva. "Diz a garota que fez a valente escolha de concluir um curso universitário cômodo para ela. Não é como se estivesse vivendo no limite."

"Ei!" Aponto o dedo para ele. "Sei o que quero e vou atrás. Você não tem nem coragem de *pensar* no que de fato quer."

Ele levanta e começa a vir na minha direção. Então cruza os braços, imitando minha postura. "Achei que você quisesse Devon."

Pisco. "Eu quero."

"Mas você acabou de dizer que vai atrás do que quer."

"E vou", insisto.

Ele se inclina, deixando nossos rostos a centímetros um do outro. "Então por que está aqui?", pergunta, com a voz áspera.

Minha respiração acelera um pouco com a intensidade em sua expressão. "Porque somos amigos."

Michael solta um rosnado. "O cara por quem está obcecada há uma década te liga dizendo pra se afastar do meio-irmão maligno, e aí você corre direto pro inimigo?"

Lambo os lábios. Ele está certo. Falando assim, parece... confuso.

"Então vou perguntar de novo, Chloe. Por que está aqui?"

A pergunta que me faz é como um eco da pergunta que fiz para Devon no sábado à noite, e a semelhança me incomoda. Fico pensando se sou tão sem noção quanto Devon.

Mas, ainda que esteja confusa, me recuso a ser covarde. Já tem homens o bastante agindo assim comigo.

Endireito os ombros e olho nos olhos de Michael. "Estou aqui porque me importo. Não sei bem por quê, já que você é um babaca. E não sei por que vim quando Devon me disse pra não vir, mas talvez seja porque de alguma forma eu sabia que você precisava mais de mim do que..."

"Não." A voz dele é dura. Raivosa. "Não *preciso* de você, Chloe. Não preciso de ninguém."

Eu me orgulho de ser uma pessoa paciente. De verdade. Mas essa rejeição descarada da minha amizade é um pouco demais.

"Tá", solto, descruzando os braços para empurrar seu peito. "Tudo bem, Michael. Fica aqui no seu buraco, com sua raiva e suas tatuagens secretas, odiando todo mundo que te magoou e ainda mais quem quer ajudar você. Pira com todo esse ódio. Quer saber? Acho que vou ver se Carly está disponível para assumir como minha personal trainer. Até o fim do verão. Cansei de você. *Chega*."

Empurro o peito dele de novo, mas o cara é enorme, e nem cambaleia para trás.

"Você não tem por que estar cansada", Michael diz. "Só fez algumas aulas comigo na academia. É o meu trabalho."

Sinto a garganta doer um pouco. Ou talvez seja o coração. Dou risada. "Tá. Você tem razão. Porque não tem amigos e não me quer como amante. Certamente não somos nada mais importante."

Suas narinas se dilatam. "Não pedi que viesse aqui hoje, Chloe. Não pedi nada disso. Só disse que ia te ajudar a entrar em forma porque é o meu trabalho e..."

"E porque queria se aproximar de Kristin. Na verdade, é genial. Usou a irmã gorda e deprimida pra chegar à irmã gostosa e, consequentemente, ao seu meio-irmão, não é?"

"É!", ele explode. "Isso mesmo. Devon estava certo. Eu usei você! É isso que eu faço!"

Estreito os olhos. É minha vez de me inclinar na direção dele. "Acho que não."

"Quê?", ele praticamente rosna.

"Não acho que você seja esse demônio sem alma que está tentando tanto ser. Nem acho que conheça a si mesmo."

Ele levanta as sobrancelhas. "Ah, é? Você não acha? Então vamos falar de *você*, Chloe. E quanto ao fato de que algumas semanas atrás estava toda fogosa e seminua debaixo de mim, ao mesmo tempo que desejava o namorado da sua irmã? Posso não ser o demônio que acho que sou, mas você certamente não é o anjo que acha que é."

Minha respiração acelera.

E, porque não estou pronta para encarar a verdade na acusação dele, contra-ataco.

"Então não tem problema quando homens fazem sexo casual a torto e a direito, mas quando uma garota só quer alguém pra abraçar ela precisa agir como se estivesse apaixonada?", pergunto, sentindo o peito pesar.

Ele faz uma careta, mas continuo investindo para que não possa falar. Deixo que todo o amor — e, sim, todo o desejo — reprimido por esse cara me consuma.

Empurro o peito dele. "Tenho uma novidade pra você, Gostosão: ninguém está dizendo que me ama. Nem Devon, nem você, nem ninguém." Alguma coisa que não compreendo passa por seus olhos, mas eu insisto. "Então não vem me dizer que devo ficar esperando por essa baboseira de amor verdadeiro. É claro que uma garota quer ser amada. Eu achei que queria isso. Achei que queria isso de Devon. E agora... não sei mais. Mas sei que quero ser desejada. E quero ser desejada por *você*." Minha voz sai trêmula no fim, mas nem penso em chorar ao passar por ele. "Desculpa por estragar sua solidão."

"Chloe."

Eu o ignoro no caminho em direção à porta.

"Chloe."

Nem assim paro.

"Chloe!" Ele pega meu braço, com um pouco de força, e me vira com um puxão.

"O quê, Michael? *O quê?*"

Seus olhos se fixam nos meus, mas ele não diz nada. Ainda pior: vejo o vazio em seu rosto. É como se estivesse morto por dentro.

"Foi o que pensei", murmuro em resposta ao seu silêncio, então solto meu braço e abro a porta.

Dessa vez, ele não me chama. E definitivamente não vem atrás de mim.

25

MICHAEL

Uma semana depois que Chloe saiu exaltada do meu apartamento sem nem olhar para trás, Kristin Bellamy volta, ainda mais gata do que quando foi embora.

Na metade da aula de tênis dela, me dou conta do que provavelmente já sabia: não quero essa garota.

Ela não é a nova Olivia. Não é nem metade de quem Olivia é.

E não é nem um quarto de quem a irmã é.

"Opa!", diz Kristin depois de um *swing* propositalmente mal executado que faz com que a bola pare na rede.

"É só falta de prática", digo do outro lado da quadra, olhando para o relógio enquanto pego outra bola do bolso. Ainda faltam trinta minutos desse inferno.

"Meu *swing* está estranho", ela diz, levando a mão pouco acima dos olhos para se proteger do sol e jogando o quadril de lado. "Alguma teoria?"

"Só a de que você é uma manipuladora", murmuro baixo.

"Como?", ela pergunta.

Solto um suspiro, indo até o outro lado da quadra, sem me importar em esconder minha falta de entusiasmo.

Meu trabalho de verão como brinquedinho do clube deixou minha paciência curta demais.

É claro que o fato de que não transo desde antes do feriado não contribui para o meu humor.

"Finalmente", Kristin diz, sorrindo para mim. Suas pernas esguias e tonificadas estão ainda mais bronzeadas do que no começo do verão. Seu cabelo está preso no rabo de cavalo alto que ela sempre faz quando joga. As roupas brancas destacam suas curvas com perfeição.

A garota tem tudo, e sabe disso.

Não consigo me lembrar da última vez que fiquei tão entediado.

"Você está fora do tempo", digo apenas, jogando uma bola em sua direção.

Uma linha fina surge entre suas sobrancelhas antes que ela acerte a bola. "Ei, fiquei fora, tipo, por três semanas, e você mal disse oi."

"Sobre o que quer falar, Kristin?"

Ela se aproxima de mim. "Ah, não sei. Que tal sobre o fato de que agora estou solteira?"

Acho que seu sorriso deveria ser tímido, talvez até nervoso, mas só me parece falso. Como se ela tivesse roteirizado essa cena na cabeça.

"É, ouvi falar."

Meu tom de voz faz o sorriso dela vacilar. "Chloe te contou?"

"É."

"Então vocês continuam amigos?" Ela bate a bola no chão e a pega de volta, observando meu rosto.

"Vocês moram na mesma casa. Você me vê chegando para fofocar e trançar o cabelo dela?"

"Mal tenho visto Chloe", ela retruca. "Até onde sei, tem passado todas as noites com você."

"Como assim?", pergunto, antes de conseguir me deter.

Ela dá uma olhada nas unhas feitas. Não poderia parecer menos interessada na irmã nem se tentasse. Bom, talvez esteja tentando. "Ela começou a fazer academia em Dallas. Vai pra lá todo santo dia. Não sei por quê. A academia daqui é bem o.k. Você se recusou a continuar dando aula pra ela ou coisa do tipo?"

"Foi o contrário."

Ela levanta os olhos. "Vocês brigaram?"

"Por que estamos falando tanto da Chloe?", pergunto, irritado.

"Você está certo, é chato", Kristin diz, com um sorriso no rosto.

Assinto, mas minha mente ainda está pensando no fato de que Chloe prefere dirigir trinta minutos para ir à academia em Dallas a me ver. Eu sabia que não tinha ido até o fim em sua ameaça de transferir suas aulas para Carly, mas imaginava que tinha voltado a seus dias de sedentarismo.

Ou que estivesse ocupada com Devon.

Giro a raquete, irritado, antes de indicar a bola na mão de Kristin. "Bate. Em cheio e sem fazer força, com os punhos firmes."

Ela me devolve a bola que tem nas mãos. "Não. Cansei de treinar."

"Tudo bem. Vamos terminar mais cedo. Te vejo na semana que vem."

Vou para o banco, mas ela trota para me acompanhar, enlaçando meu braço com o seu. "Quer tomar um drinque em algum lugar? Dei uma olhada no seu horário e notei que sou a última aluna do dia."

Viro-me para olhá-la. Fico frente a frente com seu rosto bonito, sorridente e receptivo.

Ela fica na ponta dos pés para aproximá-lo ainda mais do meu, mas me afasto. "Por que está fazendo isso?"

Kristin volta para o chão. "O quê?"

"Dando em cima de mim?"

A garota fica corada. "Não vem com essa de que quem está correndo atrás sou eu. Você tentou o verão inteiro."

Dou de ombros. "No começo, talvez. Mas você era cheia de não me toques. Por que a mudança?"

A risada dela sai um pouco irregular. "Não é óbvio? Terminei com Devon."

Assinto, olhando para ela. "Não acho que seja isso." O queixo dela cai. "Você está solteira agora, claro. Mas poderia ter qualquer outro cara. Por que eu?"

Kristin lambe os lábios. "Não estou entendendo."

"Está, sim. Você só me quer porque acha que Chloe me quer."

Ela faz um lance esquisito de piscar duas vezes seguidas, indicando que se sente culpada. Não desvio o olhar.

"Olha", diz Kristin, encarando o chão. "Não é culpa minha se Chloe tem o costume de ficar a fim de caras que são bons demais pra ela."

A raiva faz com que eu aperte os dedos na raquete. Passo a língua pelos dentes da frente para me impedir de falar que ela está se revelando uma megera ardilosa.

"É melhor você ir", digo, dando um passo para trás. "Te vejo semana que vem."

Duvido que Kristin vá aparecer depois que a rejeitei, mas não podia me importar menos. Vou pegar uma toalha na mala, mas ela nem se mexe. Quando me viro para onde está olhando, noto ninguém menos que Devon Patterson vindo em nossa direção.

Solto um grunhido. Maravilha. É como o pior déjà-vu possível do dia em que conheci Chloe.

Só que hoje ela não está por perto, e é quase como se eu pudesse *sentir* sua ausência.

Começo a seguir na direção oposta ao ex-casal, para não ter que lidar com o drama deles, mas paro ao ouvir a voz de Devon. "Ei, St. Claire. Espera um segundo."

Viro-me e o vejo vindo até mim. Levanto uma sobrancelha quando Kristin estica a mão para tocar o braço de Devon, que se esquiva.

A risada dela é alta demais. "Ah, por favor, Dev. Você não pode simplesmente me ignorar."

"Não ignorei", ele diz, virando-se para olhá-la com desinteresse. "Já cumprimentei você. Perguntei como estava."

Ela solta o braço ao lado do corpo. "Você veio até as quadras só pra me dizer oi?"

"Não", Devon diz, com uma paciência admirável. "Vim até as quadras pra falar com St. Claire."

O olhar de Kristin oscila entre nós dois antes que ela compreenda. Ou pelo menos ache que compreendeu. Sua expressão de repente fica doce e suave. "Dev, não sei o que você viu, mas St. Claire e eu somos só amigos, e eu e você não estamos..."

Devon sorri, então levanta uma mão. "Relaxa. Não me importo. Nem sabia que você estava aqui."

O queixo dela cai. "Mas então o que..."

Devon já deu as costas para vir na minha direção. "A gente se vê, Kristin."

Bufando, ela se vira também, fazendo a minissaia de tênis rodar. A garota sai marchando na direção oposta.

Devon abre um sorriso tímido. "É terrível demais eu ter gostado disso?"

Não retribuo o sorriso. Da última vez que vi o cara, ele me deu um soco no maxilar, e agora vem querer falar da ex?

"O que está fazendo aqui?", pergunto, apoiando a raquete contra o tênis para pegar uma bola do chão. Sigo em direção à bola no outro canto, sem lhe dar muita atenção.

"O roxo está saindo", ele diz.

Continuo ignorando o cara enquanto pego outra bola. Eu a jogo para ele, para ficar com a mão livre.

Devon a pega tranquilamente com uma única mão. "Vim te chamar pra jantar. Na quinta à noite."

Pego a última bola e a enfio no bolso antes de me virar para encará-lo. Devon se aproxima para que a gente não precise gritar.

"Onde?", pergunto.

"Em casa. Na casa dos meus pais", ele se corrige.

"Não."

Vou para o banco. Devon me segue. "Vou pra Boston logo mais. Tem que ser esta semana."

"O que tem que ser esta semana?", pergunto. "O segundo round da nossa luta de boxe?"

"Sinto muito por isso. Quer dizer, não sinto, por causa da merda que disse sobre as Bellamy."

"É verdade."

Ele solta o ar devagar. "Kristin é minha ex e Chloe é minha amiga. Só isso."

Abro minha garrafa de água. "Tá."

Ele balança a cabeça, então vira o jogo. "E por que se importa tanto?"

Tomo um gole de água. É uma boa pergunta.

Para a qual não tenho resposta.

Permanecemos em silêncio, só nos encarando. E então percebo que somos mais parecidos do que desconfiava.

Teimosos e caladões.

"Olha", Devon diz afinal, baixando o olhar para os mocassins. "Eu não... não lidei bem com a notícia naquela noite."

"Não?"

"Para de ser cretino", ele solta. "Você também poderia ter feito dife-

195

rente. Que tipo de retardado conta aquilo em uma noite qualquer de sábado no bar?"

Tomo outro gole de água.

"Bom", ele murmura. "Andei pensando... se estivesse no seu lugar... ia querer seguir até o fim. Precisaria disso."

"Você acha que devo contar ao cara", digo.

Ele inspira fundo e me olha nos olhos. "Acho. E à minha mãe também."

"Não."

"Michael."

Fico tenso ao ouvi-lo me chamar por meu primeiro nome. Até agora, sempre me chamou de *St. Claire*.

"Por favor, vai jantar em casa", ele diz. "Meu pai merece saber. E, embora eu nem tenha muita certeza de que gosto de você, sei que precisa resolver essa questão. Da maneira que for."

Respiro fundo e desvio o rosto, odiando me sentir assim vulnerável, mas sendo obrigado a perguntar. "Como acha que ele vai reagir?"

Devon abre a boca e a fecha em seguida. "Sinceramente? Não sei. Mas sei que meu pai é um cara legal."

"Não vou arruinar sua família perfeita?", pergunto, desdenhando.

"Meus pais se dão bem. Sua existência não tem nada a ver com o relacionamento deles."

"E quanto ao relacionamento deles com você?"

"Está perguntando se tenho medo de que acabem gostando mais do meu irmão sombrio e ranzinza do que de mim, o garoto de ouro? Sem chance."

Sorrio contra minha própria vontade. "Você é um idiota."

Devon sorri torto. "Deve ser coisa da família do meu pai. Então você vai?"

"Vou", digo, um pouco rouco. "Acho."

"Ótimo. Às sete está bom?" Ele pega o celular. "Qual é o seu número? Te mando o endereço."

Passo meu número. Ele assente e o insere na agenda antes de devolvê-lo ao bolso.

"Te vejo quinta."

"Tá."

Não foi um momento de muita intimidade entre irmãos, mas já é algo.

Mais do que imaginava.

Mais do que esperava.

"Ei, Devon", eu o chamo.

Ele se vira.

"O que te fez mudar de ideia?"

Devon sorri. "*Quem* me fez mudar de ideia, você quer dizer."

26

CHLOE

Desde que consigo me lembrar, minha mãe tenta me persuadir para ir comprar roupas com ela antes da volta às aulas.

Na verdade, por muito tempo foi mais uma exigência que um momento de persuasão.

E tenho que dizer que a única coisa pior do que usar o maior tamanho juvenil que há é ter uma irmã mais velha que usa o menor.

Quando tirei minha carteira de motorista, pus um fim nessa bobagem. Me despedia alegre de Kristin e minha mãe quando iam para o shopping, fingindo que não me incomodava que passeassem juntas enquanto eu dizia a mim mesma que amava meu corpo e fugia para meu quarto com o saco de Doritos que ficava escondido na prateleira de cima da despensa.

Mas minha mãe nunca desistiu totalmente de mim. Acho que ela sabia que o verdadeiro motivo pelo qual eu não queria ir não era tanto falta de interesse pela moda quanto falta de interesse em parecer uma baleia (provavelmente graças a um instinto maternal), então sempre tentava me emprestar o cartão de crédito, dizendo que eu devia "comprar alguma coisa sozinha quando tivesse tempo".

No ensino médio, fiz isso o mínimo necessário. A maior parte das pessoas achava que eu tinha muito espírito escolar, mas eu meio que me limitava ao moletom azul com o logo da escola porque ninguém questionava que fosse largo.

Na faculdade, finalmente fiquei um pouco menos ridícula a respeito disso tudo e levei em conta todas aquelas matérias das revistas femininas sobre aprender a se vestir de acordo com seu tipo de corpo e fiz o melhor que podia com o que tinha (leia-se: usei muitas batas compridas o bastante para cobrir minha bunda e cintos largos para desviar a atenção da parte de cima do meu corpo).

Mas hoje... é como se fosse uma primeira vez para mim.

Quero de verdade fazer compras para voltar às aulas.

Não. *Preciso* fazer isso.

Porque nada que eu tenho me serve.

Não precisa surtar. Não fiquei anoréxica. Não virei rata de academia, não sobrevivo de aipo. Não estou tentando me transformar em Kristin.

Só... me sinto bem.

Estou malhando cinco vezes por semana em uma academia chique de Dallas. Meu personal trainer é um ex-boxeador careca fabuloso com um dente de ouro. Sério.

Aprendi a gostar de salada, ainda que de vez em quando sejam acompanhadas por batatas fritas. Só não como fritura todo dia, em todas as refeições.

Denise, a vendedora que está me ajudando, bate na porta do provador. "Chloe? Está dando certo?"

Viro-me para ver como o vestido fica de costas. Franzo o nariz. "Não sei. Parece tudo meio esquisito."

"Posso ver?"

Dou de ombros. Por que não?

Abro a porta. Denise, uma negra baixinha com um cabelo incrível, faz sinal para que eu me vire. "Está grande. Tem que ser menor."

"Não está grande", digo automaticamente.

Já é um tamanho menor que as roupas que tenho em casa.

"É, sim. Vou pegar um tamanho menor", ela diz, esticando o braço para puxar o tecido sobrando na minha cintura."

"Não uso um tamanho menor", resmungo.

Ela me olha de um jeito engraçado. "Bom, então não sei o que dizer. Esse vestido não ficou bom porque está grande demais. E o resto das roupas?"

Dou uma olhada na pilha de descarte. Todas as peças pareceram soltas demais. Presumi que era porque o modelo não dava certo em mim, mas...

"Tá. Acho que posso provar um tamanho menor."

Duas horas depois, as sacolas de compras mal cabem no porta-malas. Lá se foi meu orçamento para compras da década.

Mas valeu a pena.

No fim, aquele vestido só precisava mesmo ser um número menor. Na verdade, para mim o tamanho varia. Como Denise apontou, minha silhueta de ampulheta exige números menores de peças de determinados estilos e maiores de outros.

E estou bem com isso.

Me sinto saudável.

Forte.

Em forma.

Deveria agradecer a Michael St. Claire por isso.

Me pergunto quão infeliz meu *não amigo* está agora. Não o vejo desde o dia em que fui embora do seu apartamento dando um chilique à moda antiga (mas nada satisfatório).

Eu estava errada em achar que ele ia ligar? Pedir desculpas? Precisar de mim?

Estava. Michael St. Claire não *precisa* de ninguém. Ele deixou isso bem claro.

É claro que isso não me impediu de mandar uma mensagem para Devon sugerindo que ele reconsiderasse sua posição quanto a seu meio-irmão recém-descoberto. Só que ele foi tão receptivo à minha interferência quanto Michael. Tudo o que recebi em troca foi um sucinto "Fica fora disso, Chloe".

Acho que é isso que se consegue por se preocupar com um monte de babacas.

Não que Devon seja um babaca. Mas... não o tenho visto muito. Trocamos mensagens de vez em quando, mas não nos vimos mais desde que Kristin voltou.

Mas ele tampouco tem visto minha irmã, até onde sei.

Kristin.

Ela voltou. *Eba.*

De alguma maneira, ela conseguiu se tornar ainda mais egocêntrica enquanto estava viajando. Seu breve caso com o músico de Seattle consertou qualquer dano que tivesse sido feito a seu ego, então ela anda ainda mais estrelinha desde que voltou.

Vamos voltar para a faculdade em algumas semanas, e já era hora. *Sempre* aguardo ansiosamente a volta às aulas. E, este verão, ainda mais.

Preciso me livrar do novelão que têm sido essas férias.

Entro na garagem e praguejo, porque esqueci de passar no mercado. Meus pais estão passando a semana fora da cidade, o que significa que eu e Kristin estamos sozinhas. E, considerando que minha irmã acha que pepino é uma refeição, cabe a mim comprar comida de verdade.

Com os braços cheios de sacolas, avanço de forma desengonçada pela garagem e empurro com a bunda a porta que dá para a lavanderia.

Paro quando ouço uma risada. De Kristin, seguida pelo burburinho baixo de uma voz de homem.

Maravilha. Uma nova conquista.

Congelo quando chego à cozinha e vejo quem está sentado na banqueta ao lado da minha irmã.

Michael.

Meus olhos encontram os dele, que levanta uma sobrancelha.

"Oi, Chloe", Kristin diz, com a voz doce.

Nem vem, quero retrucar.

"Oi", digo, sem entusiasmo nenhum.

Ela nota as sacolas, franzindo o nariz, confusa. "Você foi fazer compras?"

Baixo os olhos para a meia dúzia de sacolas na minha mão com uma surpresa falsa. "Mas o que... de onde veio tudo isso?"

Acho que ouço Michael rir.

Ela faz uma careta. "Você odeia fazer compras."

Eu a ignoro. "O que está fazendo aqui?", pergunto ao Gostosão.

Kristin me interrompe de novo, descendo da banqueta. O short branco dela mal cobre a bunda, mas nela o look funciona.

Meu emagrecimento parece uma conquista muito menor quando estou ao lado de alguém que usa tamanho trinta e seis.

"Quero ver." Kristin já está olhando dentro das sacolas.

"Ei, sabe o que é ainda mais raro do que eu comprar roupa?", solto. "Você se importar com o que eu faço ou uso."

Puxo as sacolas de volta, e seus olhos se estreitam antes de passar das compras a mim. Estou usando uma roupa velha que nem serve direito: calça larga, blusa solta e chinelo.

Não sei por quê, mas, desde que Kristin voltou, meio que fiz de tudo para esconder a perda de peso. Foi instintivo... como se eu soubesse que, se Kristin começasse a me ver como concorrência, ela tornaria minha vida um inferno.

Seus olhos aparentemente veem o que querem — a Chloe desleixada e acima do peso. Ela dá de ombros, desdenhosa.

Michael continua sentado na banqueta, parecendo muito entediado com nossa briguinha. "Por que está aqui?", pergunto de novo.

"Chloe!", Kristin me repreende. "Minha nossa."

Ele a ignora. Seus olhos não desviam dos meus. "Oi. Quer sair pra comer alguma coisa?"

Meu coração dá um salto. *Droga.* "Eu?"

Rugas se formam em torno de seus olhos. "É. Você."

Quase dá para ouvir o queixo de Kristin cair.

Sorrio, e Michael sorri de volta. Sei o que está acontecendo aqui. Michael St. Claire está pedindo desculpas.

Michael St. Claire quer ser meu amigo.

Sinto que estou levitando.

"Só vou colocar as sacolas lá em cima e já podemos ir. Churrasco?"

"Perfeito", ele diz, afastando-se da bancada.

"Espera, vocês vão sair?", Kristin choraminga, incrédula.

Nenhum de nós dá atenção a ela.

27

MICHAEL

Não sei por que Chloe está se escondendo atrás de roupas horríveis e grandes demais para ela, mas uma coisa fica clara: apesar de estar muito mais em forma do que quando nos conhecemos, ela ainda ama comer.

Fico feliz.

Porque eu morreria um pouco se Chloe tivesse mudado.

Ela é uma das garotas mais verdadeiras que conheço. Eu daria qualquer coisa para que se mantivesse assim, exatamente como é.

"Cara, estava muito bom", ela murmura enquanto nos dirigimos para o carro. "Se eu pudesse comer costelinhas assim todo dia..."

Ela para quando abro a porta do carro para ela, surpresa. "O que é isso?"

"Educação", murmuro, gesticulando para que entre. "Anda logo."

Chloe passa por mim e entra no carro. "Não se preocupe, não vou contar pra ninguém."

"Pra casa?", pergunto, dando a partida.

Ela aperta os lábios. "Quais as chances de Kristin estar dormindo quando eu chegar?"

Olho para o relógio. Oito horas. "Quase zero."

Chloe suspira e joga a cabeça contra o encosto, fazendo seus cachos pularem. "Você tem sorte de ser filho único."

"Não acho que todos os irmãos sejam como Kristin", digo, engatando a ré.

Ela vira a cabeça para me olhar. "Você finalmente se deu conta de que o tesão não compensa a personalidade dela?"

Dou risada. "Credo, Chloe."

"Estou falando sério! Quando nos conhecemos, você e Kristin estavam numa dança do acasalamento nojenta. Não que ela fosse tomar alguma atitude, mas..."

Olho para ela de soslaio.

Chloe me encara, horrorizada. "Não. Vocês..."

"Não", digo, interrompendo-a. "Mas, outro dia na aula, ela foi bem... atirada."

"*Atirada*? Juro por Deus, Gostosão, de vez em quando você usa umas palavras que me fazem lembrar de uma governanta do século xix."

"É? Tipo o quê? E se eu fizer sotaque inglês?"

Chloe se abana. "Não ouse. Vou cair de amores. É sério."

Estou sorrindo quando saio para a rua. Ela é boa nisso. Em me fazer sorrir.

"Se quiser, podemos ir pra minha casa. Pra evitar o inquérito da sua irmã sobre as safadezas que fizemos."

Ela me olha. "Hum, ir pra sua casa não confirmaria a suposição dela de que isso é um encontro?"

"Talvez. Mas preciso falar com você."

Espero que me atormente para saber sobre o que quero falar e por que não disse nada no restaurante.

Chloe olha pela janela e fica em silêncio por alguns minutos antes de falar. "Scott Henwick me ligou."

Preciso de um segundo para lembrar quem é. Certo. O magrelo que estava interessado nela na festa.

Aquele em quem sugeri que desse em cima para fazer ciúme em Devon.

Não foi um dos meus melhores momentos.

"Ah, é?"

"Acho que ouviu dizer que nós dois tínhamos 'terminado'. Não sei de onde tirou a ideia de que estávamos juntos. De qualquer maneira, queria saber se eu topava sair antes que voltássemos pra faculdade."

Viro-me para ela, que continua olhando através da janela, de modo que só consigo ver seu cabelo. "E o que você disse?"

"Que ia pensar."

"E está pensando?"

Chloe solta um suspiro mínimo, e o toque de tristeza nele faz meu peito se apertar. "Sim, estou pensando."

Franzo a testa. "Achei que ele não te interessasse."

Ela bufa. "Não interessa. Mas... talvez seja hora de seguir em frente."

Viro na minha rua.

"Em relação a Devon", ela esclarece, quando não digo nada.

"É, imaginei que estivesse falando dele. É o único cara de quem gostou desde que se deu conta de que o corpo de meninos e meninas é diferente."

"É diferente? Achei que alguns de vocês só tinham uma vagina deformada."

Estaciono em frente à minha casa. "Chegamos, esquisitona."

Ao entrar, deixo minha jaqueta em uma cadeira. Chloe se joga no sofá como se fosse dona do lugar. "Você nunca faz a cama?"

Pego duas cervejas na geladeira e abro. "Às vezes. Quando estou esperando companhia."

"Sou companhia", ela diz, aceitando a cerveja e virando o rosto para mim enquanto sento ao lado dela.

"É. Mas não esse tipo de companhia."

Arrependo-me imediatamente do que disse, lembrando suas últimas palavras da outra vez em que ficamos sozinhos no meu apartamento.

Quero ser desejada por você.

Mas, em vez de se abalar, ela só se ajeita no sofá, apoiando os chinelos na mesa de centro. "Verdade. Então me fala, Gostosão. Por que me trouxe pra sua toca se não foi pra me atacar por estar usando essa roupa muito sedutora?"

Ela passa um dedo à frente do peito, brincando, o que chama a atenção para a camiseta larga que parece algo que uma avó das antigas usaria.

Sua intenção é autodepreciativa, mas, conforme sigo o movimento do seu dedo, não consigo evitar pensar em seu corpo embaixo de toda essa roupa.

Quer dizer, eu tinha visto por uma fração de segundo quando ela usou um biquíni, mas na época ela era toda tensa e tímida. Tive praticamente que suborná-la para que o usasse.

Se um dia chegasse a vê-la pelada, o que não veria... queria que fosse porque era o desejo dela.

Merda.

"Passei nos Patterson ontem à noite", solto, desesperado para pensar em outra coisa.

Ela congela, então se endireita, deixando a cerveja na mesa de centro. "Sério?"

Assinto. "Foi sugestão de Devon..."

Ela estica a mão para pegar meu pulso, atenta a mim. "Foi tudo bem? Diz que sim."

Olho para os dedos dela em volta do meu pulso, pálidos comparados à minha pele bronzeada, com as unhas limpas, curtas e sem esmalte. Chloe tem mãos bonitas.

Eu a encaro. "Sim. Foi tudo bem."

Ela lambe os lábios e olha no meu rosto. "Você contou a Tim."

Tomo um gole de cerveja. "Contei."

Chloe sacode meu braço, desesperada. "Detalhes, Gostosão."

Olho para ela. "Devon pode te contar."

"E vai", ela diz, sentando sobre as pernas cruzadas. "Mas quero ouvir de você primeiro."

Suspiro e cedo. Só que não estou exatamente cedendo, já que foi para isso que a trouxe aqui.

Porque precisava conversar sobre isso.

Queria conversar.

Com ela.

Conto que Tim Patterson abriu a porta e me levou a seu escritório, porque Devon havia dito que precisávamos conversar sobre algo.

Conto que soltei a bomba como a porra de um louco. Sem preâmbulo. Sem preparação.

Só um "Há vinte e poucos anos você teve um caso com a minha mãe" direto e reto.

"Ele concluiu o resto sozinho?", Chloe pergunta, tirando a mão da minha para pegar a cerveja. Fico sentindo falta do contato.

"Levou alguns segundos", explico, cutucando o rótulo da cerveja.

O que está tentando me dizer, filho?

Isso mesmo. Que eu sou seu filho.

Chloe assovia. "Ele pirou?"

Tomo um gole de cerveja e inclino a cabeça para trás. "Não. Quer dizer, parecia que alguém tinha dado um chute no saco do cara. Então pareceu que ele ia vomitar. Mas, em defesa do cara, ele nem duvidou. Não exigiu um teste de paternidade nem me botou pra fora."

"Pois é", Chloe diz. "Porque ele é um cara legal e porque não estamos em um filme feito pra TV."

Viro a cabeça para ela. "Mas às vezes parece isso, não acha? Que estamos num filme ruim? O verão inteiro..."

"Foi surreal", Chloe concorda. "Mas e depois? Vocês conversaram? Se abraçaram? Você pediu pra jogarem bola no parque ou pra ele te levar no seu jogo de beisebol?"

"Isso. Então o chamei de pai, o cara me deu minha primeira cerveja e explicou pra que servia uma camisinha. Tiramos um monte de selfies e fizemos um álbum de pai e filho."

Chloe ri, o que é gostoso. Parece natural. É claro que ela é a pessoa para quem eu deveria contar isso. "Mas, falando sério, como ficaram as coisas?"

Dou de ombros. "Bom... ele disse que eu que decido. E contou a Mariana. Ela ficou chocada, claro, mas então me abraçou. Ela me *abraçou*, Chloe. O marido tem um filho com outra mulher e ela o abraça."

"Eu disse que eles eram gente boa."

"É. Eles são."

"E depois?"

Dou de ombros. "Devon apareceu e todos jantamos. Foi meio estranho, mas legal ao mesmo tempo, sabe? Eles fizeram um milhão de perguntas."

"E imagino que você tenha falado pelos cotovelos", ela diz, sarcástica.

Fico em silêncio por alguns minutos. Chloe abre os braços sobre as costas do sofá, descansando a cabeça enquanto me observa. "E agora?"

Eu me inclino pra frente, segurando a cerveja com as duas mãos e encarando o chão. "Não sei. De certa forma, é meio frustrante. Faz quase um ano que estou atrás disso, e agora que aconteceu, agora que eu que devo pensar na próxima jogada..."

"Diz o professor de tênis."

Estou acostumado às interrupções dela, então sigo em frente. "Eu disse a eles que não queria perturbar a família, mas Mariana me disse que eu era parte dela. Simples assim. Sou parte da família deles. Não era pra ser assim."

Chloe põe a mão nas minhas costas. "A sensação é boa?"

Endireito os ombros. "É esquisito. Tipo, tenho dois pais e duas mães agora, ao mesmo tempo que não tenho ninguém de fato."

"Você não falou com sua mãe? E seu... Mike?"

Eu solto um grunhido. "Vou ligar. Em breve."

Ela assente. Toma um gole da bebida. Então me lembro tarde demais de que Chloe nem gosta de cerveja.

"Você não precisa beber isso", digo, brusco.

Ela dá de ombros. "Não tem problema."

E então só ficamos... em silêncio.

"Obrigada por me contar", Chloe afinal diz.

"Bom, eu meio que te devia isso."

Ela inclina a cabeça de forma interrogativa.

"Devon me contou. Que foi você que o fez reconsiderar."

Chloe levanta um dedo. "Na verdade, eu disse que deixasse de ser tonto."

"Bom, tanto faz", murmuro. "Só... obrigado."

"De nada."

Não há presunção, condescendência ou segundas intenções no tom dela.

"É tudo tão fácil com você", eu me escuto falar.

Ela ri. "Você parece irritado."

"Estou irritado. Você é boa demais. Me tira do sério."

Ela me lança um beijo, então faz uma cara mais séria. "Ei, aproveitando o momento, quero te dizer uma coisa também."

"Manda."

"Sinto muito por aquele dia. No feriado."

"Ei, não..."

"Me deixa terminar." Ela levanta a mão. "Andei pensando e, se os papéis fossem invertidos, se fosse um cara querendo usar uma garota pra sexo, seria nojento."

Dou risada. "Confia em mim, Chloe, posso lidar com isso."

Ela me dá um chute sem muita gentileza. "Mas não deveria ter que fazer isso. Não é apenas um pedaço de carne."

"Diz a garota que me chama de Gostosão."

Uma sombra parece passar por seus olhos. "Não vou mais fazer isso."

"Ei!", digo, me endireitando. "Quer parar? Retiro o que eu disse sobre ser fácil estar com você. Está agindo toda melindrosa agora."

Chloe toma um gole de cerveja e me avalia. "Tá. Tudo bem. Que tal uma trégua? Podemos voltar ao que éramos antes. Ainda vou te chamar de Gostosão, mas não vou ficar tentando tirar proveito de você."

"Isso significa que sou seu personal trainer de novo?"

"De jeito nenhum. Estou pagando uma fortuna a uma academia chique pra que um careca com sotaque russo chicoteie minha bunda."

"Entendi. Fui substituído."

"Totalmente. Mas olhe pelo lado bom: nosso maravilhoso tempo suado juntos ia mesmo ter que chegar ao fim. Volto para a faculdade em algumas semanas."

Assinto. A ideia de uma vida sem Chloe me deprime mais do que deveria.

Ela apoia a cerveja na mesa e levanta. "Muito bem. Agora me leva pra casa, motorista. Quero ver se Kristin está xeretando as aquisições mais recentes que fiz pro meu guarda-roupa."

Deixo minha própria cerveja de lado e levanto para pegar minha jaqueta. "Sabe, não posso dizer que eu e Kristin estamos na mesma página com muita frequência, mas concordo com ela que você não parece uma rata de shopping."

"E não sou. Nem um pouco. Mas não posso usar as mesmas roupas horrorosas do meu último ano de escola. Nem me servem mais."

"Em geral, quando alguém diz que suas roupas da escola não servem mais é no outro sentido", digo, pegando as duas garrafas para levar até a pia. "Você parece feliz."

Chloe para à porta da frente e se vira para mim. "Posso te contar uma coisa?", diz, com a voz animada.

"Claro", digo. Deixo as garrafas na bancada e me aproximo dela já vestindo a jaqueta.

Chloe dá dois pulinhos, com os olhos brilhando. "Diminuí dois números. *Dois*." Ela levanta dois dedos, fazendo um V.

"É?"

Chloe assente, feliz.

"Que bom pra você."

Seu sorriso se desfaz um pouco conforme me olha. "Você não parece muito feliz por mim. E foi você quem me fez começar com essa história."

"É, mas não pra que começasse a usar certo tipo de roupa." Minha voz soa mais dura do que eu pretendia. Ela cruza os braços, na defensiva.

"Não estou fazendo isso de um jeito pouco saudável. Estou comendo direito, me exercitando na medida recomendada e..."

"Ei, ei", digo, indo até ela e me sentindo ligeiramente em pânico. "Eu sei, Chloe. E fico feliz por você. Tenho certeza de que está ótima por baixo dessa lona horrorosa que está usando."

Ela puxa o ar. "Sinto que vai me fazer alguma crítica."

"Não." Sorrio. "Só... não mude, tá?"

Chloe revira os olhos, e eu me aproximo. "Estou falando sério. Seja quem você é. Não mude por ninguém."

O que estou dizendo é "não mude pelo Devon Patterson". Ela desvia o rosto, e eu sei que me entende.

Eu deveria parar aí. Já falei demais. Mas levanto a mão para tocar seu cabelo. Seu cabelo lindo e rebelde. "Aquela noite no bar, quando seu cabelo estava todo reto e sem graça..."

"Hum, acho que você quis dizer brilhante e liso", ela corrige, irritada.

"Eu odiei." Minha voz sai áspera. "Gosto assim."

Seus olhos procuram meu rosto, tomados pela confusão. Conheço a sensação. Também estou confuso.

A verdade se insinua de algum lugar perto do meu peito. Sei que o que quero de fato dizer é "Gosto de você assim. Muito mais do que deveria".

"Tá", ela diz, com a voz não tão baixa quanto um sussurro, mas tampouco regular. "Fico péssima com o cabelo alisado. Entendi."

"Ótimo", digo, baixo.

Eu deveria soltar o cabelo dela. Deveria *mesmo*. Mas, em vez disso, minha mão se move na direção errada, chegando mais perto do couro cabeludo, até que toco sua cabeça.

Não sei se sou eu que me aproximo ou se é ela que se inclina, mas agora estamos cara a cara. Sinto sua respiração quente e rápida no meu peito. Não tenho muita certeza de que minha própria respiração esteja estável.

Ela levanta o rosto para mim.

Não faz isso, Michael.

Mas eu faço.

Abaixo a cabeça.

Minha boca encontra a sua.

E eu a beijo.

28

CHLOE

A boca de Michael é perfeita.

Por que tem que ser assim?

Acabamos de voltar ao normal. Esse beijo vai estragar tudo de novo.

Mas é um belo jeito de estragar tudo.

O beijo é hesitante no começo. Não como o fingido. Não como o acidental, no Quatro de Julho.

Esse beijo pode ser um erro, mas é um erro cometido de propósito.

Fecho os olhos quando a boca dele toma a minha, em carícias suaves com a boca aberta. Quando ele passa a língua no meu lábio inferior, eu a deixo entrar.

Uma mão ainda está emaranhada no meu cabelo, e a outra vai para meu quadril. Michael enterra os dedos nele, enquanto passo as mãos por suas costas e me aproveito um pouco também.

Ele move a cabeça, aprofundando o beijo, e eu me aproximo, minha língua escorregando pela dele em um convite declarado.

Mais.

Subo as mãos, passando-as por baixo da jaqueta de couro — que é quente demais pra esse verão, mas bem sexy — e tentando tirá-la. Michael me solta por tempo o bastante para isso, então volta a me atacar. Sinto sua boca mais firme na minha quando me prensa contra a parede.

"Isso", digo arfante, jogando a cabeça para trás para que ele tenha acesso ao meu pescoço. "*Isso.*"

A boca dele desce pela minha garganta, suas mãos escorregam para dentro da minha blusa. Ele toca minhas costas antes de descer as mãos para meus quadris e minha bunda, me erguendo.

Não sou pequena, mas ele me faz sentir assim ao me imprensar contra a parede, levantando minhas pernas até que estejam em sua cintura. Sinto seu pau duro roçar na minha barriga enquanto sua boca clama pela minha.

Seguro a cabeça dele, de modo que, pelo momento — este momento perfeito —, Michael St. Claire seja meu.

Quando paramos para respirar, ele descansa a testa na minha, seus olhos castanhos fixos nos meus.

"Por favor, não para", sussurro. Imploro.

Michael beija meu nariz. Minhas bochechas. Minha boca. "Não pararia nem se eu quisesse."

Então Michael me gira. Enlaço seu pescoço enquanto ele dá alguns passos até sua cama cronicamente desfeita. Quando estamos ao lado dela, ele deixa que eu deslize por seu corpo, até que meus pés toquem o chão. Suas mãos continuam descansando na minha cintura.

Tomada de coragem, levanto as mãos.

Devagar, com os olhos nos meus, ele pega a barra da minha blusa e a levanta. Então a tira e joga no chão, me deixando só de sutiã.

Só então seus olhos descem. O modo como ficam mais sombrios e enevoados faz meus mamilos saltarem por baixo do sutiã meia-taça de bolinhas.

Seu olhar volta a buscar o meu. "Melhor que nas minhas fantasias."

Minha boca fica seca. "Você fantasiou comigo?"

Michael dobra os joelhos para ficar na altura dos meus olhos, então pega meu lábio inferior com os dentes e dá uma mordidinha antes de soltar um rosnado. "Você nem imagina."

Então suas mãos estão em mim, me acariciando através do tecido do sutiã antes de deslizar para abrir o fecho antes mesmo que eu compreenda o que está acontecendo.

"Já fez isso antes?", pergunto, fazendo graça.

Então suas mãos vêm me cobrir. Sinto as palmas quentes contra os mamilos e não penso em mais nada.

Michael se detém apenas o tempo suficiente para me sentar na cama e depois deitar. Fico olhando para ele.

Ele corre as mãos pela barra da blusa.

"Espera!" Sento rapidamente, amando o jeito como olha meus peitos pulando.

Minha mão tira a dele do caminho, e eu levanto. "Faz um tempão que estou esperando pra ver esse tanquinho, Gostosão. Deixa que *eu* faço."

Pequenas rugas se formam em volta de seus olhos. Ele ergue os braços, imitando meus movimentos de poucos minutos antes. Levanto sua camiseta devagar, revelando cada centímetro firme e esculpido de seu abdome. Mesmo na ponta dos pés, não consigo alcançar, e Michael tem que terminar o trabalho, jogando a camiseta de lado e ficando de peito colado comigo.

Pele na pele.

Respiro, descansando a mão levemente sobre seu peito. "Gostosão... você faz jus ao nome."

Ele sorri. "Como eu me comparo com as *suas* fantasias?"

"Como sabe que fantasio com você?"

Ele levanta uma sobrancelha.

Ergo-me para plantar um beijo suave em sua boca. "É decepcionante. Além da conta. Na verdade, acho que eu deveria ir embora. Encontrar alguém com músculos de verdade."

Michael grunhe, e então estou deitada de novo, na cama, rindo junto com ele.

De repente, seu corpo está em cima do meu, sua boca na minha, e não se ouvem mais risadas.

Só beijos.

Beijos quentes, com línguas se emaranhando.

Não sei bem em que momento fico sem calça, ou em que momento o mesmo acontece com ele, mas não chego a sentir aquele vergonhoso pavor de que me vejam pelada. Quando suas mãos vão para meus seios e depois passam pelas laterais do meu corpo, até que seus dedos se enganchem no elástico da calcinha para baixá-la, me dou conta do motivo: fui feita pra ficar pelada com esse cara.

Sempre fui.

Quando Michael leva os olhos questionadores até os meus, ergo o quadril para que consiga tirar minha calcinha, o que ele faz. Devagar. Contemplando cada centímetro das minhas pernas. E eu deixo.

Então ela é jogada no chão, e a cueca boxer dele logo vai atrás.

Os beijos de Michael vão subindo pelo meu corpo. Começando pelos tornozelos.

Passando pelas panturrilhas, demorando-se atrás do meu joelho. Lambendo a parte interna das minhas coxas.

Ele vai me provando ao subir, de maneira carnal e determinada. Meus dedos se enroscam em seus cabelos, e eu o deixo lamber, hum, por motivos óbvios.

Michael prova e provoca. Deixo que me leve até o limite e além dele. Viro a cabeça, mordo meu dedo e me desfaço em um milhão de pedacinhos orgásticos.

Quando finalmente paro de tremer, abro os olhos e ele está ali, olhando para mim.

"Por que está sorrindo?", pergunto, com a voz irregular.

"Eu teria apostado uma grana alta que você é do tipo que grita."

"E por quê?"

Ele me beija. "Não faz sentido. Você é a garota mais barulhenta que já conheci, a não ser quando goza."

"Hum. Desculpa?"

"Não peça desculpas", ele diz, virando meu queixo de lado. "Acho que foi a coisa mais deliciosa que já vi, você mordendo seu dedo assim, presa em um grito silencioso."

"Você me faz parecer esquisita", murmuro, abraçada a ele, ainda que continue sentindo meus membros pesados.

"Não foi nada esquisito." Michael beija meu ombro. "Confia em mim."

Ele leva o braço além da minha cabeça, e eu o ouço remexer no criado-mudo antes de identificar o som inconfundível de uma camisinha sendo aberta.

Isso está mesmo acontecendo? Estou transando com Michael?

Ele sorri e minha respiração acelera. Quando foi que aconteceu? Quando foi que passei a me sentir assim?

E então percebo.

Sempre me senti assim.

Foi assim *o tempo todo*, mas, como uma idiota, eu estava me agarrando demais a uma paixão antiga para conseguir ver.

215

Puxo sua cabeça para um beijo, e ele hesita por um segundo, como se quisesse se segurar. Então desiste, afundando-se no beijo.

A parte inferior de seu corpo pressiona a minha, e eu abro as pernas. "E você por acaso sabe fazer isso na posição papai-mamãe?", pergunto, enquanto ele se posiciona entre elas.

Michael levanta a cabeça, com os olhos meio exasperados, meio excitados. "Quê?"

Passo os dedos por sua bochecha. "Você é tão... Não sei, imaginei que só fizesse contra a parede ou por trás, de um jeito meio animal."

Ele ri, soltando a testa no meu ombro. "Chloe. Você me mata."

"Não me entenda mal", digo, erguendo meus quadris. "Gosto assim."

A respiração dele fica entrecortada enquanto meu movimento leva minha umidade a ele. "E agora?", ele pergunta.

"Hum-hum", ronrono em sua orelha. "Gosto..."

Ele me penetra com uma estocada firme, e o que quer que eu estivesse pensando em dizer desaparece.

Só consigo gemer.

Ele se afasta, quase completamente, antes de voltar a me penetrar. Bem quando eu estava pensando que a sensação não podia ser melhor, Michael escorrega o braço para baixo do meu pescoço de modo que minha cabeça fica encostada nele, meu rosto pressionado contra seu cangote. Ele investe e permanece, mais fundo que antes, como se quisesse que o momento durasse.

"Michael, eu..."

"Não", ele sussurra, em súplica. "Por favor."

Antes que eu tenha a chance de ficar chateada por ter me silenciado, Michael começa a se mexer, seus quadris ganhando o ritmo perfeito, sua respiração quente contra meu pescoço enquanto enfio as unhas em suas costas.

É bom — é *muito* bom. Então ele pega atrás do meu joelho e levanta para me abrir mais. Fica tão melhor que mal consigo respirar.

Michael se move mais rápido, girando os quadris, e a tensão aumenta. Arqueio as costas e sinto a respiração pesar.

Então sinto sua mão no meu rosto, esfregando meus lábios, e me dou conta do que ele quer. Mordo um dedo e gozo, silenciosa e intensamente, e no segundo em que meus dentes se cerram, ele geme, desfalecendo comigo em gritos roucos abafados pelo meu cabelo.

Não sei quanto tempo levo para voltar à terra. Segundos? Minutos? Dias? Solto o dedo dele com delicadeza, erguendo a mão para passar o dedão nas marcas de dente que deixei.

"Você é *péssimo* nisso", digo. "Simplesmente horrível."

Ele levanta a cabeça, com os olhos sonolentos e deslumbrados. "É. Deu pra ver que você não gostou."

"Desculpa pelo dedo", digo, ainda acariciando o ponto em que dei uma de lince nele.

Michael beija meu maxilar antes de rolar de costas. "Está falando sério? Foi gostoso pra caralho."

Sei que o protocolo do pós-coito é ficar abraçadinho, mas estou suada e com calor demais, então só estico a mão para que meu dedinho encontre o dele.

Michael vira a cabeça para me olhar antes de escorregar a mão pela minha.

E então Michael St. Claire, deus extraordinário do sexo, sr. Nunca Me Ligo Emocionalmente, entrelaça seus dedos nos meus.

Viro a cabeça para que não consiga ver meu sorriso.

"Isso foi razoável", digo, quando volto a olhar para ele. "Mas, da próxima vez, que tal se... eu montasse em você? E de costas. Quer dizer, sou do Texas e nunca..."

Seus olhos fogem do meu, acusando a culpa. Ignoro o pânico que se insinua.

Porque sei o que sua expressão está tentando transmitir: não haverá uma próxima vez.

Essa ideia me causa uma dor profunda... diferente e mais pungente do que qualquer coisa que eu já tenha sentido em minha busca pela afeição de Devon.

Devon. Droga.

Não pensei nele nem um segundo.

Fecho os olhos e respiro fundo. *Uma vez na vida, se concentre no presente, Chloe.*

Quando abro os olhos, Michael está deitado de costas, sem me olhar, mas seus dedos continuam entrelaçados aos meus, o que considero um bom sinal.

Ou pelo menos não considero um mau sinal.

Meus dedos traçam a parte interna de seu pulso, correndo leves até a pele macia da parte interna do cotovelo, antes de subir para o bíceps e...

"Ah, meu Deus." Sento.

"O que foi agora?", ele pergunta.

"Sua tatuagem! Sabe quanto tempo faz que estou querendo ver?"

Ele me olha. "Você nunca tinha visto?"

"A blusa está sempre cobrindo. E sempre que eu tentava levantar a manga pra dar uma olhada você me afastava."

"Nossa, não consigo imaginar por quê. Com toda a noção que você tem."

Meus dedos traçam o desenho. "É tão... sem graça."

Não sei o que eu esperava que fosse, mas certamente não um O fino e simples em preto.

"É um O ou um zero?", pergunto.

Michael fecha os olhos. "Não quero falar sobre isso."

Volto a deitar e observo seu perfil. "Espera, você marcou seu corpo num lugar nada secreto, mas não quer falar sobre o que significa?"

Ele cerra os dentes, mas não diz nada.

Reviro os olhos. "Tudo bem."

Deito de costas, sabendo que deveria levantar. Principalmente considerando que a conversa pós-sexo está se mostrando nada atraente, ainda que o sexo em si tenha sido, bom... a coisa mais incrível do mundo.

Passo a mão na boca. "Meus lábios estão me matando."

Ele me olha. "Desculpa. Deve ter queimado. Talvez tenha hidratante labial no criado-mudo, se ajudar."

"Eu não esperava nem um pouco que você tivesse produtos de beleza à mão", digo, rolando na direção do criado-mudo para abrir a gaveta.

"É o século XXI. Tenho certeza de que permitem que homens da caverna tenham alguns produtos de higiene."

"Produtos de *beleza*", corrijo, enquanto reviro a gaveta. "Ei, o que é isso?"

Puxo um porta-retratos e o avalio. Michael se vira para olhar. Se eu achava que ele havia fechado a cara quando perguntei da tatuagem, de repente a coisa vai para outro nível.

"Larga isso."

"Ah, para", digo, puxando a foto para mais perto. "Nenhum segredo que possa ter aqui justifica esse jeitão de homem de gelo."

"Chloe."

Viro a foto para ele. "Quem são?"

A foto é de uma loira linda com um braço em volta de um loiro igualmente lindo. O outro braço está na cintura de Michael. Embora ele seja mais moreno que os outros dois, sua beleza rivaliza com a deles. Claro.

Parecem o elenco perfeito — perfeito até demais — de um seriado de TV adolescente.

"Ele parece um pouco com Devon", digo, batendo com o dedo na imagem do loiro.

Michael deixa um grunhido escapar. "Eu sei. Quem diria que meu irmão de verdade seria parecido com um cara que era como um irmão pra mim."

Franzo a testa e me viro para encará-lo de novo. "Por que está falando no passado?"

"Porque ele não é mais como um irmão pra mim. Nem nos falamos."

A voz de Michael não deixa espaço para discussão, mas quando foi que isso me impediu? "Por que não? O que aconteceu?"

"Esquece, Chloe."

"Mas..."

"Chloe!"

Aperto os lábios. "Tá. Entendi. Você e Hércules tiveram uma desavença. E quanto à garota?"

Ele gira para o outro lado.

"Michael?"

Nada.

Estico a mão para tocar seu braço. Ele se afasta e sai da cama, sem se preocupar com a nudez.

Michael pega a cueca do chão e a veste, irritado. Então vem para meu lado da cama, arranca o porta-retratos das minhas mãos e o enfia de volta na gaveta antes de revirá-la e oferecer o hidratante labial para mim.

Eu o aceito. É simples, sem sabor. A embalagem preta só diz "hidratante labial". Acho que ele estava certo. Não é mesmo um produto de beleza.

Tiro a tampa e passo, não porque precise, mas porque me dá uma desculpa para não olhar para ele.

Eu sabia que o cara não era exatamente um livro aberto e não estava pedindo que eu lesse seu diário nem nada do tipo. Mas acabamos de ter, bom... uma transa fenomenal, e agora ele nem consegue me contar sobre uma foto que guarda na gaveta do criado-mudo...

"Eles morreram?", pergunto de repente.

"Quê?", ele solta, indo para a cozinha.

"Os dois na foto. Eles estão mortos?"

"Não, eles não estão mortos, Chloe", diz Michael, enchendo dois copos de água da torneira.

"Bom, e o que eu deveria pensar?", retruco quando ele volta e me entrega um dos copos. Aceito, mas o deixo no criado-mudo, intocado. "Você praticamente explodiu quando perguntei quem eram."

"Porque não é da sua conta!" Ele parece puto. "Já não te dei o bastante? Falei que Tim Patterson é meu pai, pelo amor de Deus! Tem ideia de quantas pessoas sabem disso? Três. Eu, minha mãe e o cara que me criou."

Eu me afasto dele, levando o lençol comigo. Puxo e puxo até que se solte do colchão, então levanto com ele enrolado no corpo. De jeito nenhum que Michael vai olhar para tudo isso agora.

Então me endireito e olho para ele, do outro lado da cama. "Não é assim que amizades funcionam. Não tem uma cota imaginária de troca de informações. Os dois têm que contar coisas um ao outro. É o que amigos fazem."

E acho que ultrapassamos a linha da amizade.

Mas não digo a última parte. Ele já está nervoso o bastante.

Michael balança a cabeça. "Você pede demais, Chloe."

Seguro o lençol com uma mão e passo a outra pelo cabelo emaranhado, mas é inútil. Paro antes que meus dedos se percam nos cachos.

"Eu não quis bisbilhotar, Michael. É só que... você me disse pra abrir sua gaveta, e a foto estava lá. Se fosse algum segredo profundo e obscuro, você deveria enfiar debaixo do colchão, como qualquer esquisitão."

Por um segundo, acho que ele vai sorrir, mas seus lábios ficam imóveis e seus olhos parecem sem vida.

Isso é ridículo. Aponto para ele. "Estou chegando à conclusão de que o que quer que tenha acontecido com essas duas criaturas loiras e lindas foi o que te transformou nesse babaca retraído. E sinto muito por isso." Solto o ar e reconsidero. "Quer saber? Não sinto, não. Porque você tem o controle da sua própria vida, Michael. Você decide como responder ao que quer que seja isso", digo, fazendo um gesto circular na direção do criado-mudo.

"Do que está falando?" Ele parece puto.

"Independentemente do que a vida colocou no seu caminho, você está infeliz porque *escolheu* estar."

Michael não diz nada, e eu perambulo enrolada no lençol enquanto tento descobrir onde está minha calcinha.

Quando encontro, me inclino para pegá-la. E o sutiã. Então levanto. "Vira de costas."

Ele me olha como quem diz "sério?", mas obedece. Visto-me em tempo recorde.

"Vou chamar um táxi", digo, baixo.

Ele volta a se virar para mim. "Tem táxi em Cedar Grove?"

Bem lembrado. Não há muitos, e demoram *uma eternidade* para chegar.

"Vou ligar pra minha irmã vir me buscar. Ah, não. *Merda*", resmungo. "Ela ia sair com as amigas hoje. Deve estar bêbada."

"Eu te levo."

"Não precisa", murmuro, indo pegar o celular na bolsa.

"Pra quem vai ligar?"

"Um amigo."

"Achei que a maioria dos seus amigos morava em Dallas ou não está passando o verão aqui."

Abro um sorriso radiante para ele. "E sabe por que tem essa informação? Porque eu te contei. Porque te conto coisas sobre a minha vida. É o que pessoas que se importam umas com as outras fazem."

Ele joga as mãos para o alto e solta um ruído exasperado.

Começo a mandar uma mensagem.

"Pra quem está escrevendo?"

"Devon."

Em três segundos ele está à minha frente e arranca o celular da minha mão. "Porra nenhuma."

Estico a mão e levanto uma sobrancelha. "Devolve."

Michael me olha. "Vou te levar pra casa."

"Não."

"Você não pode sair da minha cama e escapulir com o cara com quem realmente quer estar. Ninguém toleraria esse tipo de coisa."

Balanço os dedos na direção do celular. "Você está agindo como um homem das cavernas."

"Você não vai ligar pro meu irmão." Sua voz não deixa margem para argumentação.

"Seu *meio*-irmão sempre esteve comigo quando precisei..."

"Não é verdade, Chloe!"

Afasto a cabeça, surpresa, mas Michael aproxima a dele. "Devon é um cara legal, mas ele não sente por você o que você sente por ele. Aceita isso, porque está começando a ficar patético."

Meus olhos se enchem de lágrimas.

Michael percebe e inclina a cabeça para trás, como se em agonia. "Caralho!"

"Meu telefone, por favor", digo. Odeio que minha voz saia fraca.

Ele mantém os olhos fechados por um bom tempo. Quando finalmente abre, estão calmos, mas não demonstram nenhuma emoção.

"Agora me ouça, porque só vou dizer uma vez." Sua voz está mais áspera do que nunca. "O cara da foto é Ethan Price. Ele foi meu melhor amigo desde sempre. A garota na foto é Olivia Middleton. Foi minha melhor amiga. Não é mais. Era namorada do Ethan. Não é mais."

Lambo os lábios, esperando o que sei que não é um final feliz para o trio.

"Quer saber por que só estou usando os verbos no passado?", ele prossegue em uma voz sem emoção. "Fui um péssimo amigo e me apaixonei pela namorada de Ethan. Durou anos. E então, como se meus sentimentos não fossem traição o bastante, me confessei pra Olivia. Fui rejeitado, mas antes disso Ethan nos flagrou juntos."

Estico a mão para ele, com meu coração se contorcendo. Michael dá um passo atrás.

"Está acompanhando a narrativa emocionante, Chloe? Em trinta segundos, perdi meus dois melhores amigos e fiz com que terminassem o relacionamento deles."

"Michael."

"Espera, ainda tem mais", ele diz, com uma risada dura. "Olivia e Ethan terminaram, e eu me odiei por isso, mas não consegui desistir da garota. Fui atrás dela até a porra do Maine, pensando que, apesar de toda a confusão, eu finalmente tinha uma chance."

Ele fica olhando para algum ponto acima dos meus ombros, perdido no passado, seu lábio superior descendo e tocando o inferior. Então volta a me encarar, e eu me preparo para o final.

"Por dez anos, tive que ver a garota que eu amava com outra pessoa. Meu melhor amigo. Quando finalmente terminou com o cara, dei tempo a ela. Pra se recuperar e voltar a ser capaz de amar." A risada dele é dura. "E ela se apaixonou de novo, Chloe. Com tudo. Mas não por mim."

Michael se inclina, e seus olhos escuros e sombrios se encontram com os meus "*Nunca* se apaixonam por mim."

Mordo o lábio inferior para que a dor me impeça de dizer algo de que possa me arrepender. De que ambos possamos nos arrepender.

Algo que nem tenho certeza de que é verdade, mas que morro de medo de que seja.

Então, em vez de confessar os sentimentos que ameaçam me sufocar, faço uma última pergunta. Porque preciso.

"A tatuagem. É um O, né? De Olivia."

"Não romantize as coisas, Chloe. Não é uma homenagem a um amor do passado."

"Então o que é?"

Michael finca os olhos nos meus. "É um lembrete. Para nunca mais me sentir daquele jeito. Agora pega suas coisas. Vou te levar pra casa."

29

MICHAEL

É impressionante, sério.

A maneira como Chloe e eu conseguimos "reparar" nossa amizade com costelinhas e pão de milho só para estragar tudo, mergulhar na gasolina e tacar fogo menos de duas horas depois.

Não nos falamos mais desde que a deixei em casa após treparmos feito doidos. Depois de contar a merda da minha história toda.

Faz dias que ela bateu a porta do meu carro e nem olhou para trás.

Na verdade, nem sei se olhou ou não. Parti antes que chegasse à porta da frente.

Eu sei.

Sou um completo idiota.

E essa nem é a pior parte.

A pior parte é que fico conferindo o celular (o que comprei depois de ter atirado o outro na parede) o tempo todo. Nem sei o que está rolando.

Com mais frequência do que deveria ser comum em uma amizade, vamos de bons amigos a desconhecidos que não se falam.

Provavelmente porque Chloe não é apenas uma amiga.

Não mais. Não depois que mergulhei em seu corpo quente e macio, como se ela fosse minha única chance de salvação.

Merda.

Não sei se em algum momento Chloe e eu fomos de fato apenas amigos. O jeito como nos entendemos, sem palavras, com perfeição...

Não foi coisa do momento.

Foi algo... significativo. Algo com o qual não consigo lidar e não quero lidar.

Meu celular vibra na cômoda. Corro para pegá-lo, tentando me preparar para a possibilidade de que não seja Chloe.

Não é.

Solto um gemido, pensando em ignorar. Mas então... "Oi, mãe."

"Michael."

Ela diz meu nome com um suspiro de alívio, e a culpa toma conta de mim. Comecei a atender suas ligações na semana passada. Toda vez que ouve minha voz, a emoção estrangulada é perceptível.

"Novidades?", pergunto. As coisas ainda estão tensas entre a gente, mas tento fingir que não. Ela também.

"Não muitas. Vou ao cinema com umas amigas."

"Legal."

Ela tem feito isso bastante ultimamente. Acho que tem que se ocupar agora que meu pai saiu de casa.

"E você? O que tem feito?", ela pergunta.

Se continuar assim, daqui a pouco estaremos falando do tempo.

Dou uma olhada no espelho de corpo inteiro rachado que um antigo locatário pendurou na parte interna da porta do guarda-roupa. Ajeito a gravata. "Tem uma festa no clube. Um baile de fim de verão."

"Ah! Que divertido! Eles deixam os funcionários participarem?"

Por um segundo, quero mentir. Quase o faço. Do mesmo modo como ela mentiu para mim. Mas a mera ideia faz com que eu me sinta mesquinho e amargurado, então digo a verdade. "Vou com os Patterson. Como convidado deles."

Seu sorriso é nítido em sua voz. "Ah. Que legal da parte deles."

Eu poderia parar a conversa por aí. Talvez *devesse*. Poderia dizer que estou atrasado.

Mas talvez a franqueza irritante de Chloe tenha despertado algo em mim, porque de repente estou exausto de tantos segredos. Sinto falta do antigo Michael, que não media as palavras para falar sobre o que quer que fosse. Do cara que era aberto e divertido. Do cara de quem as pessoas gostavam e que não fazia garotas chorarem, porra.

Do cara que era honesto o bastante para dizer a Olivia como se sentia.

Talvez tenha sido um erro enorme, mas pelo menos foi sincero.

"Ele vai me apresentar como seu filho."

"Isso... é ótimo. É o que você quer?"

Miro meu reflexo no espelho. Quase não me reconheço no terno cinza. Não uso nada além de camiseta e jeans ou short em meses.

Pareço com meu antigo eu.

Ou talvez um novo eu.

Nem sei, porra.

"Sim, é isso que eu quero", digo ao telefone.

"Seu pai sabe? Quer dizer..."

"Eu contei pro papai", digo, para que ela saiba que vou continuar chamando Mike assim.

Precisei ir fundo na minha alma, mas decidi que, apesar de todos os defeitos, Mike é meu pai. Pode ser um filho da puta que traía minha mãe, mas me criou. Me deu seu nome. E se importa comigo, ainda que de seu modo meio egoísta.

Ele é meu pai.

E Tim é Tim.

Por enquanto.

"Bom... fico feliz que tenha encontrado o que está procurando", ela diz, com uma voz muito maternal.

Desvio os olhos do espelho, então volto a olhar. Encontrei o que estava procurando?

A sensação certamente não é essa.

"Tenho que ir, tá? Te ligo semana que vem."

Espero que ela tenha entendido minha indireta. *Te ligo. Semana que vem.* Não *me* ligue *amanhã.*

"Tá. Te amo."

"Também te amo", digo.

Pego a chave na mesa da cozinha e vou para o carro. Os Patterson ofereceram uma carona, mas seria esquisito demais. Ainda que Tim e Mariana tenham me aceitado de um jeito cuidadoso, de quem quer ter um relacionamento comigo, continuo com um pé atrás quando se trata de Devon.

O cara é simpático. E sei que está tentando. Mas não somos irmãos.

Levo dez minutos para chegar ao clube, desejando que o trajeto tivesse demorado mais. Estaciono tão longe da entrada quanto possível. É como se meu instinto de autopreservação indicasse que vou precisar fazer uma fuga rápida.

Não por causa dos Patterson.

Não por causa da fofoca inevitável que vai se espalhar pela comunidade esnobe de Cedar Grove.

Mas porque tenho quase certeza de que as Bellamy vão estar aqui.

Chloe vai estar aqui.

Pensar nela faz meu pau se contorcer, e ainda pior... muito pior... faz meu peito doer.

Bato a porta do carro com mais força do que o necessário.

Como foi que isso aconteceu? Como posso ter pensado que finalmente colocaria minhas mãos nela e as coisas voltariam ao normal entre nós?

Conheço Chloe. Deveria saber que ela não ficaria satisfeita com um bate-papo descontraído e sexo incrível.

Ela quer tudo. E *merece*.

E é justamente por isso que preciso manter distância.

Entro e encontro os Patterson quase que imediatamente. Cumprimento Mariana com um beijo. "Você está linda."

Ela ri. "Não estou? Sei que deveria estar reclamando de ter que usar vestido longo e salto e arrumar o cabelo, mas adoro me produzir toda."

Sorrio. "Esse visual fica bem em você."

Viro-me para Tim, que abre um sorriso caloroso. "Tem certeza de que está pronto pra isso?"

"Você está?", pergunto, com um pouco de medo de que volte atrás.

"Claro." A voz dele é sólida. Confiante.

"Cadê o Devon?"

Mariana faz um gesto exasperado, com a bolsa na mão. "Vai saber. Provavelmente brigando com a ex."

"Kristin está aqui?"

"Claro", ela murmura distraidamente, enquanto pega uma taça de vinho de uma bandeja que o garçom passa. "A mãe dela está no comitê de planejamento. Sempre vem a família toda."

A *família*. Ótimo.

227

"Quer uma bebida?", Tim pergunta.

"Quero", digo, esperando que minha voz não entregue minha gratidão e meu alívio.

Ele me olha com compreensão e pede um uísque para si e um bourbon com um pouco de água para mim.

O cara já sabe o que eu bebo. É tão... *paternal*. E legal.

"Muito bem", ele diz, com mais calma e confiança do que eu. "Vamos lá."

E nós vamos.

Perco a conta de quantas vezes Tim passa com toda a facilidade do papo furado sobre golfe para "você conhece meu filho?".

Eis algo interessante sobre pessoas muito ricas: mesmo quando estão morrendo de curiosidade em relação a uma fofoca quente, elas mantêm o controle. São educadas.

Muito prazer, Michael!

Todos aqueles dias na quadra de tênis e eu nem tinha ideia!

Tim, seu malandro, não posso acreditar que estava escondendo outro filho bonitão da gente!

Mariana também é bastante impressionante. Ela ri e sorri de uma forma que parece absolutamente genuína. Talvez porque seja mesmo.

Como Chloe observou, fui concebido antes que eles se conhecessem, então Mariana sabe que minha existência não tem nada a ver com seu casamento. Mas diz muito sobre ela que não ache necessário deixar isso claro para as outras pessoas.

E com toda a certeza estão tentando descobrir. Os mais sutis perguntam se ainda estou na faculdade. Os mais óbvios simplesmente perguntam quantos anos tenho.

Mas nem isso é um problema. Não tenho nada a esconder.

Ou melhor... não quero esconder nada.

Devagar, sinto meses de ansiedade se dissipando. Talvez minha mãe estivesse certa. Talvez esta noite resolva de fato alguma coisa.

O único problema é que tem toda uma outra área da minha vida com uma lacuna enorme nela.

E ainda preciso vê-la.

O tempo todo em que estou apertando mãos, elogiando aparências e evitando perguntas sobre meu futuro, me mantenho à procura de seus cabelos cacheados e seu corpo curvilíneo.

O qual mal tive a chance de explorar antes de foder com tudo.

Mas, até agora, nenhum sinal de Chloe.

Eu me pergunto se Devon disse que eu estaria aqui e ela desistiu de aparecer.

Mas Chloe não é assim. Ela é toda fogo e coragem, não uma covarde passiva.

Então a multidão rareia, Tim e Mariana aproveitam para pegar outra rodada de bebidas e...

Eu a vejo.

E não é à toa que demorei tanto.

Estive procurando por seu cabelo selvagem maravilhoso.

Mas esta noite ele está liso e preso em coque apertado e brilhante na parte de baixo da cabeça.

Aperto os dedos no copo. Essa não é ela. Essa não é *minha* Chloe.

Não que eu tenha direitos sobre ela. Mas a verdade é que gostaria de ter. Muito.

Quando estou pensando se ainda tenho alguma chance de ser seu amigo, eu vejo. A mão que toca brevemente suas costas e a cabeça que se inclina para sussurrar algo em seu ouvido. Ela ri.

Essa não é nem um pouco minha Chloe.

É a Chloe de Devon.

E, ainda que doa, fico ali parado feito um idiota, contemplando a figura dela.

Odeio o cabelo. Representa tudo o que Chloe não é.

Mas, mesmo que não esteja como eu gostaria, tenho que admitir que está deslumbrante. E não é só porque sei o que há por baixo da roupa que não consigo parar de secá-la.

O vestido é estonteante. O tecido azul se agarra à sua silhueta impecável dos joelhos aos seios, que no momento estão perfeitamente visíveis a Devon. E posso notar que o cara está muito alerta a esse fato.

Ela ainda não me viu. Ou, se viu, se recusa a me olhar. Tomo outro gole da bebida, enquanto continuo admirando seu visual. O salto alto da sandália sexy. A boca rosa. Os olhos quentes e úmidos.

Um babaca que me parece vagamente familiar aparece do outro lado dela para oferecer uma taça de vinho, que Chloe aceita com um sorriso. Ela ri de algo que o cara diz, e eu noto que Devon faz uma careta antes de se aproximar um pouco mais.

De novo, ele toca a cintura dela.

Que porra é essa?

Vejo um lampejo vermelho surgir do nada, e tiro os olhos de Chloe e de seus admiradores para voltá-los a sua irmã. O vestido dela é colado na pele e mal cobre a virilha. Seu cabelo está preso daquele jeito meio bagunçado que parece descuidado, mas na verdade só parece ridiculamente produzido. Exatamente como Kristin.

Ela diz algo ao cara que acabou de chegar, mas ele nem ouve. Vejo o rosto de Kristin se contorcer antes que um sorriso volte a ele. Ela toca o braço do cara.

Dessa vez, ele olha. Noto que Kristin assume uma postura que valoriza seu corpo.

O cara balança a cabeça quando ela lhe diz alguma coisa, então volta a virar para Chloe.

Apesar do meu mau humor, quase rio da expressão no rosto de Kristin. A pobre garota não sabe o que está acontecendo.

Ela não entende que, perto da bondade genuína de Chloe, seus modos gentis parecem dolorosamente artificiais.

Alguém deveria ter dito isso a Chloe muito tempo atrás.

Eu deveria ter dito. Porque já sabia disso quando ela sentou no banco da quadra de tênis aquele primeiro dia, com a língua solta. Sua energia me atraiu na hora. Mas, como um tolo, achei que pudesse ser algo passageiro. Temporário.

Viro o restante da bebida e me dirijo à porta, ainda que parte de mim morra de vontade de entrar no ringue. De disputar a atenção da garota mais bonita da festa.

Em vez disso, me afasto.

Porque essa Chloe Bellamy confiante e recomposta pode ter o cara que quiser, e eu sei como essa história termina.

De jeito nenhum serei *eu* o escolhido.

30

CHLOE

Sempre achei que a sensação desse momento seria melhor.

Porque, embora provavelmente pareça tolo admitir, sei o que está acontecendo aqui.

Com a ajuda de um belo vestido, dos produtos de beleza certos, de uma hora fazendo maquiagem e dos sapatos mais desconfortáveis do mundo, estou oficialmente transformada.

Sou uma Chloe diferente.

Pela primeira vez na vida, sou a garota bonita e sei disso.

Até Devon notou.

"Ei, quer tomar um ar?", ele pergunta, se inclinando para falar no meu ouvido.

Fico tentada a rir e dizer que é o xaveco mais velho do mundo. Que li romances o bastante para saber que (a) ele quer ficar sozinho comigo e (b) quer me tirar de perto de C. J. Tollefson, que tenho quase certeza de que está tentando me embebedar.

Mas, quando se sonhou por tanto tempo com um momento assim, não é hora de brincar. Em vez disso, sorrio. "Claro. Seria ótimo."

Devon me conduz lá para fora, e o olhar mortífero de Kristin e suas amigas maliciosas do tênis não me passa despercebido.

Eu deveria me sentir culpada. É o ex dela.

Mas quer saber? Devon foi meu antes.

E tenho certeza de que Kristin sabia disso quando foi atrás dele.

Não quero que minha irmã seja infeliz. Só quero que cresça. E, com sorte, se torne uma versão mais bondosa de si mesma.

Está mais silencioso do lado de fora, e a iluminação está notavelmente mais fraca. Não tem quase ninguém por perto.

Em outras palavras, é perfeito.

Não é? Então por que *não parece* perfeito?

"Animada para a volta às aulas?", Dev pergunta.

Inspiro fundo. "Estou. Muito. Este verão foi... esquisito."

"É?", ele pergunta. "Por quê?"

Levanto uma sobrancelha. "Você terminou com sua namorada eterna. Não acha que foi um verão estranho?"

O sorriso dele desaparece. "É, mas acho que o término já estava pra acontecer há um tempo."

"Ah, para com isso", digo, com uma risada amistosa. "Vocês dois não se largavam no começo do verão."

Ele parece um pouco surpreso com meu comentário, mas se recupera. "Verdade. Talvez parte de mim soubesse. E outra parte não."

"É", digo, tomando um gole de vinho. "Imagino que a parte que não sabia seja..."

Aponto para a metade inferior de seu corpo. Devon ri, mas me olha incrédulo. "Nossa, Chlo, o que deu em você hoje?"

"Desculpa", digo, balançando a cabeça e deixando minha taça em uma mesa por perto. "Acho que bebi demais."

Vou até o parapeito que dá para o campo de golfe escuro e silencioso. Ele vem ficar ao meu lado. "Bom, sei como este verão foi esquisito pra *mim*", ele diz. "Mas como foi esquisito pra você?"

Ele parece genuinamente curioso, e então me dou conta de quão pouco Devon Patterson me conhece. Quer dizer, ele conhece a antiga Chloe. Sabe da minha história, dos meus interesses e da minha personalidade. Mas tem muita coisa que não sabe.

Sempre o coloquei na categoria de pessoas que me conhecem melhor que as outras.

Mas será que é verdade?

"Só..." Mordo a unha e então abaixo a mão, olhando adiante. "Problemas com garotos."

"Problemas com garotos?"

Ele parece incrédulo. Olho para ele, que tenta corrigir sua expressão rapidamente. "É só que... não sabia que estava saindo com alguém."

"Na verdade, não estou. É... complicado."

Ele se vira para me olhar, com a expressão indecifrável. "Mas você está interessada no cara?"

Meu Deus, isso é esquisito.

Devon Patterson está falando comigo sobre minha vida amorosa. Quer dizer, já falamos sobre caras antes, quando eu tinha alguma desculpa esfarrapada de namorado, mas era diferente.

Era o namorado da minha irmã, de mãos dadas com ela, mostrando interesse por uma velha amiga.

Agora... Devon é um cara *solteiro*. Perguntando a Chloe, uma garota solteira, se ela está interessada em alguém.

É a hora. A hora perfeita de contar a ele.

Estou interessada em você. Te amo. Sempre amei.

Mas as palavras não saem.

Nem sei se são verdadeiras.

Não mais.

Levo a mão a meu cabelo macio e sem graça. Da última vez que o usei assim, foi no bar, com Devon e Michael.

Eu odiei. Prometi a Michael que não ia mudar.

Mas aqui estou, com um vestido justo demais e o cabelo liso demais.

A noite toda, fiquei chateada porque Michael não apareceu.

Mas agora estou feliz.

Não quero que me veja assim.

"Chloe?", Dev me chama.

"Não foi nada de mais", digo, absolutamente sem palavras para o que quer que tenha acontecido entre mim e Michael.

"Então você está sozinha?"

"É."

"Chloe." Devon toca meu braço, e eu me sobressalto.

Ele ri, nervoso. "Desculpa. Só estava tentando chamar sua atenção. Você parece distraída."

Dou risada. Passei a maior parte da minha vida pós-adolescente tentando fazer Devon me notar. Agora que consegui, só consigo pensar num cara sombrio e raivoso cheio de traumas.

"Chloe." Devon está mais perto de mim agora.

Minha respiração acelera, e eu olho para ele. É tão... bonito. Loiro, olhos azuis, rosto perfeitamente esculpido.

Gostaria de querer Devon.

Correção: gostaria de voltar a querer Devon como queria antes.

Ele sobe a mão e esfrega o dedão na minha têmpora. De forma gentil. Suave.

Fecho os olhos.

Esquece o Michael. Ele nunca vai te querer.

Só que... Devon também não me queria. Até...

Deixo isso de lado.

"Você está incrível hoje." A voz dele é suave, atraente. "Gosto do seu cabelo assim."

Socorro.

Ele tira a mão, chegando mais perto. Há mais urgência em seu rosto agora. Ele franze a testa, como se frustrado ao pensar no que dizer.

"Chloe, acho que fui cego. E muito." Ele dá uma risada nervosa. "Tipo, por *anos*."

Arregalo os olhos. "Como assim?"

Seu sorriso ganha segurança. É como o sorriso de um velho amigo que conhece cada tonalidade da sua voz, ainda que desconheça seu coração. "Acho que você sabe do que estou falando."

Fecho os olhos e tento dar um passo atrás, mas seu braço está em mim, tocando meu quadril. De leve.

"Devon..."

Ele ergue a outra mão, pousando-a do outro lado da minha cintura. "Você sempre esteve aqui, Chloe. Com você posso conversar, rir... Você me ouve. Quando estamos juntos, posso ser eu mesmo."

Solto o ar de forma trêmula. Não posso acreditar no que está acontecendo.

Quanto tempo faz que sonho com esse exato momento?

Ele levanta a mão e toca minha bochecha com delicadeza. Seus olhos familiares e queridos queimam quando encontram os meus. Desesperados. Urgentes. "Entende o que estou tentando dizer? Acho... acho que é você, Chloe. Que sempre foi você."

Eu o encaro, esperando que a euforia tome conta de mim.

Anda. *Anda.* Derreta-se, droga! Diz que ama o cara!

Mas não faço isso. Só pergunto: "Por que está falando isso?".

Ele franze a testa. "Como?"

Abro um sorriso educado e pego sua mão, que ainda descansa no meu rosto. Eu a seguro na minha. "É como você disse, Dev. Eu sempre estive aqui. O tempo inteiro. E você nem me viu. Acha que foi fácil ver você com minha irmã? Acha que não sofri?" Devon arregala os olhos, e eu concordo com um movimento de cabeça. "É. Você ouviu direito. Pode ter se dado conta só agora de que estava com a garota errada, mas eu *sempre* soube disso. Desde que éramos dois nerds. Desde antes de você me largar pra ser popular." Ele fecha os olhos. Seus dedos se contorcem nos meus. "Mas tudo bem", digo, apertando sua mão. E estou sendo sincera. "Eu entendo. Éramos jovens. Ainda somos. E é por isso que tenho que saber... estive bem na sua frente a maior parte da vida. Por que está me vendo só agora?"

Espero (pacientemente, devo acrescentar) que ele tenha uma resposta. Noto o segundo em que ele se dá conta do que eu já sabia.

Então Devon se entrega. Seu olhar passa pela nova Chloe, mais magra e glamorosa.

Olho para ele como quem entende tudo.

Devon geme. "Nossa. Sou um babaca."

"Verdade", digo, dando risada. "Mas quer saber? Em lembrança da nossa amizade antiga e sólida, não vou usar isso contra você."

Devon sorri com tristeza. "Mas tampouco vai me dar uma chance."

Fico na ponta dos pés para beijar sua bochecha. "Desculpa. Não vou. Quero o cara que me queria *antes* de eu ter virado cisne."

Ele abre a boca, então a fecha e balança a cabeça. "É. Não tenho ideia do que isso significa."

"Sério?" Inclino a cabeça. "Hans Christian Andersen?" Ele me olha com a expressão vazia. Suspiro. "*O patinho feio.* Minha nossa, Dev. Foi uma ótima comparação. Que desperdício."

Ele só fica ali, me observando com seu sorriso triste.

Retribuo o sorriso. Com a mesma tristeza. Mas também...

Livre. Me libertei da minha obsessão por Devon.

E sei exatamente o que me curou. *Quem* me curou.

"Tenho que ir, Dev."

"É." Ele parece resignado. "Eu sei."

Dou um beijo em sua bochecha antes de me afastar.

É esquisito, mas não olho para trás. Nem quero.

Não estou nem um pouco a fim de voltar para a festa, com todo mundo olhando para a "nova Chloe", então caminho até a frente do clube pela área externa. Vou até onde estacionei o carro — longe da entrada, principalmente para irritar Kristin, que veio comigo.

Seguro a bolsa debaixo do braço, tão pequena que só cabe um absorvente, o celular e... nada mais.

"Merda!" Tive que deixar a chave do carro com Kristin.

Paro no lugar e olho para o céu. "Sério? Sério?"

De alguma forma, consigo reprimir um grito quando uma voz inesperada surge na escuridão.

"Precisa de carona?"

31

MICHAEL

Não consegui ir embora.

Fiquei sentado no estacionamento por quase meia hora, lutando contra o desejo extremamente incômodo de ir atrás de Chloe e...

Nem sei.

Essa parte ficou por decidir.

Mas, em todos os cenários que criei na minha cabeça, não imaginei que *ela* viria até *mim*.

Chloe se vira ao ouvir minha voz, olhando de cima a baixo meu corpo recostado contra o carro.

"Sabe, você provavelmente aproveitaria mais a festa se entrasse."

Endireito o corpo. "Eu entrei. Passei uma hora e meia lá."

Ela franze a testa. "Não te vi."

Dou risada e afrouxo a gravata, só para perceber que já está solta o bastante. "É, deve ser difícil enxergar alguma coisa além da multidão de admiradores."

Espero que fique lisonjeada, ou pelo menos cheia de si, mas Chloe só faz uma careta.

"Parabéns", digo, com a voz mais sarcástica do que pretendia.

"Pelo quê?" Ela dá um passo na minha direção, como se tentasse ver meu rosto mais claramente no estacionamento mal iluminado.

"O amor da sua vida parece caidinho por você."

Chloe aperta os lábios, e sou instantaneamente lembrado da sensação deles contra os meus. Aveludados. Generosos. Vorazes. "Bom, Gostosão, acho que eu deveria dar o crédito a quem merece."

"Como assim?", pergunto, tirando os olhos de sua boca.

Ela mantém as mãos ao lado do corpo. "Você disse que ia me ajudar a conquistar Devon Patterson. Missão cumprida."

Afasto-me do carro, dando dois passos na direção dela. Meu coração bate mais forte do que deveria, e minha respiração está mais acelerada do que deveria. Quero socar algo.

É assim que deve ser, lembro a mim mesmo. *Chloe tem que ficar com Devon. É o que você quer pra ela.*

Porra nenhuma.

"Então ele finalmente viu a luz?", me forço a perguntar.

Finalmente viu *você*.

"Bom." Ela mexe na bolsa minúscula que carrega. "Se quer saber, foi uma cena típica de comédia romântica. Devon perguntou se eu queria tomar um ar. Saímos. Ele disse que eu estava bonita. E depois que era eu. Que sempre fui eu."

Ouço um rugido feroz e, por um momento terrível, fico com medo que tenha expressado meu protesto em voz alta.

Mas não. É só meu coração. Sendo dilacerado.

"Parece que você conseguiu tudo o que queria", digo, impressionado com a calma na minha voz. "Mas tenho que perguntar: o que está fazendo aqui?"

"Bom, aí é que está, Gostosão." Ela dá um passo à frente, e o ritmo dos meus batimentos cardíacos agora triplica, mas por outro motivo. "Eu estava pronta pra sentir aquele friozinho no estômago, sabe? Acho que ia me sentir no paraíso. Devon Patterson finalmente me quer."

"E?"

"E... nada."

Pigarreio. Desvio o rosto. "Hum."

"Michael."

Meus olhos encontram os dela, que parecem muito nervosos.

"Não sei bem como fazer isso", ela fala, afobada. "Então só vou dizer o que disse a ele: não quero o cara que quer o cisne. Quero o cara que queria o patinho."

Faz-se um longo momento de silêncio.

"Chloe, não sei o que isso significa."

Ela bate o pé. "Sério? Os pais não leem mais contos de fadas para os filhos?"

"Imagino que sim, mas..."

"*O patinho feio*, Gostosão. É um clássico!"

"O patinho... Chloe. Você se acha feia?" Fico enfurecido.

"Bom, não feia", ela murmura. "Mas qualquer idiota conseguiria entender o que aconteceu. Devon se importa comigo. Acredito nisso piamente. Mas precisei emagrecer, alisar o cabelo e usar gloss pegajoso pra que ele me enxergasse. Sabe, quase queria ter que usar óculos só pra completar o clichê."

Balanço a cabeça para indicar que não consigo acompanhar seu pensamento, ainda que ache que Chloe fique linda quando devaneia.

Ela suspira. "Você sabe do que estou falando. Quando a garota nerd tira os óculos no fim do filme pra ficar linda e conquistar o cara."

"Ah, tá", digo. "Como Clark Kent."

Ela enfia os dedos no cabelo e puxa. "Não! Quer dizer, mais ou menos... só que... esquece. Aliás, não é nem um pouco assim nas comédias românticas. A garota não precisa ficar se explicando tanto pro cara."

Pro cara. Que sou eu.

Eu poderia levitar. Mas então...

Dou um passo atrás, com o coração acelerado de novo, em parte por euforia, em parte por medo. "Chloe, não."

"Não o quê?"

Ela dá um passo à frente. Ergo a mão para impedi-la, mas Chloe continua vindo, até que ficamos frente a frente, quase cara a cara, já que está de salto.

"Não diga o que estava prestes a dizer."

Seus olhos azuis calorosos brilham. "Que eu te amo?"

Meu coração dá um salto no peito antes de cair no meu pé. "Só não diga."

Ela levanta o queixo. Vejo que minhas palavras literalmente a forçam a se retrair. Vejo a mágoa fazer com que estremeça.

"Chloe, me ouve", digo, levando as mãos aos seus ombros, implorando com os olhos que compreenda. "Volta pro Devon. Diz a ele que você cometeu um erro."

"Não quero Devon. Quero..."

"Para com isso, droga!"

Os olhos dela se enchem de lágrimas, o que eu odeio.

Eu a solto e baixo as mãos. "Você conhece meu histórico, Chloe."

"Que histórico? Está falando do fato de que era a fim da namorada do seu amigo? Isso acontece."

Ranjo os dentes diante de sua dispensa irreverente. Viro-me, mas ela segura meu braço.

Então ela leva as mãos ao meu rosto, me forçando a olhá-la. "Michael, me ouve. Eu sei. Ninguém nunca te amou *primeiro*. Você está cansado de ser a segunda opção. Ou nenhuma opção. Eu entendo. Porque ninguém *me* amou primeiro também. Mas estive pensando... Não acho que seja uma questão de quem te ama primeiro, e sim de quem te ama mais. E essa pessoa sou eu."

A voz dela é urgente. Lágrimas rolam por suas bochechas enquanto sussurra: "*Eu* te amo mais. Mais do que amo qualquer outra pessoa. Mais do que alguém já te amou".

Não consigo falar. Não consigo respirar.

Chloe engole em seco, então lambe uma lágrima do canto da boca. "Tá bom?"

Balanço a cabeça, com a garganta ardendo enquanto enfio as mãos em seu cabelo. Que está todo liso, sedoso e errado.

"Não, Chloe. Você não está entendendo. Nem sei quem eu sou. Não tenho o que oferecer, então não posso fazer nada além de tirar. E não vou tirar de você. Porque tiraria muito. Vou acabar com você, Chloe."

"Mas..."

Solto seu rosto, como se tivesse me queimado. Se eu a tocar por mais tempo, vou puxá-la para mim e tirar cada gota de bondade e amor que está me oferecendo.

"Volta pro Devon, Chloe. Volta pro cara e diz que o ama. Deixa que ele te ame, porque eu não posso."

"Não pode ou não quer?"

Eu a encaro, e meu silêncio é a resposta.

Vejo Chloe se recolhendo, enxugando as lágrimas, endireitando os ombros. "Eu te amo, Michael St. Claire. Mas não vou me oferecer de novo. Cansei de esperar que um cara acorde pra vida. Se me deixar ir embora, vou seguir em frente."

Minha respiração é rasa agora. Minhas mãos estão trêmulas.

Mas faço a única coisa que consigo. Fico em silêncio.

Observo a luz em seus olhos se apagar.

E então a vejo ir embora.

Fico olhando enquanto Chloe volta ao clube. Para seus amigos. Para Devon. Para sua vida.

Anestesiado, abro a porta do carro e me jogo no assento do motorista, olhando para o nada enquanto a fecho.

Meus olhos queimam. "Droga." Engulo em seco. "Merda."

Esfrego os olhos.

Deixá-la ir embora deveria fazer com que eu me sentisse melhor. Deveria afastar a dor que senti quando Olivia me rejeitou.

Mas nunca senti tanta dor.

Não mesmo.

Apoio a cabeça no volante.

Nunca me senti tão sozinho na vida, e olha que me isolei de propósito no último ano.

Quero Chloe. Quero que ela me abrace como fez quando conheci Tim Patterson. Quero que assinta e faça piadas como sempre fez quando sabia que eu precisava me animar.

Quero que me impeça de falar bobagem, que me avise quando eu estiver sendo um idiota...

Levanto a cabeça devagar.

As palavras de Chloe voltam para mim. Palavras daquele dia em que encontrou a foto na gaveta do criado-mudo.

Você tem o controle da sua própria vida, Michael. Você decide.

Ela está certa.

Talvez eu não tenha que ficar sozinho.

Pego o celular e faço a ligação mais difícil da minha vida.

32

CHLOE

Meus pais são bem tranquilos. Nunca os vi perdendo o controle.

Mas então...

Então eles descobrem que minha querida irmã meio que andou interceptando a correspondência desde o começo do verão e fez com que nossos boletins da faculdade "desaparecessem".

E... hum. Ninguém notou. Até agora.

Por algumas semanas em junho, dei uma olhada na caixa de correio todos os dias, louca para saber o que o professor Aden tinha achado do meu trabalho final sobre as políticas econômicas de Roosevelt.

Mas nunca recebi nada e acho que percebi que estava demorando um pouco mais que o normal, e então... esqueci.

O que é constrangedor.

Andei meio ocupada nesse verão, com a vida e tudo o mais. A quem estou querendo enganar? Quando na melhor das hipóteses é uma nota A e na pior é uma nota B, é difícil se importar tanto assim, sabe? Não é como se estivéssemos falando da diferença entre receber uma carta de expulsão e um convite para ser oradora da turma.

Mas meus pais também esqueceram.

E, sinceramente, não podiam ter feito isso.

Porque eles são *pais*, e espera-se que se preocupem com o fato de que sua linda filha mais velha vai fazer um quinto ano de faculdade sem *absolutamente nenhum motivo válido*, e que seu último semestre pode ou não ter sido tão ruim que ela teve que roubar os boletins da caixa de correio.

Mas não foram eles que notaram. Fui eu.

Levei até a semana passada, quando comecei a pensar na faculdade, para me dar conta de que os boletins nunca tinham chegado. Então liguei para a secretaria. E disseram que iam enviar de novo.

E, hum, vamos só dizer que hoje é o dia do juízo final.

Não sei dizer com que meus pais estão mais putos: que Kristin tenha tirado dois Ds, um C e um F ou que tenha tentado esconder as evidências.

Nem sei qual dos dois grita mais alto.

Quase sinto pena dela.

Não me entenda mal: também estou puta com Kristin. Ela foi esperta o bastante para se dar conta de que se apenas um dos nossos boletins se perdesse pareceria suspeito, então pegou ambos.

Mas, considerando que já faz uns quarenta minutos que estou ouvindo o eco estrondoso da voz do meu pai...

É, me sinto um pouco mal por ela.

Ainda que mereça.

Ah, e só pra constar, fiquei com B de média. É a vida.

E, caso alguém esteja se perguntando, sim, estou tagarelando sobre meu boletim e minha irmã problemática porque assim não tenho que pensar *nele*.

Alguém bate na minha porta.

"Entra."

É Kristin. Pela primeira vez em muito, muito tempo, ela parece... horrível. Pequena, como sempre, de shortinho curto e regata vermelha, com o cabelo bagunçado, o nariz vermelho e os olhos inchados.

Dou um abraço nela.

Kristin não retribui com muita força, mas... vamos aos poucos.

Ela vem sentar na minha cama, se colocando entre uma mala de viagem enorme e uma de lona também grande. "Você já está com tudo pronto", minha irmã diz com uma risadinha. "Claro."

Dou de ombros. Não digo que comecei a fazer as malas três dias atrás, em uma tentativa desesperada de não ficar relembrando a rejeição brutal no estacionamento.

"Quer que eu ajude com as suas coisas?", pergunto.

Kristin é notoriamente do tipo que deixa tudo para o último minuto. E a distração viria a calhar.

Ela funga, cobrindo o nariz e a boca com as costas da mão por um segundo, enquanto mantém os olhos no chão. "Eu não vou."

"Como assim?" Coloco a mala de lona no chão e sento ao lado dela.

Kristin funga de novo. "Eles estão putos de verdade."

Bom... é. Ainda assim, isso é *demais*. "Não vão te deixar se formar?"

"Disseram que já tive minha chance. E que não vão pagar por outro ano quando é óbvio que não me importo com a faculdade."

Fico de queixo caído. Faz vinte e poucos anos que Kristin tem enrolado meus pais. Não posso acreditar que estão batendo o pé desse jeito agora.

"Então... e agora? Eles vão te botar pra fora?"

"Não", ela diz, baixinho. "Eles falaram que posso ficar aqui até arranjar um emprego."

Ela fala choramingando e parece um pouco assustada.

"E quanto à faculdade?"

Kristin levanta para pegar a caixa de lenços de papel da cômoda, então volta a sentar com ela no colo, puxando um. "Eles disseram que se eu decidir que um diploma é importante pra mim posso fazer faculdade comunitária. Consegue imaginar?"

Me seguro para revirar os olhos diante de seu comentário esnobe. Consigo por pouco. Não tem absolutamente nada de errado com faculdade comunitária, mas sei exatamente por que minha irmã não cursaria uma: para ela, a faculdade diz respeito ao campus, à vida na bolha, ao distanciamento do mundo real. O diploma era só algo que vinha junto.

Brinco com as pontas do cabelo enquanto tento pensar na melhor coisa a dizer. Uma vez na vida, não tenho discursos motivacionais, comentários afiados ou qualquer tipo de conselho útil na manga.

Por um lado, admiro meus pais por finalmente colocarem Kristin em seu lugar. Por outro, é meio péssimo que a tenham mimado por duas décadas e de repente tirem seu chão.

"O que você vai fazer?", pergunto.

Ela dá de ombros. "Não sei. O papai disse que provavelmente consegue me arranjar alguma coisa na empresa dele."

Ah. Então é isso. Boa ideia. Assim vão poder ficar de olho nela.

"Bom, já é alguma coisa", digo.

Ela me lança um olhar intimidador. "Até parece. Não vou ter vida social."

Mordo a bochecha para me refrear. "Olha, sinceramente... já parou pra pensar no fato de que não teria muita vida social na faculdade também? Todos os seus amigos se formaram."

Ela faz uma careta, e eu me dou conta de que já pensou nisso. Não era à toa que queria tanto manter Devon por perto.

"Eu poderia sair com algumas garotas da equipe de tênis", ela diz, assoando o nariz de novo. "E você."

Olho para ela. "Você mal me deu atenção nos últimos três anos. E *odeia* meus amigos."

"Não odeio. Eles só são esquisitos."

Ela fala isso de modo tão prosaico que tenho que rir.

"Além disso, você mudou", Kristin diz, dando uma conferida em mim.

"Emagreci, você quer dizer."

"Bom, é. E ficou bem. Só não sei por que parou de alisar o cabelo. Ficou ótimo daquele jeito."

Ignoro o comentário.

"Acho que você está olhando pra isso do jeito errado", digo, com o braço em volta dela. "Deveria se apropriar da situação. É uma maneira de se reinventar. Você vai ser a garota linda com um trabalho chique na cidade. E solteira. Podia economizar um pouco. Ter um lugar só seu."

Crescer, acrescento mentalmente.

"Eu não devia ter terminado com Devon", ela diz, mal-humorada. "Já que não vou me formar, seria ótimo namorar um cara que logo mais vai ser advogado."

"Ei", solto. "Não faça isso. Presta atenção no que acabou de dizer. Soa patético." Seu queixo cai em ultraje, mas não paro. "Estou falando sério, Kristy. Essa coisa de princesa mimada funcionou muito bem na escola, mas agora está ficando ultrapassada."

Espero que retruque, mas em vez disso minha irmã fecha a boca e só me olha.

Abrando o tom. "Correr de volta pro Devon não é a resposta."

"Você só está dizendo isso porque quer Devon pra si."

245

É minha vez de ficar de queixo caído. Bom. Droga. "Então, hum, você sabia disso."

Ela assente, mas, em vez de ficar brava, só parece... culpada.

"Meio que sempre soube." Sua voz sai baixa. "Sabia que você gostava dele, mesmo naquela época. Mesmo quando fiz com que ele me chamasse pra sair."

Reprimo a pontada. Porque é só isso. Uma pontadinha. Não chega perto da dor dilacerante que costumava vir quando pensava em Devon.

E, porque não importa mais, pego a mão dela. "Não se preocupe com isso. Superei Devon."

Ela aperta minha mão. "Por causa de Michael?"

E aí vem a dor dilacerante.

Recolho a mão.

"Não quero falar dele."

Minha irmã avalia meu rosto. "Sabe, por um bom tempo achei que ele estava só te usando. Pra se divertir, porque estava desesperado, ou sei lá o quê."

Olho para ela com amargura e digo o que está na minha mente desde... sempre. "Kristin, não me leve a mal, mas você pode ser uma grossa."

Ela ri. "Eu sei. Mas me ouve. Fiquei prestando atenção em Michael aquela noite na festa. Ele não tirou os olhos de você."

"Provavelmente por causa do meu vestido", murmuro, chutando a mala no chão.

"Meu vestido era muito mais chamativo que o seu, e o cara nem me olhou. Nem uma vez."

Sorrio. "E como foi a sensação?"

"Hum, quem é que está sendo grossa agora?"

Abro um sorriso amplo em resposta.

Kristin revira os olhos, então uma expressão distante toma conta de seu rosto. "Posso te perguntar uma coisa?"

Assinto.

Ela morde o lábio. "Lembra quando fui passar algumas semanas em Seattle?"

"Foi tipo mês passado, então claro que sim."

"Bom... Sei que fiz isso pra 'dar um tempo' ou sei lá o quê, e achei que só precisasse de algumas semanas. Mas agora estou meio que pensando se não deveria ir embora de verdade. Tipo... me mudar pra outro lugar."

Levanto as sobrancelhas. "Achei que você planejasse passar a vida no Texas."

Ela dá de ombros. "E planejava. Mas meus planos sempre incluíram Devon, uma casa grande, um diploma de uma universidade renomada. E isso foi por água abaixo. Talvez seja hora de mudar de planos, sabe? Tentar uma nova cidade. Fazer novos amigos. Ser uma nova Kristin."

Penso a respeito. Admito que, apesar de sempre ter querido "mais" para mim do que morar em Cedar Grove e começar a ter bebês antes mesmo que a tinta do meu diploma secasse, nunca considerei que Kristin poderia fazer algo diferente.

Então fico surpresa. E orgulhosa dela.

"Vai em frente", digo, assentindo. "Te apoio totalmente. Vai pra Seattle, Denver, Nova York, Miami... Vai viver."

"É", ela diz, mordendo o lábio. "Pode ser."

Ficamos ambas em silêncio, perdidas em pensamentos.

"Bom, de qualquer maneira", ela diz depois de um tempo, rasgando a caixa de lenços. "Sinto muito que não tenha dado certo com Michael. Acho que ele só veio pra foder com a vida do Devon. Ele te contou que era filho do Tim?"

"Contou. Eu sabia."

Ela balança a cabeça. "É *maluco*. Eu nem sabia que coisas assim aconteciam na vida real. Pode imaginar como seria passar a vida inteira pensando que seus pais são seus pais e então descobrir que mentiram pra você?"

"Seria horrível, com certeza."

Ela levanta. "Total. Deve ser por isso que o cara é tão reservado."

Claro. É uma parte minúscula do quebra-cabeça, pelo menos.

Porque, embora entenda que foi péssimo para Michael, não sinto mais pena dele.

Todos os meus sentimentos desapareceram no instante em que ele me disse que não podia me amar.

Em retrospecto, eu deveria ter levado uma faca para aquele estacionamento. O cara poderia ter golpeado meu coração, que a coisa toda teria sido muito menos dolorosa.

"Você vai ficar bem?", pergunto, quando Kristin se dirige à porta.

Ela abre um sorriso corajoso pra mim. "Claro."

"Vou embora amanhã cedo", digo. "Te acordo."

Kristin desdenha. "Nem pense nisso."

Então ela suspira, vira-se para mim e abre os braços. "Abraço." É uma ordem.

"Bom, quando você pede desse jeito..."

Eu a abraço mesmo assim, porque a amo, apesar de seu mau humor. Ela vai superar isso. Acho.

Minha irmã vai embora, mas, antes que feche totalmente a porta, volta a enfiar a cabeça no quarto. "Ei. Você devia descolar um namorado este ano. Um de quem goste de verdade."

"Quanto a isso..." Devolvo a caixa de lenços à cômoda. "Descolar o cara não é o problema. O difícil é que gostem de mim também."

Ela pisca, e o resultado é horrível, considerando seus olhos inchados e vermelhos. "Então pare de escolher só idiotas."

Então fecha a porta.

"Ouviu isso, coração?", murmuro. "Pare de escolher só idiotas."

Meu coração tolo só tem uma resposta.

Michael.

33

MICHAEL

Três semanas depois...

A melhor parte do meu novo trabalho é que não tenho que usar uma camiseta polo de uniforme.

A segunda melhor parte é não ter mais que morar em um porão em Cedar Grove, um lugar sem vida noturna.

Não que meu novo apartamento seja uma cobertura nem nada do tipo. Mas fica no décimo primeiro andar de um prédio legal do centro, e o quarto tem até paredes.

Quanto ao emprego...

Estou trabalhando para Tim Patterson.

É a vaga que seria de Devon se ele não tivesse decidido estudar direito.

Sei que sou a segunda opção de Tim, mas, pela primeira vez, estou bem com isso.

Porque gosto do trabalho. Amo, na verdade. É bom dar um uso ao meu diploma, não só porque sinto que deveria fazer algo com ele, mas porque, sinceramente, sempre me imaginei como um cara de terno que lida com números.

Levei algum tempo para chegar aqui, mas... cheguei.

E a sensação é boa pra caramba.

E daí se me sinto solitário? Essa sensação pode já não ser tão boa, mas estou acostumado com ela, e isso é o bastante para mim.

Ou pelo menos é durante o dia.

À noite, quando estou sozinho em casa, desejando seus cabelos compridos e cacheados e suas curvas suntuosas... nem tanto.

Mas dou um jeito.

Já faz três semanas que vivo sem Chloe Bellamy e estou me virando bem.

Mais ou menos.

Deixo as chaves e a pasta ao lado da porta e afrouxo a gravata no caminho para pegar uma cerveja na geladeira.

São sete horas de uma quinta-feira, e é a primeira noite na semana toda que não tenho que jantar ou tomar drinques a trabalho.

Digo a mim mesmo para aproveitar o tempo livre.

Mas a verdade é que ficar sozinho é uma merda.

Ligo a TV. Os Yankees estão na cidade, jogando contra os Rangers, o que é uma boa notícia, imagino.

Acabei de tirar a gravata e a larguei nas costas do sofá quando alguém bate na porta.

Franzo a testa. Parte da ideia de morar em um prédio chique é ter um porteiro para anunciar os visitantes.

Considero ignorar. Mas batem de novo. Mais forte.

"Merda", murmuro, deixando a cerveja na mesa.

Abro a porta e imediatamente sinto como se todo o oxigênio tivesse sido sugado do ambiente.

Por um momento, não me movo. Não consigo.

E então consigo. Não me importo em dar uma de machão.

Abraço meu melhor amigo. É um típico abraço de homens, daqueles meio sem graça com tapas nas costas. Que ele retribui.

"Ethan Price. Caralho. O que está fazendo aqui?"

Ele dá aquele seu sorriso velho e familiar de garoto de ouro. "Você pareceu péssimo ao telefone aquele dia."

Faço sinal para que entre. "Então você pegou um avião de Nova York pra Dallas e descobriu onde eu moro, como a porra de um *stalker*?"

"Pois é. Na verdade... *nós* pegamos."

Uma morena baixinha surge ao seu lado. Está com um vestido de couro preto e sandálias tipo plataforma. Seu cabelo escuro é cacheado e feminino, mas a maquiagem também escura de seus olhos é agressiva.

Essa garota é... um enigma. Mas um belo enigma.

Ela estende a mão. "Stephanie Kendrick. Você deve ser Mikey."

"Mikey?", repito, enquanto passa por mim. Não me chamam de Mikey desde... nunca.

Eu sabia que Ethan estava com uma garota, mas ela não é nem um pouco o que eu esperava.

Ele me dá um tapinha no ombro e acompanha Stephanie para dentro. Antes que eu feche a porta, me dou conta de que, quando Ethan decidiu intervir, achou melhor trazer toda a cavalaria junto.

"Liv."

Olivia Middleton está exatamente como me lembro dela. Alta. Esguia. Perfeitamente vestida com calça preta, regata de gola alta e brincos de pérolas. Seu cabelo está preso em um rabo de cavalo baixo, e seu rosto continua tão lindo como nos meus sonhos.

Só que já não sonho mais com ela. A nova estrela dos meus sonhos é mais curvilínea, tem cabelos cacheados e está fora da minha vida.

Deixo a ideia dolorosa de lado.

"Oi, Michael." Ela parece nervosa. Não a culpo. Da última vez que nos vimos, declarei meu amor eterno, enquanto ela, bom... não fez isso.

Fico aguardando a velha dor lancinante ao vê-la. Espero pela pontada aguda do querer, pelo desejo atormentado.

Não vem.

Fico feliz em vê-la. Muito feliz em vê-la. Mas não... a quero. Não a amo. Não assim. Não mais.

Abro os braços e ela avança. Seu abraço é caloroso, amistoso e tudo de que senti falta.

Estava com saudade dela. Estava com saudade *deles*.

"Oi", ela diz no meu pescoço.

Passo a mão em seu cabelo. "Oi."

Então o vejo.

Alto.

Enorme.

Carrancudo.

Solto Olivia de imediato.

Ela se vira, e o modo como sorri para o cara é, bom, vamos apenas dizer que houve uma época em que eu teria dado tudo para que fosse dirigido a mim.

Agora, no entanto, estou mais preocupado que o grandão queira me matar.

"Você se lembra do Paul."

"É." Pigarreio. "Tenho ótimas lembranças do cara."

Os lábios dele se contorcem um pouco, chamando minha atenção para seu rosto assimétrico. Um lado parece saído de um pôster de filme de ação de Hollywood. No outro há três cicatrizes sinistras.

Ele entra no apartamento. Confiro se foi realmente o último dos meus visitantes inesperados e fecho a porta. Paul me surpreende ao oferecer a mão. "Acho que nunca pedi desculpas por ter te sacaneado no dia em que nos conhecemos."

Ignoro a mão estendida. "Quer dizer quando roubou o celular de Liv, me mandou uma mensagem fingindo ser ela e me enganou pra que eu fosse até o Maine só pra fazer papel de bobo?"

Ele recolhe a mão e a passa pelos cabelos loiro-escuros raspados, suspirando. "É. Esse dia."

Avalio o cara. Avalio o modo como Olivia vai até o lado dele e olha em seu rosto por mais tempo que o necessário. Como se não pudesse se cansar.

Suspiro. "Esquece. É passado."

"Ótimo!" A voz animada vem de trás de mim. "Podemos beber agora?"

A namorada de Ethan começa a descarregar a sacola de compras que nem percebi que carregava. Vodca, vinho branco, bourbon e uísque.

Vou para a cozinha pegar copos. Com todas essas pessoas no mesmo cômodo, vamos precisar de cada gota de álcool que ela trouxe.

Mas então algo estranho acontece. Enquanto tento descobrir uma maneira de afastar o desconforto, me dou conta de que ninguém está incomodado. Os quatro conversam como se fossem melhores amigos, o que não faz sentido nenhum. Olivia assalta minha despensa, onde encontra um pacote de batata frita. Paul fica olhando para a bunda dela ao mesmo tempo que fala sobre o jogo, que continua passando na tv, com Ethan, que mantém uma mão na bunda da namorada, que por sua vez grita para Olivia que procure chocolate também.

Stephanie me pega esfregando os olhos.

"É estranho, né?", ela pergunta, seus dentes brancos brilhando para mim. "Todo mundo assim amiguinho."

"Não estava estranho até você comentar, Steph", diz Olivia, procurando uma tigela onde colocar as batatas. É a cara dela. Nada de comer direto do pacote.

"Xiu", Stephanie diz, indo pegar gelo. "Você não pode opinar."

"Por que não?", Liv pergunta, comendo uma batata.

"Porque você pegou todos os gatinhos aqui. É injusto. Então me deixa falar, pelo menos."

"Ah, meu Deus", murmuro, quase mergulhando no uísque.

Olivia não parece se incomodar. Ethan e Paul continuam conversando, como velhos amigos.

Que.

Puta.

Loucura.

"Então", Stephanie diz, servindo vodca no copo cheio de gelo e então acrescentando um pouco de água tônica que encontrou na geladeira. "Quer saber como ficamos todos amigos?"

Paul leva a mão aos cabelos escuros dela enquanto se serve de uísque com a outra mão. "Não acho que ele se importe, Steph. Tem coisas mais importantes em mente."

"Verdade", Olivia diz, me observando por cima da taça de vinho branco. "Ethan mencionou que está com problemas com uma garota."

"Na verdade, volta", digo. "Quero, sim, saber como foi que isso aconteceu."

"Já falei", Ethan diz. "Você pareceu péssimo quando nos falamos. Então suas mensagens foram ficando cada vez mais raras e mal-humoradas. Então me dei conta... de que você ainda é meu melhor amigo." Ele dá de ombros. "Então eu vim."

Fixo meu olhar no dele. *Você ainda é meu melhor amigo.* É incrivelmente bom ouvir essas palavras. Ainda assim...

"Tá, entendi por que você veio", digo. "E trouxe sua namorada, claro." Aponto para Stephanie, que pisca para mim. "Mas vocês dois..."

Deixo a frase morrer no ar, levantando as sobrancelhas para Olivia e Paul.

Ela dá uma olhada no namorado. "Paul está, bom, tentando compensar o fato de ter sido um completo babaca no ano passado. E Ethan e eu estamos meio que tentando retomar nossa amizade. Quando ele mencionou que viria te ver..."

"Ela me obrigou a vir também", Paul diz.

Olivia assente. "Basicamente."

Levo a mão à nuca. "Tá. Olha. Agradeço por terem vindo e acho legal que os quatro tenham conseguido superar um passado totalmente fodido, mas estão me dizendo que dois ex e seus atuais namorados não são apenas civilizados, mas amistosos a ponto de viajarem juntos? Pro Texas?"

Olivia toca meu braço por um instante. "Viemos por você, Michael."

"Tá", murmuro. "Porque as coisas não estavam estranhas o bastante antes, então acharam melhor recorrer à vela que deu início a toda a confusão."

Stephanie desdenha. "É verdade. Você devia mesmo ter mantido a língua fora da boca da namorada do seu melhor amigo."

"Não", Paul diz, pegando um punhado de batata. "Aí eles ainda estariam juntos."

"Verdade", Stephanie concorda, brindando com ele. "Então a gente deveria estar *agradecendo* ao Mikey por ser um destruidor de lares."

Ethan se vira para ela. "Não força."

Olho para ele, preocupado que seu perdão tenha limites, então vejo que está sorrindo.

Coço a testa. "Tá, fico feliz que tenham se resolvido, mas imagino que não escolheriam Dallas como primeira opção pra uma viagem."

"Não, mas estou planejando voltar com botas novas", Stephanie diz. "E talvez com um caubói."

Ethan olha feio para ela. Olivia se endireita, deixando a taça de lado e batendo as mãos como uma professora de jardim de infância. "Tá. Chega de papo. Vamos ao que interessa."

Stephanie fica na ponta dos dedos para fingir que sussurra no ouvido de Paul. "O que você viu nela?"

O rosto destruído dele se volta para a namorada. "Tudo", ele diz, devorando-a com os olhos.

Stephanie finge vomitar.

"Voltando", Liv diz. "Ethan contou como você fez um cagada colossal, Michael."

"Opa", digo. Meus olhos correm para ele, que mal parece se sentir culpado.

"Desculpa, cara", Ethan diz. "Quando você ligou aquela noite, parecia... bom, muito mal. Então começou a não atender minhas ligações e..."

"E então decidimos que não queríamos que você andasse pra trás", Liv diz. "Queremos que seja feliz. Todos nós."

"Ah, sim, principalmente eu", Paul resmunga.

Liv olha feio para ele.

"Gente." Sirvo-me de um pouco mais de bourbon. "Agradeço, de verdade, mas acho que entenderam errado. Não é o que estão pensando."

Todo mundo fica em silêncio por um momento. Para minha surpresa, é Paul quem fala primeiro, muito direto, sem deixar espaço para baboseira. "É mais simples do que você está imaginando."

"É mesmo?" Meu tom é sarcástico.

"Você ama a garota?"

Se o apartamento estava em silêncio antes, fica completamente mudo agora. Pelo menos até que Stephanie pise numa batata. "*Merda. Droga.*" Ela se abaixa para pegar as migalhas. "Você tem aspirador, Mike?"

Olivia tenta esconder um sorriso. Ethan olha para o chão, exasperado. "Ela é uma dama."

"Pois é. Como num filme", Paul diz, saindo do caminho quando Stephanie bate em sua perna para recolher o restante das migalhas.

Stephanie volta a levantar. "Mikey? O aspirador? Ou uma vassoura?"

"Amo." Não é minha intenção dizer isso. A verdade escapa da minha boca como se fosse a coisa mais natural do mundo. "Amo Chloe."

Parece o momento mais importante da minha vida.

Meus amigos — sim, amigos — não parecem surpresos.

"Claro", Olivia diz, como se fosse óbvio. "É por isso que estamos aqui."

Stephanie esfrega as mãos uma na outra. "Pois é. Viemos te ajudar com seu gesto grandioso."

Olho para eles, descrente. "Não sou de gestos grandiosos."

Stephanie aponta com o dedão para Ethan. "Então fala com esse cara. Ele usou calça de couro pra me reconquistar."

Ethan pega a mão dela e a abaixa. "Concordamos em não falar sobre isso. Nunca. Lembra?"

Ela aperta os lábios. "Não. Não me lembro de ter prometido algo tão idiota."

"Foco, gente", Liv diz, apontando com a cabeça para mim. "Como foi que as coisas ficaram entre vocês? Ethan nos passou a versão resumida, mas precisamos de detalhes."

Esfrego a nuca. "Ficaram, hum, ruins."

"Quão ruins?", Liv pergunta.

Eu te amo mais. Mais do que amo qualquer outra pessoa. Mais do que alguém já te amou.

"Ela disse que me amava", conto.

"Isso é bom", Stephanie diz. "E então?"

Volta pro Devon, Chloe. Volta pro cara e diz que o ama. Deixa que ele te ame, porque eu não posso.

"E então eu disse que não podia amar ela. E que devia voltar pra um outro cara, que era mais... seguro."

"Tá, isso não parece tão bom", Ethan diz. "Foi meio... bom, foi idiota pra caralho."

Stephanie o belisca. "Você fez muito pior. E o Pauly aqui também. Bem pior."

Olho para Paul, que balança a cabeça. "Sem comentários."

Tomo um gole da bebida. Então outro maior.

"O que foi?", Olivia diz, repondo a taça de vinho. "Conheço esse olhar. Tem algo mais."

Tento pegar a garrafa de bourbon, mas Stephanie a tira do meu alcance. "Fala, garoto. Confessa seus pecados idiotas."

Eu te amo, Michael St. Claire. Mas não vou me oferecer de novo. Cansei de esperar que um cara acorde pra vida.

"Ela me disse que era minha única chance", revelo, com a voz áspera.

"Hum", Stephanie murmura.

Apoio o copo, entrelaçando os dedos atrás da cabeça e caminhando em círculos agitado quando me dou conta de como fodi totalmente com minha única chance de ser feliz de fato. Chloe me entregou seu coração em uma bandeja de prata, e eu mijei em cima dela.

"Porra", digo. "Porra."

"Tá, ela faz faculdade em Dallas, né?", Olivia diz, tentando me acalmar. "Você pode aparecer no dormitório dela ou coisa do tipo. Mostra que pode ir aonde ela for. Paul fez isso, e funcionou."

"Hum, não, isso é chato", Stephanie diz. "Eis o que vamos fazer. Ethan pode te emprestar a calça de couro e..."

"Não", o restante de nós diz ao mesmo tempo.

"Cara", Paul diz, olhando para Ethan. "Sério?"

Ethan levanta uma mão. "Não posso fazer nada."

Apoio as mãos na bancada, com a cabeça baixa enquanto tento organizar os pensamentos. Preciso fazer alguma coisa.

Tenho que reconquistá-la.

Uma vida sem Chloe seria tão sem graça que nem consigo imaginá-la.

Se me deixar ir embora, vou seguir em frente.

Minha garganta queima. De repente, odeio que estejam aqui. Odeio que tenham forçado os sentimentos a vir à tona, que tenham me forçado a sentir a agonia que jurei que nunca revisitaria.

"Você tem alguma piada interna com que trabalhar?", Olivia pergunta, deixando certo desespero transparecer na voz. "Um lugar especial pra vocês dois?"

"Esquece essas merdas", Ethan diz, cortando-a. "Olha, não tem saída. Você precisa rastejar."

"Estou disposto a rastejar", digo, rouco.

Vejo Olivia e Stephanie trocarem um olhar preocupado.

"O que foi?", pergunto, com a voz cortante. Em pânico.

"Bom, se ela está determinada a não te ver, fazer com que te ouça pode ser complicado", Liv diz, com gentileza.

Alguém bate na porta.

Todo mundo se surpreende.

Com exceção de Paul.

"Está esperando alguém?", Ethan pergunta.

"Não", digo. "Mas tampouco estava esperando vocês."

"Vou mandar quem quer que seja embora", Stephanie diz.

Paul a segura pelo braço antes que possa abrir a porta.

"Espera, dá um segundo pro cara."

Ela franze a testa. "Por quê?"

Paul me olha. "É a Chloe."

Todo mundo se vira para olhá-lo. Meus ouvidos zumbem.

"Por quê? Como?", me ouço perguntar.

"O Google é uma coisa incrível." Paul dá de ombros. "Liguei pra umas pessoas que ligaram pra outras que tinham contatos questionáveis na base de dados das empresas de telefonia... então liguei pra ela."

Olho para ele. Isso é... mais que esquisito. Como uma merda de filme de espionagem. Mas não tenho tempo de lidar com o fato de que o namorado de Olivia aparentemente é amigo de alguém do serviço secreto.

Tenho coisas mais importantes com que lidar.

Como o fato de que o amor da minha vida está do lado de fora do meu apartamento.

34

CHLOE

Estou esperando inúmeras coisas quando bato na porta de Michael em um prédio chique de Dallas, mas que uma garota gótica atenda não é uma delas.

Ela é muito estilosa. Seus lábios são cor-de-rosa e acetinados, seus olhos azuis parecem ainda mais brilhantes com a maquiagem escura esfumada, e sua roupa é a mistura mais fofa do mundo de rebeldia e boa-moça. Se é a nova namorada de Michael, já a odeio.

"Esse cabelo é de verdade?", a garota pergunta.

Não respondo.

Passo os olhos pela cena atrás dela.

Reconheço Ethan e Olivia da foto de Michael. São ainda mais bonitos pessoalmente. O que é irritante.

Tem outro cara com eles. Alto. Dolorosamente lindo, a não ser por algumas cicatrizes sinistras, mas que o fazem parecer ainda mais interessante. Normalmente eu secaria o cara. Talvez até babasse. Só que...

Meus olhos correm para Michael.

Michael.

Está.

Usando.

Um.

Terno.

Azul-marinho. Ele está sem gravata e parece um macho alfa torturado tão delicioso que... Nem sei dizer.

Seus olhos ardem. Como se tentasse me dizer alguma coisa.

Meus joelhos tremem quando o vejo. A morena baixinha pega meu braço. "Nem se atreve", ela murmura.

Então me puxa.

Eu não sabia o que esperar quando recebi a ligação do tal de Paul dizendo que Michael precisava de mim, mas nunca esperaria isso. De jeito nenhum.

"Paul", Olivia diz, com a voz melosa. "Você precisa parar de fazer isso com o Michael."

Ah. Então esse é o Paul. Foco nele, porque não consigo encarar Michael.

"Você já fez isso antes?", pergunto, com a voz casual para esconder o fato de que meu coração está batendo terrivelmente rápido.

"Bom..." Paul faz um gesto com a mão como se quisesse dizer que é complicado.

"Esse é o cara que me fez ir até o Maine...", Michael diz.

Forço-me a olhar em seus olhos. Estão indecifráveis.

"Ele fingiu que era Olivia."

Volto os olhos para a loira linda, esperando um olhar de pena ou presunçoso, mas ela ostenta um sorriso bondoso e compreensivo. Pelo menos até que olha para Paul, então parece furiosa.

"Ei." Paul levanta um dedo. "Fui muito sincero com Chloe a respeito de quem eu era. Não me passei por Michael."

"Porque, se tivesse feito isso, ela não viria", Michael diz. Os olhos dele continuam fixos em mim, queimando-me.

Só que seu olhar não é só quente. Também é caroloso.

O outro cara — Ethan — alterna o olhar entre mim e Paul e então parece decidir tomar uma atitude. "Vamos embora, pessoal."

"Boa ideia", Stephanie diz. "Pro quarto!"

Ela levanta a mão para que a sigam, já se dirigindo para a porta do outro lado do apartamento. Ethan segura seu pulso e a vira para a saída. "Na verdade, estava pensando em ir tomar um café na esquina, Steph."

"Café? Melhor uma bebida", Paul diz, abrindo a porta da frente.

Stephanie faz uma careta e tenta se soltar de Ethan, que a arrasta. "Mas não vai dar pra ouvir nada lá de fora."

Paul pega o outro braço dela para ajudar Ethan a levá-la para o corredor. Ficamos só eu, Olivia e Michael.

Ele continua me encarando.

Mas não se move.

Ainda não tenho ideia do que está acontecendo.

Olivia vai atrás deles, então para, vira-se e caminha até mim. Não, *desliza*. Ela é uma dessas garotas.

Seu abraço me pega desprevenida. "Dá uma chance a ele", ela sussurra. "Por favor."

Meus olhos lacrimejam, e fico dividida entre dar um tapa na garota que quebrou o coração de Michael e agradecê-la por tê-lo rejeitado.

Porque foi isso que o trouxe a mim.

Mesmo que tenha chegado irreparavelmente destruído.

Olivia fecha a porta atrás de si com um clique baixo. Eu e Michael permanecemos imóveis.

"Você veio", ele diz, baixo.

Olho para meus próprios pés. "Esse Paul... ele... Sinceramente? A voz do cara é sedutora."

Michael toma um gole de sua bebida, sem que seus olhos deixem os meus. "Você veio porque a voz do cara é sedutora."

Ergo o queixo. Minto. "Foi."

Isso e o fato de que ele disse que você precisava de mim.

Mas Michael não parece precisar de mim.

"Posso beber alguma coisa?" Olho para o copo dele.

Michael pega a garrafa de vinho e me lança um olhar questionador.

Assinto, e ele me serve uma taça, que deixa na bancada. Vou até lá e toco a haste, mas não pego.

"E a faculdade?", Michael pergunta.

Sério? Vamos mesmo fazer isso?

"Está ótima", digo, levantando a taça e tomando um gole de vinho. "E o trabalho com Tim?"

Ele levanta as sobrancelhas, surpreso que eu saiba, e dou de ombros. "Devon comentou."

Vejo um tremor passar por seu rosto, mas em um instante desaparece. "Então vocês têm se falado."

"Hum-hum." Tomo outro gole, observando-o.

Ele movimenta o maxilar e desvia os olhos. "Vocês estão...?"

Esse provavelmente seria um bom momento para dizer a ele que, além de algumas mensagens de texto casuais perguntando como estão as coisas, não tenho me relacionado muito com Devon.

Mas as palavras de Michael aquela noite ainda estão frescas na minha mente.

Volta pro Devon. Deixa que ele te ame, porque eu não posso.

Nunca pensei em mim mesma como uma garota que faz joguinhos, mas não conto que não gosto mais de seu meio-irmão.

Michael não merece saber em que pé ficamos.

Não lhe devo nada além de desdém.

A única coisa que me pediu foi que o deixasse só.

Mas ainda assim...

"O que estou fazendo aqui?"

Ele gira a bebida na mão. "Achei que tivesse vindo porque Paul tem uma voz sedutora."

Há um traço de sorriso em sua expressão esfarrapada. Sorrio de volta. "Do tipo que exige um banho frio. Então ele e Olivia são..."

"Isso", Michael diz.

Avalio seu rosto, mas ele parece estranhamente indiferente à revelação.

Eu o empurro. Delicadamente. "Sei por que vim", digo. "Mas não entendo por que o cara me pediu que viesse."

"Nem eu", ele diz, apoiando o copo e enfiando as mãos nos bolsos da calça.

"Você não... pediu que me chamasse?" Odeio como minha voz sai fraca.

"Eu nem sabia", Michael fala, olhando para a bancada.

"Sério?" Dou risada, com a voz fina. "Ah, meu Deus. Sou uma idiota. Você deve me achar uma imbecil."

Viro-me para ir até a porta, querendo acabar logo com a humilhação. Minha mão toca a maçaneta.

Ele disse que não iria atrás de mim.

Ele disse que não podia me amar.

E acreditei nele.

Mesmo assim, feito uma idiota, vim correndo atrás dele no segundo em que achei que tinha uma chance.

Abro a porta, mas Michael bate nela com a palma da mão, por cima da minha cabeça, voltando a fechá-la.

Ele está atrás de mim.

Posso senti-lo. Cheirá-lo. Percebê-lo.

Mas não me viro. Fico ali como uma boba, com ambas as mãos na maçaneta. Eu a giro e puxo, desesperada para ir embora. "Por favor", suplico. "Só me deixa..."

"Chloe."

A boca dele está no meu ouvido, mas não é o calor de sua respiração que noto primeiro. É o calor em sua voz.

"O quê?" Enxugo as lágrimas com uma mão.

Ele deixa uma risadinha escapar. "Olha para mim."

"Não."

Michael ri de novo, gentil. Doce. "Chloe."

Continuo de costas para ele.

"Por favor." A risada desapareceu de sua voz. "Por favor."

Respiro fundo. Viro-me. "Tá, o que foi?"

Seus olhos vagam pelo meu rosto, parecendo aquecer minhas feições. Ah, merda.

Levo uma mão ao peito dele. "Você não pode fazer isso."

Os olhos dele embaçam. "Isso o quê?"

"Brincar comigo."

Michael engole em seco. "Eles disseram pra eu rastejar."

"Eles quem?"

Acima de mim, Michael aponta com o queixo na direção da saída. "Eles. Bom, mais as duas."

"Isso porque as mulheres sempre sabem o que está rolando", resmungo, cruzando os braços.

Ele cruza os braços também. Seus dentes brancos e nivelados apertam o lábio grosso. "Só que... não sei como."

Congelo. "Está me dizendo... você... Você quer rastejar?"

Ele inclina a cabeça. "Faria diferença?"

"Não", solto, rápido demais. Seus olhos brilham, esperançosos.

"Você me disse... você me disse que se eu te deixasse ir seguiria em frente."

Meus olhos lacrimejam com a memória daquela noite, mas eu assinto e mantenho o queixo erguido. "Foi."

Ele engole em seco. "E então?" Michael move os braços, como se tivesse a intenção de esticá-los para me tocar. Em vez disso, só enfia as mãos com mais firmeza na dobra dos cotovelos. Como se estivesse se impedindo de agir.

Não. Como se estivesse aguentando firme.

"E então o quê?", sussurro.

"Você seguiu em frente?"

Meus olhos evitam os dele. "Só faz algumas semanas. Acredite ou não, ainda não conheci um cara que pudesse arrastar pro altar."

Seus olhos parecem queimar um pouco mais. Com esperança.

Meu coração começa a acelerar, só que não de medo. Mas talvez sim. Não sei. É uma mistura de medo, ansiedade e desejo, totalmente confuso.

Muito lentamente, Michael descruza os braços, que ficam pendendo ao lado do corpo. Então ele se aproxima, com os olhos escuros queimando. "Você seguiu em frente, Chloe?"

Deixo uma risadinha escapar e desvio o olhar. "Essa é sua ideia de rastejar? Você quer que eu tenha todo o trabalho."

Michael leva os dedos abaixo do meu queixo e puxa meu rosto suavemente pra ele. "E então?"

"E então o quê?"

Enxugo as lágrimas na bochecha. Nunca fui de chorar até conhecer esse cara.

"Você seguiu em frente?"

Mantenho os olhos em seu pomo de adão. Não vou responder, de jeito nenhum. Não vou facilitar para o cara.

Nem sei o que está rolando.

"Tenho que te contar uma coisa", ele fala, segurando meu rosto para que eu tenha que o encarar. "A garota que estava aqui... era Olivia."

"É, percebi isso. E tenho que dizer que foi ótimo ficar numa sala com a mulher que você ama. Agora, se você acabou com a tortura..."

"Não amo Olivia."

Isso cala minha boca.

Seus dedos soltam meu queixo e sua palma vai para minha bochecha. "Acho que a esqueci há muito tempo. E gostaria de poder dizer que sei disso há muito tempo, mas a verdade é que só percebi aquela noite no estacionamento." Michael se aproxima. "Eu achava que perder Olivia tinha sido o fundo do poço. Mas, Chloe... O momento em que você foi embora. Em que me disse que ia seguir em frente. A constatação de que deixaria de me amar. *Esse* foi o fundo do poço."

"Mas você não me impediu", sussurro.

"Eu sei", ele diz, levando a outra mão ao meu rosto.

Uma lágrima rola pelo meu nariz, ele a pega com o dedo. Sua expressão é atormentada. "Não chore."

Solto uma risada feia, soluçando no meio. "Você me magoou." Levanto as mãos em punho entre nós e soco inutilmente seu peito. "Você me magoou!"

Michael deixa que eu bata nele, e suas mãos se mantêm no meu rosto conforme fecha os olhos. Quando volta a abri-los, estão cheios de arrependimento.

Mas não é o bastante.

"Me deixa ir", consigo dizer, mas sei que é inútil.

"Não. Já fiz isso uma vez."

"E eu estava falando sério. Vou esquecer você, seu imbecil atormentado..."

Michael cola a boca na minha, impedindo a enxurrada de palavras. Ele se afasta de leve em seguida. "Não, Chloe. Não desista de mim."

Então volta a me beijar, mas suave dessa vez, seus lábios se derretendo nos meus em súplicas delicadas.

Sinto o que ele tem medo de dizer.

Mas não é o bastante.

Cansei de me contentar com pouco.

Apoio as mãos em seus ombros. "Michael."

Ele se afasta, parecendo tão perdido que quase me desfaço.

"Não posso", sussurro. "Meu jeito de amar é espalhafatoso. Gosto de demonstrações públicas de afeto, de apelidos bobos, de andar de mãos dadas e de declarações dramáticas. Coisas que você não pode me dar."

"Me deixa tentar."

Ele vem até mim e me imprensa na parede, com o peito contra o meu. Pega todo o meu espaço, todo o meu ar, todo o meu coração.

Seus dedos escorregam para meu cabelo, e eu observo seus olhos os seguirem se emaranhando nos meus cachos.

"Já disse que amo seu cabelo assim?"

Engulo em seco, confusa com a mudança. "Já."

Seus dedões acariciam minhas bochechas. "Já disse que te amo?"

Congelo. Minhas mãos apertam mais seus ombros, em espera.

"Não?", ele pergunta, suavemente, levando os lábios à minha têmpora. "Porque eu amo. Amo que me faça rir. Amo que me faça falar com você. Amo que, não importa quantas vezes eu tenha tentado te chutar da minha vida, você continuou voltando. É a única pessoa no mundo que não desistiu de mim. Agora mesmo, não deveria estar aqui. Mas está."

"Por que sou um capacho?", digo, fechando os olhos e deixando que beije minhas pálpebras.

Ele é rápido, mordendo meu lábio para me repreender. "Pare de matar o romance. Você está aqui porque esse é seu jeito de amar, Chloe. Com tudo de si, sem segurar nada. Não mereço isso... mas quero. Quero outra chance, Chloe." Michael começa a me beijar, mas faz uma pausa, ficando a milímetros da minha boca, fazendo-me esperar. "Me diz que posso ter outra chance." Aproximo-me dele, mas ele se afasta. "Me diz." Sua voz é mais urgente agora. Meu coração se despedaça por esse cara que tem tanto amor para dar, mas ninguém a quem dirigi-lo.

Quero que seja eu. Apesar dos riscos.

"Eu te amo", sussurro.

Ele me dá um beijo como se fosse o último de sua vida, gemendo e deixando a língua escorregar por entre meus lábios enquanto suas mãos inclinam minha cabeça para trás.

"Eu te amo", Michael diz ao se afastar para beijar meu pescoço. "Amo tudo em você."

"Entendi isso", digo, com uma risadinha, enquanto me mordisca. "Você ama meu cabelo."

"E seus quadris. E seus olhos. E seus peitos... amo muito seus peitos. E sua..."

Alguém bate à porta, me fazendo pular em seus braços. "Mas o que...?"

"Michael? É a Stephanie." Outra batida rápida. "Você está aí? Bom, sei que está. Trouxe lenços de papel, caso tenha acabado mal. E camisinhas, caso tenha acabado bem. Do que precisa?"

Olhamos um para o outro.

"Alô?", Stephanie insiste. "Sei que você está aí."

Então ouço algumas vozes abafadas, e um cara — que deve ser Ethan — dizendo: "Você disse que precisava ir ao banheiro, Stephanie. O que são essas camisinhas na sua mão?".

Ouço um barulho, então um grito. Desconfio que Stephanie acabou de pisar no pé do namorado.

"Gosto dela", sussurro para Michael.

"Claro", ele murmura de volta. "Oi, Stephanie."

"Ah, Mikey! Oi!"

Ele revira os olhos. "Não preciso dos lencinhos. Nem das camisinhas."

"Ah. Ela foi embora?"

"Estou aqui", digo.

Ouço um barulho animado de palmas.

"O que foi isso?", Ethan pergunta. "O que está fazendo? Você não está assistindo a um jogo de tênis. Vamos voltar para o bar?"

Faz-se um silêncio, então ouço um barulho abafado, seguido por outras duas vozes.

"Como foi?"

Reconheço a voz de Olivia e levo a mão à boca para segurar uma risadinha enquanto Michael se inclina e bate a testa devagar contra a porta.

Então ele a abre, só o bastante para enfiar a cabeça para fora. "Gente. Obrigada por virem. Vamos sair para jantar ou beber alguma mais tarde. Mas agora..." Ele deixa a frase morrer no ar, de forma significativa.

"Entendido!", Ethan diz. "Não precisa dizer mais nada. Stephanie, juro por Deus..."

"Tá!", ela diz. Então um pacote de camisinhas é jogado pela fresta, por cima da cabeça de Michael.

"Meu Deus", ele diz, fechando a porta e se recostando nela.

Sorrio e abraço sua cintura. "Então vocês voltaram a ser amigos? Ou algo do tipo?"

"Ou algo do tipo", ele murmura.

"Fico feliz", digo, beijando o maxilar dele. "Desde que não te levem de volta pra Nova York."

"Vou ficar no Texas", Michael diz, enlaçando meu pescoço e me puxando para si.

"Porque gosta de jeans justos e botas? Ou porque tem um trabalho aqui?"

"Porque é onde minha namorada mora", ele diz, voltando seus olhos sorridentes para mim.

Aproximo-me dele. "Gosto da resposta."

"Não se apegue demais", ele diz, me dando um beijo de derreter. "Tenho toda a intenção de te levar pra outro lugar algum dia."

Por um momento perfeito, acho que não poderia ser mais feliz.

E então Michael pega minha mão e me leva para a cama, provando que eu estava errada.

Patinho... cisne... quem se importa?

Com o cara certo, todos são felizes para sempre.

Epílogo

Nove meses depois...

A batida na porta do banheiro é impaciente. "Chloe. Quer se apressar? Qual é o sentido de vir pra praia se você não sai do banheiro até o sol se pôr?"

Reviro os olhos para o melodrama de Michael, mas abro a porta e continuo passando protetor solar no rosto.

"Se eu soubesse que você ficava tão rabugento quando viaja", digo, "teria cortado a ideia de passar as férias em Cabo San Lucas pela raiz."

Ele mantém as mãos apoiadas no batente da porta do banheiro. "Ah, é? Teria cortado mesmo?"

Aperto os lábios e assinto. "Com certeza."

Michael levanta uma sobrancelha. "Hum... Então você não está gostando da suíte de frente pro mar com cama king-size e serviço de quarto? Não liga pro champanhe diário? Porque podemos simplesmente voltar pro mundo real e..."

"Tá bom, tá bom. Acho que posso tolerar por mais um dia ou dois", digo, bancando a mártir.

No entanto, por mais incrível e espontânea que nossa escapada tenha sido, a verdade é: nossa vida real não é nada ruim.

Correção: nossa vida real é *incrível*.

Duas semanas atrás, me formei. Com todo o louvor, diga-se de passagem. E meu namorado — sim, meu *namorado* — planejou essa viagem de comemoração antes que eu começasse meu primeiro "trabalho de verdade" como analista de dados em uma empresa de biotecnologia de

Dallas. Eu sei, eu sei. Não parece muito interessante, mas confia em mim. É meu trabalho dos sonhos.

Michael ainda trabalha para Tim Patterson e foi recentemente promovido a gerente de alguma coisa que nunca consigo lembrar. Ele está feliz, e isso é tudo com que me importo.

Mencionei que estamos morando juntos?

Meus pais não ficaram muito felizes com a ideia, mas têm outras coisas com que se preocupar. Tipo o fato de Kristin estar grávida de quatro meses de um banqueiro de trinta e poucos anos que tem uma leve pança, entradas consideráveis e um coração de ouro.

Eu sei. Mas eis a parte engraçada: Kristin está feliz. *Muito* feliz. E Doug também. Eles vão casar mês que vem, e minha irmã disse que posso ser sua dama de honra se conseguir convencer meu pai a não levar uma arma para o casamento. As expectativas dela são altas, mas gosto de pensar que estou à altura do desafio.

E, de alguma forma, conseguimos sobreviver aos incômodos Dias de Ação de Graça quando Dev voltou da faculdade de direito no ano passado e tivemos que passar o purê pela mesa enquanto fingíamos que a situação não era muito constrangedora. Mas, na maior parte do tempo, as coisas estão bem entre mim e Dev, e ele e Michael rapidamente dominaram a pegação no pé que é parte do relacionamento entre irmãos, ainda que não a do amor e apoio mútuo.

O Gostosão voltou a Nova York para o Natal. Ele fez as pazes com os pais, embora os pais não tenham feito as pazes entre si. O divórcio tem sido conturbado, o que meio que me deixa puta, porque, sério, eles já causaram estrago demais no filho quando estavam juntos, então o mínimo que deviam fazer é se separar pacificamente. Mas que seja. Michael parece bem com isso. Ele ainda estranha um pouco ter um pai biológico, o pai que o criou, uma mãe biológica e uma madrasta muito incrível.

É complicado, mas Michael está se adaptando bem a tudo isso.

Dou um passo para trás diante do espelho para me certificar de que espalhei bem o protetor fator trinta no rosto (preciso cuidar da pele). Michael pega minha bunda e me puxa para si até que nossos peitos se choquem.

Levanto o rosto e vejo aquele olhar em seu rosto.

"Sério?", pergunto, levantando as sobrancelhas. "Você não acabou de reclamar da luz do sol ou sei lá o quê?"

Suas mãos escorregam pela lateral do meu corpo, seus dedos encontram a barra da saída de praia de crochê e a levantam lentamente. "Achei que eu tinha sido claro sobre a proibição do uso de roupa por cima do biquíni."

"Achei que fosse só pro Quatro de Julho", digo, erguendo os braços pra que ele consiga tirar a peça fina. O que posso dizer? Sou fácil.

"Não, vale sempre", ele diz, jogando a saída de lado e me deixando só num biquininho azul à sua frente.

Levo as mãos aos quadris e olho para a camiseta dele. Michael sorri e a tira em um movimento fácil, deixando o tanquinho à mostra. Assim como a letra O tatuada no braço, que já está menos visível. Ele está na metade do tratamento a laser para removê-la. Ideia dele, mas também sou a favor. Olivia é legal, mas não quero a marca dela no meu homem.

Michael estica o braço e toca minha bochecha.

"Você sabe que te amo, né?", ele pergunta.

Sorrio. "Sei."

"Não importa sua aparência."

"Eu sei, você é profundo o bastante pra apreciar a personalidade de uma mulher ainda que esteja usando um biquíni mínimo", digo, enquanto minhas mãos encontram sua cintura e o elástico do calção de banho.

Michael sorri. "Na verdade, neste momento, está sendo difícil pensar em qualquer outra coisa além do fato de que você está quase pelada."

Sua mão se move atrás do meu pescoço, encontrando e desamarrando a corda do meu biquíni. Seus olhos encontram os meus. "Ops. Agora a um passo de ficar totalmente pelada."

Ele leva as mãos à parte de baixo do meu biquíni, mas seguro seus pulsos com uma advertência. "Se fizer isso, vamos perder todas as espreguiçadeiras boas e acabar ao lado da piscina infantil de novo."

"Vale a pena", Michael diz, passando os lábios no meu pescoço. "Isso faz valer a pena."

"Se tem certeza...", digo, inclinando a cabeça para dar mais acesso a ele.

Michael se afasta para me olhar. "A única coisa sobre a qual tenho certeza é você", ele diz, acariciando minha bochecha com o dedão. "Você me salvou."

Fico na ponta dos pés pra beijá-lo. "Seja justo, Gostosão. Salvamos um ao outro."

Agradecimentos

Como acontece com a maioria das criações, transformar a ideia deste livro num primeiro manuscrito e na história que você acabou de ler não envolveu apenas uma pessoa. É claro que Lauren Layne é o nome escrito na capa, mas a responsável pelo design original foi a extremamente talentosa Lynn Andreozzi. Tudo o que vem em seguida se deve um pouco a mim e muito à minha editora, Sue Grimshaw, que, misteriosamente, sabe como ninguém quando dizer "Não, não, nem pensar" e "Sim, sim, mais disso". Também me curvo diante da todo-poderosa editora de produção Janet Wygal, que percebe coisas que você nem imaginaria.

Um enorme obrigada a Kim Cowser, que recebe muito mais perguntas tolas minhas do que seria justo, e a Katie Rice, por ser tão animada, acima de tudo. Obrigada a Gina Wachtel, que é uma mistura de gênio, modelo de comportamento e amiga. E a todo mundo na Penguin Random House que tocou este livro e que ainda não tive o prazer de conhecer. MUITO OBRIGADA.

Admito que escrevo em uma espécie de vácuo — não sou de jeito nenhum uma pessoa colaborativa e conversadora. E a beleza de escrever romances contemporâneos é que não é necessário se preocupar com títulos de nobreza, que rei reinou quando ou os diferentes nomes para carruagens no século XIX.

Mas, enquanto escrevia este livro, deparei com um elemento que me deixou absolutamente perplexa: carros.

O carro de Michael é sua paixão, mas sabe o que é esquisito? Digitar "carros pra jovens ricos" no Google não ajudou tanto quanto eu esperava. Por isso, sei que tive a sorte *incrível* de ter um amigo tão viciado em carros quanto Ross Treleven, que não apenas me sugeriu o modelo a usar como me deu opções baseadas na personalidade de Michael. Ross, sou extremamente grata por sua sabedoria automobilística. A não ser em jantares com nossos amigos, quando é melhor parar de falar sobre o assunto.

Por último, eu seria negligente se não reconhecesse meu sistema de apoio nos bastidores: Nicole Resciniti, minha incrível agente, que tenho a incrível sorte de ter como parceira; Jessica Lemmon, minha companheira de conversa de todos os dias, que me deixa tagarelar sobre tudo sem nem pestanejar; e, finalmente, meu maravilhoso marido, que sempre encontra o equilíbrio entre "O que posso fazer por você?" e "Vou me manter fora do seu caminho" quando estou escrevendo.

Amos todos vocês. Beijos e abraços.

TIPOGRAFIA Adriane por Marconi Lima
DIAGRAMAÇÃO Verba Editorial
PAPEL Pólen Soft, Suzano Papel e Celulose
IMPRESSÃO Lis Gráfica, abril de 2019

A marca fsc® é a garantia de que a madeira utilizada na fabricação do papel deste livro provém de florestas que foram gerenciadas de maneira ambientalmente correta, socialmente justa e economicamente viável, além de outras fontes de origem controlada.